性／文本政治：
女性主義文學理論
【第二版】

Sexual/Texual Politics
Feminist Literary Theory
2nd Edition

托莉・莫（Toril Moi）◎著

王奕婷◎譯

國立編譯館　主譯
國立編譯館與巨流圖書有限公司合作翻譯發行
民國94年9月出版

Originally published as *Sexual/Texual Politics: Feminist Literary Theory*
2nd Edition © 2002 by Toril Moi
Complex Chinese Language edition published by arrangement with
Routledge
Complex Chinese Language Copyright © 2005 Chu Liu Book Company

國家圖書館出版品預行編目資料

性／文本政治：女性主義文學理論／托莉・莫（Toril
Moi）著；國立編譯館主譯；王奕婷譯.－二版－
臺北市：巨流. 2005（民94）
面；　公分
參考書目：面
含索引
譯自：**Sexual/Texual Politics**
Feminist Literary Theory
ISBN 957-732-226-3（平裝）

1. 文學－哲學, 原理　2.女性主義

810.1　　　　　　　　　　　　　94012296

性/文本政治：
女性主義文學理論
【第二版】

原著：**Sexual/Texual Politics** Feminist Literary Theory
2nd Edition
原著者：Toril Moi
出版者：國立編譯館與巨流圖書有限公司合作翻譯發行
著作財產權人：國立編譯館
創辦人：熊嶺
總編輯：陳巨擘
主譯者：國立編譯館
譯者：王奕婷
地址：106台北市溫州街48巷5號1樓
電話：(02)23695250・23695680
傳眞：(02)83601393
郵購：郵政劃撥帳號01002323
e-mail:chuliu@ms3.hinet.net
http://www.liwen.com.tw
總經銷：麗文文化事業機構
地址：802高雄市苓雅區泉州街5號
電話：(07)2261273
傳眞：(07)2264697
出版登記號：局版台業字第1045號
ISBN：957-732-226-3
2005年9月2版一刷
定價280元

獻給媽媽和爸爸

目錄

第一部：英美女性主義文學評論

叢書主編序

　　無疑，第三度為新韻系列叢書作主編序是說不過去的。難道　xi
是還有沒講完的話要說嗎？二十五年前，本系列誕生時自有其清
楚目的，主要的考慮是擺在學院的文學研究中新萌生的令人困惑
的領域，於是所謂「理論」、「語言學」和「政治」這些喧嘩的
怪胎便一字排開了。其次，是針對大學部或剛進研究所的學生，
他們若不是要學著跟上新的發展，就是被嚴厲警告別碰它們。

　　新韻是深思熟慮地選了邊站的。因此 1977 年的第一篇序，
語帶隱晦地言及「快速的和根本的社會變遷之時代的來臨」，以　xii
及「對過去的文學研究有核心重要性的前提和預設的破敗」。它
宣稱傳承自過去的模式和範疇似乎不再符合新一代所經驗到的現
實，每一卷的目標都是去鼓勵而非抵制變遷過程，這是透過對新
觀念拆解式的說明，並結合對相關概念的發展給予清楚和詳細的
解釋來進行的。如果樹立迷思（或乾脆妖魔化）是敵人，則清晰
（無可避免的是在必要時要懂得妥協）就變成了朋友。如果未來
的出色論述已向我們招手，則我們至少要能理解它。

　　隨著適當注意到的啓示，第二篇序言虔誠地進行，憂心忡忡
於野獸潛在地由顛簸的路上搖晃而出的無論何種東西它的本性。
「我們要如何辨認或處理新事物？」對於不管怎麼說都還沒有明
確名稱的一大堆純然受人推崇的活動，報導其令人驚愕的進展，

並在前例的邊界和可思考的限制上允許某個小心翼翼的考察計
劃，這是會橫遭非議的。其結論便是「畢竟不可思考的東西乃是
隱然形塑吾人思考的東西」堪爲明白之理。但就它在確定性已破
裂的世界上提供某種可用的立足點，我們又是當仁不讓的。

在此處境下，任何後來的以及的確是最終的努力都只能適度
地往回看，驚訝於新韻系列仍舊在那兒，而且並非不合理地慶賀
自己，對於多年來在文學研究領域已轉變爲出色的聲音和主題的
事情提供了一個最初的出口。但現在再呈現出來的卷冊卻已超過
了僅是歷史的興趣。正如它們的作者點出的，它們引發的問題仍
在發酵之中，它們進行的論証仍困擾著我們。簡言之，我們並沒
有看錯。學院研究的確迅速和徹底地改變以配合甚至幫助產生廣
泛達到的社會變遷。一套新的論述便被發展出來以便和這些激變
進行磋商。此一過程也還沒停止。在我們這溶解的世界中，好些
年前內在和外在於學院的不可思考的東西，現在似乎都已成規律
地行將成爲過去。

是否新韻叢書在此一新領域的方向上提供的是充分的前兆、
地圖、引導或推動，我幾乎都絕口不提。或許我們最佳的成就在
於開拓出早已有的意義。而自願第三度嘗試作序唯一能成立之
處，正是在於它依舊會如此的那般信念。

TERENCE　HAWKES

作者序

　　我相信，這本女性主義文學理論導讀，是英語世界內第一本　　xiii
專為一般讀者和文學主修的學生而寫成。[1] 我個人雖期待能完整
確切地描述此領域裡的主要趨勢，本書並不企圖鉅細靡遺地概論
所有自一九六〇年代後期迄今出現的女性主義研究。我也不打算
寫一本如何用各式女性主義理論解讀文學作品的簡介。透過仔細
探討幾個經典文本，我想呈現西方女性主義文學理論的兩大傳
統：英美女性主義以及法國女性主義，並循此討論女性主義批判
實踐時所揭示的方法、原則及其背後隱含的政治。

　　女性主義文學批評的一大原則就是堅持沒有任何言論是完全
中立的。同理我自己對女性主義領域的觀察也顯示我的發言位
置，雖然這個位置有時使我和部份女性主義者意見相左，有些人
也因此認為我欠缺姐妹共識。到底女性主義者該不該互相批評
呢？這個問題的答案應該是肯定的，如果各位讀者同意我個人看
法，認為當今女性主義文學評論似乎對其本身的方法學和理論基
礎所涉及之政治意涵欠缺反思的話。女性主義者向來反對左派陣　　xiv
營內男性分子對異議和論辯的打壓。同理以姐妹情誼為名來抑制
女性主義運動中各種不同政治的討論，也非具建設性之舉。西
蒙·波娃曾被問及女性是否應該遭受和男性同等嚴苛的評論，她
的回答是：「我想一個人應該能告訴自己『噢，不，這還不夠

好！換個方法寫，試試看能不能做得更好。對自己的要求要再高一點！不能只滿足於做個女人』」（Simone de Beauvoir Today, 117）。

　　女性主義評論的主要目標向來是政治性的：她想暴露、而不想鞏固父權的實踐。所以我對其她女性主義者的理論批判還是立足於女性主義政治視野之內：畢竟我們做為女性主義者終究都必須在此疆域中合理說明自己的做法。一個建設性的評論應該要說明自己的發言位置為何；只標榜自己是女性主義者是不足以挑起這樣的責任的。我的發言位置，如同學術界裡其她很多女性主義者，是個在男性主宰的學界稍有一小方立足之地的女人。同時我也是個在英國教法國文學的挪威人，是個英語和法語世界中的異鄉人，用外國語言寫作，談論著外國的文學，存在於多重的邊陲間。然而所謂「邊陲化」的概念總是相對的：對世界其他地區的人而言，我仍是白種歐洲西方主流哲學思想傳統訓練出來的，所以在我個人的批評和政治實踐中，我仍然會覺得許多歐洲大陸、英國和法國女性主義揭示的某些議題非常重要。

　　最後要說明的是，所謂的「英美」和「法式」區分並不完全代表國界區分：這個分法不是照各論者的出生地，而是指她們隸屬的研究傳統。比如我不會把很多英美籍但深受法國哲學傳統影響的女性研究者歸類為「英美」批評家。

　　雖然我當時並未寫成此書，我要感謝劍橋大學克萊爾學院在一九八一至八二年間提供我漢布爾講學金，在劍橋的日子讓我深入思考了許多我在這本書裡提出的議題。Kate Belsey 的熱情支持首先讓這個寫作計劃開始實現。我也很感謝我的許多澳洲讀者在一九八三年暑期給了我很多啟發性的建議：他們也給了我當時非常需要的鼓勵和自信。最後我也要感謝 Penny Boumelha、

Laura Brown、Terry Eagleton 和我的編輯 Terence Hawkes，他
們提供了許多富建設性的批評。

於瑪格麗特夫人廳
牛津

註釋

1. 我寫這句話的時候，Ken Ruthven 的《女性主義文學研究》(*Feminist
   Literary Studies*) 尚未出版。他的書在幾個月後上市，且宣稱是「第一
   本廣泛綜論由女性主義理論而來的女性主義文學批評和批判實踐之
   書」。雖然我很高興看到並認同他的書是此間第一本介紹這個領域的夠
   份量的書，我並不覺得我需要改變我的開場白。這並不是因爲我無意視
   我自己的書是女性主義文學批評應用之介紹。只是《女性主義文學研究》
   討論的主要是和英國文學研究相關的女性主義文學批評。由此點切入使
   得 Ruthven 略過了法國女性主義理論，因此他的書並不能算是完整地處
   理了當今女性主義**理論**的問題。

   　　我對 Ruthven 之書有意見，主要並不是因其作者是男人：我同意他
   部分的觀點，相信就**原則**上而言，男人也可以是女性主義批評家，但我
   不同意的部份是，對於今日男人爲什麼不該企圖在這個領域居領導地位
   的論點，他太快排除此論點背後的政治理由。我也反對他認爲要使用女
   性主義理論做理性的文學批評時，男人會比女人有優勢：「在某些方面
   而言，男人比女人更容易看出並反對某些女性主義文學批評比較荒謬之
   處」。Ruthven 論說，「就是因爲有些激進女性主義會用威脅式措辭來
   指稱任何批判女性主義論述的女人，認爲她們就像黑種分離主義措辭中
   所謂『白屁股的黑人』一樣」(14)。話雖如此，想當然的是，女性主義
   者應該完全有能力介入她們之間的論辯，不必請一個自由派男人來爲她
   們出氣吧？《女性主義文學研究》最主要的問題是其企圖將女性批評論
   述「去政治化」。對 Ruthven 而言，女性主義批評是「彰顯以往所有人
   文社會科學論述中看不到的『性別』因素」(24)。這個說法，請

　　Ruthven 容我辯白，並不見得是女性主義之舉：它有可能也是父權的侵略性之典型說法。Ruthven 這個定義會讓人以爲女性主義就是「妳會這麼說，因爲妳是女人」。我的論點簡單地說，就是只有對女性主義批評與理論提供政治性的定義，才能使我們分辨女性主義者和性別歧視者說同一句話時的不同意涵。

致 謝

〈誰怕維吉妮亞‧吳爾芙〉（'Who's afraid of Virginia Woolf?'）   xvi
一文，曾以稍爲不同的內容發表於《加拿大社會和政治理論期刊》
（*The Canadian Journal of Social and Political Theory*），一九八五
年第九冊冬／春卷，1-2 頁。

第一部第三、四章的部份以及第二部第四章曾改爲一文，以
〈性／文本政治〉（'Sexual / textual politics'）爲題發表於 Francis
Barker 所編之《理論之政治：艾塞克思文學社會學研討會會議記
錄》（*The Politics of Theory, Proceedings of the Essex Conference on
the Sociology of Literature*），一九八二年七月。寇思特
（Colchester）：艾塞克思大學出版社（University of Essex），1-
14 頁。

英文編按

所有參考書目的完整出版資料都列於書後。括弧中的引用資訊只限於提供最基本、足以指向參考書目的資訊。有時候並沒有括弧說明引用資料，比如文中提到「Janine Chassequet-Smirgel 曾討論女性創造力的問題」，因參考書目中只列有一本 Chassequet-Smirgel 的著作，就不另標引用出處。換句話說，當參考書目中同一作者有兩筆以上著作時，本文中才會以括弧列明引用書目出處來源。

譯者序

　　本書翻譯之時，本人恰巧求學於美國杜克大學，受教於托莉・莫教授作者本人。當我向莫教授提出台灣的巨流出版社有意重新中譯莫教授於一九八五年出版的《性／文本政治》之時，莫教授特別交代，希望於翻譯之時儘量能以簡易平常的語言來說明西方女性主義理論。因此，翻譯此書時，本人在語言上儘量求口語化，而將翻譯時對「雅」的要求擺在最後。雖然最後結果仍不盡人意，但仍期望多少能對有興趣學習西方女性主義理論的讀者有所助益。

　　此書英文版原於一九八五年出版，距今已有二十年，在這期間女性主義理論有許多發展，各種研究如雨後春筍版出版，本書中介紹的許多女性主義理論家發表了許多新書，思想上也有進一步的發展，也有許多新的女性主義或性別理論大家出現。因此請容許譯者提醒讀者在閱讀此書時，書中所提及的時間修詞如「現在」、「當代」、「當今」等指的都是一九八五年左右的現象，與此書重譯時兩千零三年的女性主義研究學界生態已有所不同，但本書介紹了當代女性主義理論的基本論點與爭議，仍極具參考價值。

　　在翻譯專有名詞的問題上，由於莫教授本人近來越來越傾向拋棄關於「陰性特質」（femininity）的理論，強調所謂「陰性特質」（femininity）與女人（women）和女性（female）間沒有必

然關係。（有興趣的讀者，可以參考莫教授於公元兩千年由牛津大學出版社出版的新書《何謂女人》〔*What Is A Woman?*〕）因此在中文翻譯上，本人捨一般慣譯的「女性特質」或「陰柔特質」，選擇用「陰性特質」來譯 femininity 一字，有時因此可能在上下文間看起來有些許突兀，但這種突兀性剛好強調了何以「陰性特質」理論在某些時候很有用，某些時候又顯得極不恰當。另一個異於一般譯法的專有名詞是克莉斯蒂娃的 chora 一詞，一般常見譯法為「陰性空間」，此譯法或許是根據馬克思主義—女性主義文學研究群（Marxist-Feminist Literature Collective）對克莉斯蒂娃的解讀而來，或為強調 chora 與母親身體之關聯性而產生。但如莫教授於本書最後一章中指出，chora 乃位於前伊底帕斯期的象徵層，在前伊底帕斯期，並沒有任何性／別分野，因此本人在翻譯此專有名詞時，特意避開任何有性／別意涵的字眼，將 chora 譯成「玄窩」，以「玄」強調其為一未知隱蔽空間，「窩」指回其希臘字源「洞穴」之義，兩字合起來音似「漩渦」，以暗示其乃一充滿各種動力的場域。若此譯法與慣譯比起來，顯得古怪，仍望讀者多包涵指教。

翻譯本書期間，本人要感謝托莉・莫教授的指導，以及外子博思恩（Neil Bernstein）時常幫忙解答英文理解的問題、提供精神上的鼓勵以及分擔家務。但在翻譯過程中，由於中英理論性語言及文化與哲學傳統各有許多特殊性和距離，諸多失誤與詞不達義之處，皆因本人中英文學養有限而起，仍望讀者多包涵，並不吝進一步給予本人建議與指導。最後，十分感謝巨流出版社編輯的有心與耐性，巨流總編輯陳巨擘之校訂以及林志忠先生的引介。

王奕婷於美國杜克大學

導論：
誰怕維吉妮亞・吳爾芙？
女性主義者對吳爾芙的解讀

　　大致上看來，本章標題的答案可能是，不少女性主義者。維　　1
吉妮亞・吳爾芙對許多男批評家而言，可能不出意料地，要不是
個玩世不恭的波西米亞藝術家，就是個無足輕重的倫敦布魯姆斯
伯里（Bloomsbury）藝文圈的唯美主義分子。但許多英美女性主
義文評家對這位偉大的女性主義作家之排斥，就很需要進一步的
解釋。比如說，著名的女性主義文評家伊蓮・蕭華特（Elaine
Showalter），曾一面援引又一面改寫吳爾芙的作品標題來顯示她
對吳爾芙的巧妙偏離。在蕭華特的筆下，《自己的房間》（*A
Room of One's Own*）變成了《她們自己的文學》（*A Literature of
Their Own*），似乎意味著她想和她書中所重新挖掘出來的女性作
家傳統保持距離。

　　在本章中，我將先探討部份女性主義者對吳爾芙的負面反
應，以蕭華特在《她們自己的文學》中冗長仔細閱讀吳爾芙的章
節為例。然後，我希望能提出幾個論點，以促進一個不同也比較
正面的女性主義閱讀吳爾芙的方式，最後再綜論女性主義解讀吳
爾芙作品時的幾項特點。如此，希望能說明女性主義文學批評與　　2
其背後往往不自覺的政治預設之關係。

對吳爾芙的拒斥

　　蕭華特在她討論吳爾芙的章節中花了許多篇幅討論吳爾芙的生平和《自己的房間》一文。她的章節標題影射了她治吳爾芙文本的方式：〈維吉妮亞‧吳爾芙及往雌雄同體之逃遁〉（'Virginia Woolf and the flight into androgyny'）。蕭華特一開始就定義吳爾芙對雌雄同體的概念是種能「完全平衡掌握男女兩種感情範疇的能力」（263）。然後，她據此闡述雌雄同體的觀念對吳爾芙來說是種「神話」，「得以幫助她逃避面對自身痛苦的女性特質，並壓抑她的憤怒與野心」（264）。對蕭華特來說，吳爾芙對女性主義犯下的最大錯誤就是，「即使是在表達女性的矛盾與衝突時，吳爾芙企圖超越這些經驗。因而，在她期待得到經驗的同時，她也想忘卻這些經驗」（282）。吳爾芙堅持偉大的作家都有雌雄同體的本性，蕭華特卻視此為吳爾芙對「飽受困擾的女性主義」（282）之遁逃，她並且標示這個遁逃發生在《自己的房間》一文中。

　　蕭華特討論這篇文章時一開頭就宣稱：

　　　　從文本和結構上看來，這本小書令人印象最深刻的部份就是從頭到尾都很引人入勝、十分逗趣、表面上很口語化……。《自己的房間》的寫作技巧很像吳爾芙的小說，特別是同時期創作的《奧蘭多》（Orlando）：許多重覆、誇飾和諧擬，充滿奇想並運用多重敘事觀點。另一方面，表面上看起來雖自然親切，《自己的房間》其實是本欠缺感情、防禦性很強的書。（282）

這裡蕭華特似乎想製造一種印象，就是說吳爾芙的「重覆、誇飾、諧擬，充滿奇想並運用多重敘事觀點」只給人創造了「生動魅力」的印象，因此分散了讀者對吳爾芙此文所欲傳達之訊息的注意力。蕭華特接著批評《房間》欠缺情感，因為吳爾芙的敘述聲音「我」同時包含好幾個不同人物，使得主體位置持續移動改變，因而批評者很難得到一個固定立場，只能和多重觀點奮戰。再者，吳爾芙拒絕清楚完整地揭露她本身的經驗，只將之諧擬或偽裝在文本中，逼得蕭華特非得指出「費南」（Fernham）在現實生活中等於紐南學院（Newnham College），「牛橋」（Oxbridge）等於劍橋等等。

　　顯然，吳爾芙用來轉換、塑造多重敘述觀點的文學技巧激怒了蕭華特，讓她最後宣稱「全書充滿揶揄，十分狡猾且難以捉摸。吳爾芙戲弄她的讀者，一點都不正經，否認任何熱情的顛覆性意圖」（284）。對蕭華特而言，女性主義者唯一能恰當閱讀此書的方法是「和其敘事策略保持距離」（285）；如果她能這樣做，就會發現《自己的房間》絕對不是個特別解放的文本：

> 如果我們把《自己的房間》放置在女性文學和美學史的脈絡中來看，和其敘述策略保持距離，則雌雄同體和個人專屬房間的概念就不會像它們乍看之下那麼天真且有解放性。它們有很黑暗的一面，是流亡者和太監的空間。（285）

對蕭華特而言，吳爾芙的書寫持續逃脫批評者的視界，拒絕被定義成某單一觀點。這種難以捉摸的特質被蕭華特詮釋為缺乏一真實的女性主義心靈，只充滿「憤怒和疏離」（287），執著於布魯

斯伯里圈中希望將「政治和藝術分離」的理想（288）。蕭華特認爲吳爾芙因區別政治與藝術，所以「避談個人經驗」（294）。既然避談個人經驗，蕭華特作結說吳爾芙無法寫出任何認眞的女性主義作品，《三個幾尼》（*Three Guineas*）和《自己的房間》因此都稱不上女性主義文論。

我個人認爲與敘述策略保持距離等於根本沒讀這本書，蕭華特對這篇文章的不耐其實是在形式和風格的層次，而不如她所述是在內容層次。爲了更進一步完整說明這點，我們有必要先仔細檢視蕭華特行文中，她對美學和政治兩者之間關係的理論預設爲何。

蕭華特從未在《她們自己的文學》一書中說明她的理論架構。據我們目前爲止的閱讀，似乎可以合理地假設她相信一個文本應該反應作者本人的經驗，且如果讀者越能感受到這些經驗的眞實性，這個文本就越有價值。蕭華特認爲吳爾芙的文章並未直接傳達給讀者任何經驗，因爲吳爾芙是個上層階級婦女，她欠缺一個好的女性主義作家應有的負面經驗。蕭華特解釋說這個弱點在《三個幾尼》中特別明顯：

> 吳爾芙在此書中顯露了自己與多數女性經驗之疏離。很多人都被這本書的階級預設以及其中天眞的政治所觸怒。更深入的問題是，吳爾芙無法了解她想激勵的女人的日常生活；她典型的問題就是，她一方面批判她本身從未親身經歷過的女性經驗，一方面又避談自己的生活經驗。（294）

因此蕭華特肯定地引用李維絲（Q. D. Leavis）「在《細讀》

（*Scrutiny*）文刊上那篇殘酷卻正確的書評」，因爲「李維絲要探討的就是女性經驗，她表明就她看來，吳爾芙所知甚少」（295）。

　　蕭華特的種種批評似乎暗示著，她認爲好的女性主義作品應強而有力地表達一個人在一個固定社會脈絡下的親身經驗。根據這個定義，吳爾芙的文章顯得欠缺政治眼光。蕭華特這種文評立場事實上只會贊許一種文學形式，那就是一般泛稱的批判式或資產階級寫實主義。因而吳爾芙的現代主義被排除在外，得不到眞正肯定。也絕非偶然的是，在討論吳爾芙的章節中，蕭華特唯一引用的文學理論大家，就是馬克思主義批評家喬治・盧卡奇（Georg Lukács）（296）。由於蕭華特本人平時鮮少有馬克思主義傾向，很多讀者可能會對她引用盧卡奇之舉感到不尋常。但盧卡奇是談論寫實主義的大家，他視寫實主義小說爲敘事體的極致。對盧卡奇來說，偉大的寫實主義作家如巴爾扎克或托爾斯泰，都成功地再現一個固定社會脈絡中人生的整體性，因此也再現了歷史的基本眞相（Lukács, 3）。盧卡奇宣傳自己是個「無產階級人文主義者」（'proletarian humanist'），他表示，「無產階級人文主義的目標就是要重建一完整的人性，將其從階級社會的扭曲和分裂中解放出來（5）。盧卡奇認爲偉大的古典藝術傳統總試圖堅持此完整人性的理想，即使是在一個不容許此理想於藝術中實現的歷史情境中。

　　在藝術世界中，想客觀地再現一個人類主體其私密個人和公眾市民的兩面，可以經由**類型**（*types*）的再現。盧卡奇認爲所謂的類型「是一種特別的綜合體，可以有機地結合人物個性和歷史情境的普遍性和特殊性」（6）。他繼續提出「眞正偉大的寫實主義」是超越其他各種藝術形式的：

5

> 真正偉大的寫實主義視人與社會為完整的實體，它不只
> 呈現人生或社會的其中一面而已。以此作標準，不管是
> 只靠內省或只靠見聞的藝術風格都一樣顯得枯乏、扭曲
> 現實。寫實主義代表的是一種三重的視野，包括各個角
> 色、各種社會關係和賦予這兩者獨立生命力的整體性。
> （6）

在此種藝術觀之下，想當然對盧卡奇而言，任何試圖「把完
整人性分割成公與私兩個領域」的藝術都在「殘害人的本質」
（9）。我們不難發現盧卡奇的這種美學觀對很多女性主義者極具
吸引力。比如派翠西亞·施達博絲（Patricia Stubbs）曾抱怨由一
八八〇年到一九二〇年間，不管是男性還是女性作家，他們寫的
小說裡很少提到女性的私生活和她們的職業生活。當施達博絲宣
稱吳爾芙的小說「沒有創造新楷模、新女性形象的一貫企圖」，
且「吳爾芙無法將她的女性主義帶入她的小說，多少可能是她的
美學理論使然」（231）時，施達博絲對吳爾芙的看法便有如蕭華
特的翻版一般。可是這種對新的寫實女性形象的要求，首先就認
定女性作家都應該想寫寫實主義小說。所以施達博絲和蕭華特都
不喜歡吳爾芙傾向讓一切籠罩在「主觀認知的霾霧中」（Stubbs,
231）；兩人在辯證過程中都急忙請出盧卡奇的史達林式美學
觀，來闡釋現代主義書寫本質上是「反動倒退的」（reactionary）。
盧卡奇認為，現代主義是種極度破碎、主觀、含個別心理學的形
式，象徵被資本主義壓迫剝削的人性主體。[1]他認為，未來主義
和超現實主義，普魯斯特以及喬依斯，都是偉大的反人文主義者
尼采既頹廢又退步的子孫，因此他們的藝術容易為法西斯主義所
利用。只有對人文主義價值具強烈信仰的藝術，才是對抗法西斯

主義的有效武器。盧卡奇強調一種具整體性的人文主義美學，他到一九三八年才宣稱二十世紀上半期最偉大的作家應該是安納托・馮（Anatole France）、羅曼・羅蘭（Romain Rolland）、湯瑪斯・曼和埃里希・曼（Thomas and Heinrich Mann）。

　　但蕭華特當然不像盧卡奇是個無產階級人文主義者。甚而言之，她過去的文學評論都讓人感得到一些她強烈的、視為理所當然的價值觀，只是那些並不屬於無產階級人文主義，反而是屬於講究自由個體的資產階級人文主義。誠如盧卡奇環視資本主義下的非人性化生活阻礙了「全人」的和諧發展，蕭華特則檢視父權社會下殘酷無情的性別歧視對女性潛力的壓迫。我們可以說關於父權制度如何阻礙女性發展成為一完整和諧的人，盧卡奇其實對這種細部問題一點都不感興趣，他天真地認為一旦成功建立共產主義，每一個人，包括女人，都會成為自由的個體。但我們也可以說在蕭華特的文評中，她對抵抗資本主義和法西斯主義一點興趣都沒有。她只在談性別歧視時才覺得藝術具有政治性。因此她看不到吳爾芙在《三個畿尼》中對性別歧視和法西斯主義的關係提出了深具原創性的理論；蕭華特同時也不認同吳爾芙試圖連結女性主義與和平主義的做法，蕭華特只評論道： 7

　　《三個畿尼》很沒有說服力。其語言經常是空洞的口號和陳腔濫調；《自己的房間》中的那些重覆、誇飾和修辭問題，在這裡都變得挑釁且歇斯底里。（295）

　　蕭華特的傳統人文主義，在她批評吳爾芙過於主觀、過於消極以及想藉雌雄同體概念逃避自身女性身分認同時，便清楚地浮上了檯面，她也斥責多麗絲・萊欣（Doris Lessing）在其後期作

品中讓「陰性的自我」（feminine ego）消融於集體意識中
（311）。蕭華特認爲，這兩位作家都有缺點，即：兩人做法雖然
不同，她們都否定個體需要一個完整統一的自我身分認同。吳爾
芙和萊欣都極度否定人有一完整自我的觀念，可是這個觀念卻是
傳統西方男性人文主義的核心概念，也對蕭華特的女性主義非常
重要。

　　史達博絲和蕭華特暗借盧卡奇理論之舉，似乎顯得政治不過
就是正確地使用寫實主義形式來表達正確的內容。吳爾芙在史達
博絲眼中是失敗的，因爲她無法提供「女性眞實的形象」，一個
同時強調公眾與私我兩面的形象。蕭華特則是怨嘆吳爾芙的不敏
感，「不懂得女性的經驗使女性堅強」（285）。這些評論都暗自
預設了好的女性主義小說，應該忠實呈現能讓讀者立刻認同的堅
強女性形象。瑪西亞・何莉（Marcia Holly）曾在一篇名爲〈意
識與本眞性：邁向一種女性主義美學〉（‘Consciousness and
authenticity: towards a feminist aesthetic’）的文章裡大力讚揚這種
說法。根據何莉的說法，新的女性主義美學最好「脫離形式主義
批評，我們應該堅持以本眞性作爲新的標準」（4）。何莉再度引
述盧卡奇，並提出作爲女性主義者，

> 我們應該尋找眞正具革命性的藝術。一個具人文思想、
> 有革命性的作品不一定有和女性主義有關的內容。革命
> 的藝術應該徹底改變人類賴以生存的基本情境，而非繼
> 續鞏固錯誤的意識形態。（42）

　　對何莉而言，一個放諸四海皆準的人文主義美學，理所當然
地會在文學中呈現堅毅強壯的女性，如一九三四年時蘇聯作家協

會開始覺得需要社會寫實主義一般。但與以往強壯、快樂的拖曳機駕駛和工廠工人不同的是，現在我們看到的是強壯、快樂的女拖曳機駕駛。何莉認為：「寫實主義的第一要件就是，對一個作品內所探討的議題（比如感情、動機、衝突等）必須有一貫（不矛盾）的認知方式」（42）。這裡我們又看到蕭華特的另一個翻版，要求一個固定統一的觀點，厭惡吳爾芙會流動的多重觀點，拒絕讓自己認同吳爾芙文本中的每一個「我」；整個立論又回到原點。

　　如蕭華特與何莉那般的女性主義者所無法了解的是，她們代表的傳統人文主義其實是父權意識形態的產物。不論是在個人還是集體的層次，在人文主義的中心是個天衣無縫的完整自我，一般統稱為「（男）人」（Man）。如呂絲・伊希嘉荷（Luce Irigaray）和伊蓮娜・西蘇（Hélène Cixous）所指出的，這個完整統合的自我其實是個陽性的自我，是照一個代表權勢、自成系統的陽具象徵建構出來的。它自立自強，讓自己免於所有衝突、矛盾和模稜兩可。在這種人文思想中，這個完整自我就是歷史和文本唯一的創造者：陽剛、有力、男性的——作者和其文本的關係，就如上帝與他創造的世界一般。[2] 因此歷史和文本都只是一個特別個體的「表達」：所有的藝術都是種自傳（autobiography），如一扇通往自我與世界之窗，本身不具任何現實。因而文本被貶為「陰性」的，被動地反應一個無可質疑、先驗的「陽性」世界或自我。

拯救吳爾芙：一些另類的讀法

　　目前為止，我們已討論了當代女性主義文學批評裡暗藏盧卡　　9

奇理論的幾個面向。此批評最大的缺點，顯然是其無法將二十世
紀英國最偉大的女性作家及其作品當作女性主義文學來閱讀，儘
管事實上吳爾芙不僅是個極具天才的小說家，還是個公開的女性
主義者，她也致力閱讀其它女作家的書寫。當一個女性主義批評
家無法在政治上和文學上積極正面評價吳爾芙時，問題當然有可
能是她們的批評視角，而不一定在於吳爾芙的文本。到底女性主
義者除了負面地閱讀吳爾芙外，是否有其他選擇？讓我們來看看
一個不同的理論方法是否能將吳爾芙從女性主義政治中解救出
來。

　　蕭華特希望文學作品帶給讀者某種安全感，有一個能判斷世
界的固定視角。另一方面，吳爾芙的書寫方式卻是我們現在所謂
的「解構」式書寫，同時處理也暴露出論述的弔詭本質。在吳爾
芙的文本實踐中，她暴露出語言沒有固定的內在意義。法國哲學
家賈克・德希達（Jacques Derrida）認為語言的結構使得意義無
限延伸，想找尋任何具本質性、絕對固定的意義都會變成一個形
而上學的問題。沒有什麼終極因子、基礎元素和自成意義的**超驗
所指**（transcendental signified）能逃脫語意延宕（deferral）和差
異（difference）間無止境的交互作用。能指（signifier）的自由
運作永遠不會產生一個最終、統一的意義來作為解釋其他事物的
基礎。[4] 正是在這種文本和語言理論下，才好解讀吳爾芙在她的
小說和《自己的房間》中嬉戲般變化敘述觀點之目的，而不致認
為這是挑釁嚴肅的女性主義批評家之舉。吳爾芙有意識地利用語
言活潑且能挑逗感官的本質，她拒絕任何形而上的本質主義，因
為這是一種父權意識形態，把上帝、父長或陽具象徵當成最終的
超驗所指。

10　　　但吳爾芙使用的卻不只是種非本質主義形式的書寫。她深刻

質疑男性人文主義思想中本質性的人類自我認同觀念。如果意義都來自差異性的持續運作，又如果**不在場**（*absence*）和在場（presence）的因素一樣是形成意義的基礎，是否可能會有一個自我等同的身分認同觀念？人文主義式的自我認同也受到來自精神分析理論的挑戰。吳爾芙是熟悉精神分析理論的，她與先生藍納‧吳爾芙（Leonard Woolf）合創的霍加思出版社（The Hogarth Press）首先英譯出版了弗洛伊德的主要著作。弗洛伊德於一九三九年抵達倫敦時，吳爾芙曾去拜訪他。據說，弗洛伊德當時還送了吳爾芙一朵水仙花。

對吳爾芙和弗洛伊德而言，潛意識趨力（drive）和慾望會不斷地向有意識的思考和行為施壓。以精神分析觀點而言，人的主體是個複雜的組合物，有意識的心靈只是其中很小的一部份。一旦我們接受了這樣的主體觀，就很難再辯稱人有意識的願望和感覺是源自一個統一的自我，因為我們無法得知形成我們有意識的思考背後無窮盡的潛意識運作。有意識的思考，因此應被視為是多重結構交互決定（overdetermination）出來的表現，所謂自由派人文主義者所稱的「自我」亦是多重結構交互重疊產生出來的不穩定群組。這些多重結構不僅包括潛意識的性慾望、人的擔憂與恐懼，還包括一大堆矛盾的物質性、社會、政治和意識形態因素是我們從未意識到的。一個反人文主義者會說，正是這些矛盾結構組成的高度複雜網路，製造了人的主體以及主體的經驗，而非反過來認為是主體決定一切。這種信仰不一定是貶抑人的經驗之真實性或價值，但絕對是說要了解這些經驗，一定要透過研究決定它們的多重因素──意識只是其中之一，而且可能是非常弔詭的因子。如果我們也以類似觀點來看待文學文本，想在文學作品裡找尋一個統一的個體自我，以及其性別身分或「文本身

分」，無可避免地將顯得過於單純、化約。

11　　因此，蕭華特建議對文本的敘述策略保持距離等於是沒讀一個作品一樣。只有透過檢視一個文本各層次的細部策略，我們才能發現促成寫這個特定文本、這些用詞和文本結構的互相矛盾衝突因素。人文主義者希望有個統一的視野或思考（或以何莉的話說，一個「沒有矛盾的認知世界的方式」），事實上是要一種化約式的閱讀文學的方式——這種閱讀，不僅不適用於像吳爾芙這種實驗型作家，也很難了解新的文本生產方式欲提出的主要問題。因此，對於盧卡奇的對手布萊希特（Bertolt Brecht）而言，一種「沒有矛盾的認知世界方式」才是退步反動的。

　　法國女性主義哲學家朱莉亞‧克莉斯蒂娃曾提出如勞特阿蒙（Lautréamont）、馬拉美（Mallarmé）和其他人寫的現代詩可謂是一種「革命式」書寫。現代詩的特色包含突兀的轉折、省略、中斷和沒邏輯的堆砌，這種書寫有如身體和潛意識的不規則韻律，因此得以突破傳統社會意義森嚴的理性防線。由於克莉斯蒂娃認為是傳統的意義支撐了整個象徵體系（symbolic order）的結構——也就是所有的人類社會和文化體制——現代詩中破碎的象徵性語言對她來說形同且預示了一個全盤式的**社會**革命。對克莉斯蒂娃而言，有一種**特定的書寫實踐**本身即具「革命性」，類同於性與政治改革，其存在證明了有可能從內部改革正統社會的象徵體系。[5] 如此我們或許可以辯稱，吳爾芙拒絕在她的文章內使用所謂的理性或邏輯式書寫，不用傳統小說技法，顯示了一種類似現代詩與象徵語言的決裂，她的小說裡也展現如此的技巧。

　　克莉斯蒂娃亦辯說很多女人能讓她稱之為潛意識的「間歇性力量」中斷她們的語言，因為女人和前伊底帕斯期（pre-Oedipal）的母親形象聯繫很強。然而，如果主體為潛意識的推力完全佔

領，這個主體將會落回前伊底帕斯期或想象層（imaginary）的混亂而導致某些心理疾病。這個讓潛意識力量中斷象徵秩序的主體，同時也冒極大的風險，容易墮入瘋狂。從此脈絡看來，吳爾芙本身偶發的心理疾病可能和她的文本策略及女性主義有關。因為象徵秩序是種父權秩序，由父的律法（the Law of the Father）所制定，任何試圖中斷此秩序、讓潛意識力量從象徵過程之壓抑下逃逸的主體，等於是把自己放在反抗此權威的位置。吳爾芙對她所遭受深刻的父權壓迫進行了精神治療，《達洛威夫人》（*Mrs. Dalloway*）中便有對精神病院極精彩的諷刺〔以威廉・白來肖爵士（Sir William Bradshaw）為代表〕，吳爾芙還在塞迪瑪・史密斯（Septimus Smith）這個角色身上極具洞察力地呈現一個墮入意象期混亂狀態的心靈。塞迪瑪確可被視作克萊瑞莎・達洛威（Clarissa Dalloway）的負面對照人物，克萊瑞莎成功地渡過瘋狂的包圍，但付出了壓抑己身熱情與慾望的代價，成為一個聰明、冷漠、但為父權社會高度讚賞的女人。如此，吳爾芙同時揭露了讓潛意識推力入侵的危險，以及一個成功保住理智的主體所付出的代價，因此得以在言過其實的「陰性」瘋狂和過於輕率地拒斥象徵體系價值中取得一個不固定的平衡。

很明顯地對克莉斯蒂娃來說，革命的潛力並非取決於個人的生理性別，而在於她／他佔據的主體位置。她對女性主義的政治觀點，反映了她對生物決定論和本質主義的拒斥。她辯說，女性主義抗爭在歷史和政治上必定有三個層次，其內容概述如下：

1. 女人要求進入象徵秩序的同等權力。為自由派女性主義階段。要求平等。
2. 女人以差異之名拒絕象徵秩序。為激進派女性主義階段。

頌揚陰性特質。

3.女人拒斥陽性特質和陰性特質，認爲這是一種形而上的二
分法。

第三個位置解構了陽性特質和陰性特質的對立，也挑戰了身分認
同的觀念。克莉斯蒂娃寫道：

13
　　我強烈鼓吹第三種態度——或是想像？——男人／女人
　　被二分成兩個敵對實體應該被視爲屬於形而上層次的問
　　題。當身分認同的概念本身都已經遭到了挑戰，所謂
　　「身分認同」和「性身分」在新的理論和科學場域有什
　　麼意義？（〈女人的時代〉，33-4）

　　這裡我們可能仍需要解釋一下第二個和第三個位置之間的關
係。如果要維護第三個位置，暗示了必須完全反對第二個位置
（我認爲不完全需要），則這將是個可悲的政治錯誤。對女性主義
者來說，在**政治上**必定要因女人是女人所以維護女人，如此才能
對抗父權的壓迫，因爲父權歧視女人的原因正是因爲女人**身爲**女
人。但是一個「未解構」的第二階段女性主義，因爲未意識到性
別身分的形上本質，容易變成一個倒轉的另一種性別歧視。這是
因爲其無批判性地佔領原先父權爲了限制女人而設立的形上位
置，儘管她們試圖將新的女性主義價值附加在舊的分類方式上。
採用克莉斯蒂娃已經「解構」的女性主義，在某一層次上看起來
似乎對現狀沒有什麼改變——即堅持政治抗爭的女性主義位置並
未改變——在另一層次上卻已極端地改變我們對政治抗爭本質的
意識。

　　在這裡，我覺得，克莉斯蒂娃的女性主義和六十多年前吳爾芙的立場相呼應。從此角度閱讀，《燈塔行》（*To The Lighthouse*）說明了相信一個形而上、強大固定不變的性別身分是非常具毀滅性的——以蘭賽（Ramsay）先生夫人為代表——身為藝術家的莉莉・布瑞斯科（Lily Briscoe）則代表一個已解構的主體位置，了解性別二元對立之惡，但儘量試圖在一個依舊嚴苛的父權秩序下做一個自己想做的女人，不理會社會因個人性身分而試圖強加在其身上的定義。我們必須把吳爾芙的雌雄同體觀念置於如此的脈絡下理解。其並不如蕭華特所述，是想逃離固定的性別身分，反而是看穿了性別身分形而上的虛假本質。吳爾芙拒絕其性別身分並不是因為她害怕做為一個女人，而是她看穿了性別分野帶來的問題。她了解了女性主義抗爭的目標應該是要解構陽性特質和陰性特質之間致命的二元對立。

14

　　於其一九七三年出版的書《邁向雌雄同體》（*Toward Androgyny*）中，卡洛琳・何布倫（Carolyn Heilbrun）剛開始也以類似的語言定義雌雄同體的觀念具「無窮可能且基本上難以定義之本質」（xi）。只是她後來發現有必要區別雌雄同體觀和女性主義，因此暗指吳爾芙並非女性主義者。她如此的區分似乎是因為在克莉斯蒂娃的三階段抗爭中，她相信只有前兩期才算得上是女性主義的策略。她承認在現代社會中可能很難區分女性主義者和擁護雌雄同體者，「因為男人仍舊得勢，也因為女人仍處弱勢」（xvi-xvii），但她拒絕定論說女性主義者事實上有雌雄同體的慾望。

　　相對於何布倫，我想和克莉斯蒂娃一起強調的是，一個要求解構性身分的理論才是真正忠於女性主義的。在吳爾芙的個案中，要看的重點應該是，她是否因對女性主義終極目標的理解過

於富前瞻性，從而防礙了她對當時激進政治的參與。從《三個畿尼》（和《自己的房間》）看來，答案都是否定的。吳爾芙在《三個畿尼》中顯示了她深刻意識到自由派女性主義和激進派女性主義的危險（也就是克莉斯蒂娃的第一和第二階段位置），她因而進言採取「第三階段」位置；但僅管她本身的異議，她最後堅定地贊同女人應有權經濟獨立、受教育並進入各行各業──這些都是一九二○和三○年代女性主義的中心議題。

南西・塔萍・白馨（Nancy Topping Bazin）將吳爾芙的雌雄同體觀視爲陽性特質和陰性特質的結合──剛好是解構二元論的相反。對白馨而言，陽性特質和陰性特質在吳爾芙的作品中仍保有完整的意義。因此她辯稱《燈塔行》中的莉莉・布瑞斯科和蘭賽夫人一樣都是陰性的，小說中的雌雄同體傾向在於其同時**平衡**陽性和陰性「探討眞理的方法」（138）。相反地，赫伯・馬德（Herbert Marder），在他的《女性主義與藝術》（*Feminism and Art*）書中重複陳腐的傳統閱讀，他認爲蘭賽夫人本身即是雌雄同體的理想實現：「蘭賽夫人是個妻子、母親和女主人，她是個雌雄同體的生活藝術家，用她整個存在創作」（128）。何布倫正確地拒斥這種解讀，宣稱：

> 我們只有在揮去感性的迷霧與錯置的生平資訊後，才會發現蘭賽夫人和她先生一樣有偏差、否定生命，一點都不是雌雄同體，也不完整。（155）

很多批評家和馬德一樣，都認爲蘭賽夫人和達洛威夫人是吳爾芙理想的陰性特質典型，他們其實都還有些性別歧視偏見──他們認爲兩性基本上是不同的，也應該繼續如此──或可說他們仍留

在克莉斯蒂娃所謂的「第二階段」女性主義：女人和男人不同，而現在應該開始頌揚女性之優越。我認為，這些人都誤讀了吳爾芙，凱特‧米蕾特（Kate Millett）亦是其中之一：

> 維吉妮亞‧吳爾芙讚頌兩個家庭主婦，達洛威夫人和蘭賽夫人，在《波浪》（The Waves）中記述了蘿達（Rhoda）自殺的悲哀卻沒有解釋其中原因，她試圖以莉莉‧布瑞斯科來傳達女性藝術家的挫折，可是可能因為不太具說服力，所以似乎不太成功。（139-40）

綜合德希達和克莉斯蒂娃的理論，似乎能為未來女性主義閱讀吳爾芙之方式開創新局。但很重要的一點是我們必須小心克莉斯蒂娃理論中的政治侷限性。雖然她的「主體的政治」（‘the politics of subject’）觀對革命理論貢獻良多，但她相信主體的內在革命能預示後來的社會革命，卻不符任何由物質觀點分析社會理論之立場。克莉斯蒂娃理論的力量在於其強調語言內的政治也是一種物質與社會結構，但她鮮少全盤考慮一個激進社會改革所需的其他相互衝突的意識形態和物質結構。這些和其他問題將會在關於克莉斯蒂娃的一章中討論（頁 179-205）。然而我們必須強調的是，克莉斯蒂娃理論問題之「解」並不在立即返回強調「整體性」的盧卡奇，而是要將她的理論融入更大的女性主義意識形態理論中再重新評估。

　　馬克思女性主義批評家如米謝‧貝雷（Michèle Barrett）曾強調吳爾芙的政治之物質面向。在她的《維吉妮亞‧吳爾芙：女人與書寫》（Virginia Woolf: Women and Writing）一書的導論中，她提到：

16

> 維吉妮亞・吳爾芙的文評給了我們一段史無前例的關於
> 女性書寫之敘述，她極富洞察力地討論她的同儕和前
> 輩，並堅持探討形成女人意識的物質條件。（36）

然而巴雷只視吳爾芙爲散文作家和批評家，也似乎認爲一提到她
的小說，吳爾芙的美學理論，特別是關於雌雄同體的概念，「持
續地反抗她在《自己的房間》中所提出的物質理論意涵」（22）。
我前面曾說，以克莉斯蒂娃的理論來閱讀吳爾芙就不會有這種美
學在一邊、政治在另一邊的兩分對立，可以看出吳爾芙的政治正
是在她的文本實踐之中。而這種實踐當然是在小說裡比在散文中
明顯。

　　另一群女性主義文評家，以珍・馬庫斯（Jane Marcus）爲中
心，一貫地提出激進式解讀吳爾芙作品的方法，但卻從未仰賴馬
克思主義或後結構理論。珍・馬庫斯宣稱吳爾芙是個「穿維多利
亞裙的游擊戰士」（1），並視她爲社會主義和女性主義的冠軍鬥
士。然而馬庫斯在她的文章〈從我們的母親回想起〉（'Thinking
back through our mothers'）中，非常清楚地表明要讓此論點有說
服力非常困難。她在文章開頭就說：

> 書寫，對於維吉妮亞・吳爾芙而言，是種革命性的行
> 爲。她與英國父權文化、資本主義和帝國主義的形式和
> 價值觀強烈疏離，使得她在寫作時同時充滿害怕和決
> 心。一個穿維多利亞裙的游擊戰士，當她準備攻擊、突
> 襲敵人時，她因恐懼而顫抖。

我們是否要相信第一句和後面其他幾句有因果關聯？——難道對

17

吳爾芙來說書寫作爲一種革命行爲是因爲她可以讓別人看到她在寫作時發抖？或者我們應該把這段文字閱讀成一個延伸的隱喻，隱喻任何在父權制度下書寫的女人之恐懼？總之不管是哪種說法都沒有讓我們更認識吳爾芙的寫作實踐。或者說，後面其他幾句是要聯合起來一起證明第一句？即便如此，這個論點還是無法成立。因爲馬庫斯在此毫無戒愼地以作家生平來佐證她對吳爾芙書寫本質之論點：讀者是爲作家生平之細節所說服，而非文本的證據。但到底這與吳爾芙有沒有在她書桌前顫抖的習慣有什麼關係？這種情緒性的論調，在馬庫斯泛論吳爾芙和德國馬克思主義文評家華特·本雅明（Walter Benjamin）的類似之處時再次出現（「吳爾芙和本雅明在法西斯暴政來臨前都選擇自殺而非逃亡」〔7〕）。但可以確定的是本雅明是在西班牙前線自殺，作爲一個德籍猶太人逃離納粹佔領的法國，他害怕被移交到蓋世太保的手中。相對於吳爾芙在未被佔領的英國自家後花園自殺，不管我們多希望她的私生活充滿怎樣的政治性，兩位的處境是大不相同的。馬庫斯想以類比傳記來證明吳爾芙是個傑出的個人，因此卻落回一九三〇年代美國新批評登場前流行的舊式歷史傳記批評。到底一個激進的女性主義的閱讀方式和傳統閱讀方式有多少差別肯定是值得討論的。

　　我們已經談過當代英美女性主義文學批評常以傳統的美學範疇來閱讀吳爾芙，很大部份是以盧卡奇的自由派人文主義美學對立布萊希特大力辯護的實驗形式。我前面倡導的一個反人文主義閱讀方式仍待更多人來發揮，以更深入理解吳爾芙的美學政治本質。目前唯一整合部份後結構主義理論來閱讀吳爾芙的書是由一個叫派瑞·麥叟（Perry Meisel）的男人寫的，這本書絕對不是本反女性主義或無關女性主義的書，但其主要的焦點是在華特·

18

裴特（Walter Pater）對吳爾芙的影響。麥叟是我唯一知道能理解吳爾芙文本極端解構本質的批評家：

> 「差異」是吳爾芙和裴特的文本的指導原則，即使是在
> 兩性之間也沒有任何自然或天生的特質，因為所有的性
> 格，所有的語言，甚至是性慾質素的語言，都是因差異
> 導致。（234）

麥叟也敏銳地指出，因講究差異原則使人很難選出吳爾芙最具代表性的作品中，何者是眾文本中最具「吳爾芙特質」的，因為吳爾芙的文本十分多元龐雜，所以「我們沒辦法說在吳爾芙的生涯中哪一刻比其他時候更有概括性」（242）。麥叟作結說，「想要堅持一個有連貫性的自我和作者是種錯誤，因為我們面對的是一個試圖鬆動這些觀念並將其去中心化的論述，其欲擺脫的正是我們做批評時使用的分類概念」（242）。

我們這番對女性主義者閱讀吳爾芙的考察，最後非常矛盾的結論是，吳爾芙仍有待她在英國和美國的女性主義女兒們適度地歡迎和讚賞。至今她不是被她們認為因不夠女性主義而拒斥，就是在排除她的小說時才讚賞她。她們多少是因為不智地繼續使用傳統學院男性體制發展的人文主義美學分類，而無法有力地挑戰這個體制。在這個傳統下，看待文學形式的政治方式決定了女性主義者和非女性主義者的分野。因此，女性主義批評家不知不覺地置身於一種立場，以致不可能解讀吳爾芙，而吳爾芙無疑是一位進步的、天才型的女性主義作家。一個女性主義文學批評應該是可以還其偉大的母親和姐妹一個公道的，並能向其致敬，這無疑地，應該是我們的目標。

註釋

1. Anna Coombes 對《波浪》(*The Wave*) 的閱讀，顯現了典型盧卡奇式批評家對現代主義破碎且主觀脈絡的厭惡，如她寫道：「我寫這篇文章遇到的問題一直是，我試圖政治化一個極力排除政治與歷史的論述，這個論述在發現達不到其目標時，就企圖美學化那些它無法『寫實地』融合的元素」(238)。

2. 關於這點的進一步討論，請見 Gilbert 與 Gubar，56-68 頁。

3. 「英美」('Anglo-American') 一詞應被視為研究文學的一種特有方法學，而不是指批評家的實際國籍。英籍批評家 Gillian Beer 在她題為〈超越宿命主義：喬治‧艾略特與維吉妮亞‧吳爾芙〉('Beyond determinism: George Eliot and Virginia Woolf') 的文章中，對蕭華特提出了與我類似的批評。在她一九八四年的文章〈主體、客體與現實的本質：休謨與《燈塔行》中的哀歌〉('Subject and object and the nature of reality: Hume and elegy in *To the Lightouse*')，Beer 則往哲學的方向繼續發展此批評方法。

4. 關於對德希達的介紹以及其他形式的解構，請見 Norris。

5. 這裡我對克莉斯蒂娃立場的介紹是基於她的《詩語言之革命》(*La Révolution du langage poétique*)。

6. 女性主義批評家 Barbara Hill Rigney 曾試圖證明在《達洛威夫人》中，「瘋狂變成自我的避難所，而非喪失自我」(52)。這個論點在我看來欠缺文本證據，且是基於評家欲保留其梁格 (Laingian) 分類法之慾望，而不是來自對吳爾芙文本的回應。

第一部

英美女性主義文學評論

第一章
兩部女性主義文學批評經典

　　自女性贏得投票權後，直到一九六〇年代，女性主義才首度　　21
在西方世界成為一股重要的政治勢力。回首過去，現在很多女人
認為貝蒂・芙瑞丹（Betty Friedan）在一九六三年出版的《女性
迷思》（*The Feminine Mystique*），是美國女性對身處戰後富足社
會日漸不滿的頭兆。早先女人以女性主義者身分加入特別女性組
織，是由於參與民權運動（civil rights movement），接下來女人
也投入反越戰抗議。[1] 因此這些「新」的女性主義者都是很有政
治決心的運動分子，不害怕挺身為自己的意見而戰。女性主義和
人權及和平運動抗爭串連此非首遭，兩者之間的關係也非偶然。
很多十九世紀的美國女性主義者，如伊麗莎白・凱蒂・史丹頓
（Elizabeth Cady Stanton）和蘇珊・安東尼（Susan B. Antony）都
初出茅蘆於廢奴運動（Abolition Movement）。在十九世紀和二十
世紀，這些參與反對種族歧視運動的女人，很快都發現那些用來
限制黑人的策略和價值觀反映了男人維持女人屈從的手法。在民
權運動時，當黑種和白種男性解放分子一樣強烈拒絕將其理念延
伸至對女人的壓迫時，女人的確是應當生氣的。如史托克利・卡
邁可（Stokely Carmichael）放話說：「女人在學生非暴力協調組　　22
織（SNCC, Student Nonviolent Coordinating Committee）中的唯
一職務是暖被」（1966），或如艾卓爵・克利弗（Eldridge Cleaver）

之詞：「女人？我猜她們大概只有兩腿之間有力量」（1968），[2]
諸如此類的言詞促使許多女人逐漸與男性主導的民權運動團體疏
離。在其他激進政治團體中（比如反戰運動，各種馬克思主義組
織），女人一樣體驗到男性運動分子在其平等理念和其粗魯對待
歧視女性同志之間的差距。至一九六○年代晚期，女人逐漸開始
組織她們自己的解放團體，算是為她們原先參與的政治補充一個
女性的空間，也提供另一種參與政治的形式。

　　到了一九七○年時，所謂的「新」婦運內已經有許多不同的
思想流派。蘿賓・摩根（Robin Morgan）清楚地挑明，由貝蒂・
芙瑞丹創辦的國家女性組織（NOW, National Organization of
Women），是屬於資產階級和自由改革派的，她並宣稱「新婦運
內唯一的希望是在目前才剛起步的革命派女性主義」（xxiii）。雖
然，摩根這句宣言裡所謂「革命」的定義是不清不楚的（她是指
反資本主義，女性分享一半的政治，還是兩者皆是？），但很明
顯的是，此時女性主義大旗下的兩股互相衝突傾向已清晰成形。
蘿賓・摩根在一九七○年編輯出版的《姐妹情誼力量大：女性解
放運動論文集》（*Sisterhood is Powerful: An Anthology of Writings
from the Women's Liberation Movement*）中包括了一份長達二十六
頁的參考書目和相關團體的聯絡地址。由此可知，我們今日所認
識的婦運已於一九七○年時在美國奠定基礎。

　　那麼，到底文學批評在婦運中又扮演什麼角色呢？《姐妹情
誼》一書密密麻麻的書目裡只有五項純文學或與文學有關的條目：
維吉妮亞・吳爾芙的《自己的房間》（1927），西蒙・波娃的《第
二性》（*The Second Sex*）（1949），凱薩琳・羅潔思（Katharine
M. Rogers）的《麻煩的助手》（*The Troublesome Helpmate*,
1966），瑪麗・艾爾曼（Mary Ellmann）的《思索女人》

（*Thinking About Women,* 1968），和凱特・米蕾特（Kate Millett）的《性政治》（*Sexual Politics,* 1969）。這些作品後來成爲英美女性主義文學批評爆發的基礎。《姐妹情誼力量大》中只有一篇和文學有關的論文（就是凱特・米蕾特論文的第一章）。

　　如果我們以蘿賓・摩根的書選爲依據，文學批評看來很難說是早期新婦運的主要構成因子。如同其它激進批評家般，女性主義批評家可謂是一場主要焦點在改變社會和政治之戰役的產物；她的特殊任務是試圖把廣泛的政治運動延伸到文化領域。這場文化／政治戰役必定要朝兩個戰線進行，即：要實現其目的必須同時經由改變體制和文學批評的中介。對許多女性主義批評家來說，她們主要的問題是如何結合她們的政治參與和傳統認定的「好的文學批評」。如果既存的「好」的先決條件早就是由白種資產階級男性所制定，要女性主義研究同時符合這些條件又要挑戰、顛覆其準則似乎不太可能。如此，有志於此的女性主義者顯然只有兩種選擇：從學院內改造這些標準，製造一個有判斷力的批評論述來力保女性主義，不致嚴重影響學院體制運作，或是把這些學術評量條件看成退步、反動的，對她的研究沒什麼重要性。

　　早期的女性主義批評，特別是如李麗安・羅賓生（Lillian S. Robinson）等人，是有意識地選擇了後者：

> 有些人試圖把女性主義批評家抬舉爲誠實的女人，來表示每個「有名氣」的系都應該庫存一個。我本身對女性主義文學批評是否能成爲學院批評裡受敬重的一支並不感興趣，我比較在乎的是女性主義批評家如何能對婦運有貢獻。（35）

然而，這卻不是面臨這個困境最典型的反應。如同其他流派的文學批評家一樣，在一九八○年代絕大多數的女性主義批評家都還是在學院體制內工作，也因此無可避免地在職場上陷於找工作、拿永久職和升遷的奮戰。女性主義文學批評的專業化不見得絕對是個負面的現象，但如我們即將看到的，在一九七○年和八○年間的女性主義批評作品中，在批評標準和政治參與間眞實且明顯的衝突經常持續地以各種不同面貌出現。凱特‧米蕾特成功的原因之一，或許是因爲她能成功地銜接體制內外的評論差距，這是當時其她女性主義文評家做不到的：《性政治》肯定是全世界最暢銷的博士論文之一。這本書使米蕾特得以從一個有名的學校拿到學位，也同時爲全世界女性運動內外的讀者帶來很大的政治衝擊。

凱特‧米蕾特

　　《性政治》一書總共分成三部份：「性政治」、「歷史背景」和「文學上的反思」。在第一部份中米蕾特提出她對兩性之間權力關係本質的命題，第二部份調查在十九和二十世紀女性主義抗爭的命運和其組成內容，最後一部分則探討她在前幾章所提出來的性權力政治如何彰顯在勞倫斯（D. H. Lawrence）、亨利‧米勒（Henry Miller）、諾曼‧梅勒（Norman Mailer）與尙‧惹內（Jean Genet）的作品中。這本書讓女性主義批評方法被公認爲一股重要的批評力量。此書影響所及，使米蕾特成爲所有後來英美傳統中女性主義文學批評的「母親」和先驅，一九七○和八○年代的女性主義者莫不肯定米蕾特文章的影響，或由其文出發表達

異議。米蕾特的文學批評也代表與美國新批評學派（American New Criticism）在意識形態上的重大決裂，新批評在當時仍居學院文學研究之領導地位，米蕾特勇敢地反對新批評方法，堅持如果要適當了解一個文學作品，一定要研究其社會與文化脈絡，這個觀點是她和後來所有的女性主義批評家都同意的，即便她們之間有其他的不同差異。

米蕾特的研究中最驚人的一點，就是她「反對按圖索驥」（against the grain）來閱讀文學文本的大膽程度。她閱讀梅勒的方法完全缺乏一九六九年時傳統仍對作家的權威和意圖之尊重。她的分析公開地假定一個外於作者本人之觀點，並顯示這個在讀者和作者／文本之間的衝突，如何揭露了一個文學作品的基本假設前提。米蕾特作為一個文學批評家的重要性在於她毫不留情地捍衛讀者提出她自己的觀點之權利，拒斥傳統認定文本和讀者之間的位階優劣。作為一個讀者，米蕾特一點都不屈從，也不淑女，她的風格有如一個倔強的街童，到處挑戰作者的威權。她的手段破除了普遍認定讀者／批評家是屬被動／陰性接受作者權威論述的形象，這正好符合女性主義的政治目的。

不幸的是，對後來的女性主義批評家而言，米蕾特研究的正面積極部份也受一大堆不太成功的策略所牽絆，使得《性政治》一書作為一女性主義文學研究仍充滿缺點。即使是在稱讚米蕾特的重要性時，很多女性主義者沮喪地注意到她不太願意肯定影響她的女性主義前輩。米蕾特對父權政治的看法顯然是深受西蒙‧波娃在《第二性》裡首創的分析所影響，但米蕾特卻未曾承認此點，她只順道提及西蒙‧波娃兩次。瑪麗‧艾爾曼在《思索女人》一書中討論梅勒作品很多，其中援引梅勒原文的部份和後來米蕾特選在她的書裡的段落時有雷同，但米蕾特卻只簡略提及艾爾曼

25

那篇「機智的論文」（329）。凱薩琳・羅潔思對文學中憎惡女人（misogyny）現象的研究只出現在註腳中（45），即使米蕾特和羅潔思兩人對男性憎惡女人的文化因素之觀點非常接近，米蕾特卻沉默未置說明。

在一個女性主義作家身上發現其欠缺對女性主義先驅成就之肯定是很奇異的，這也明顯反應在米蕾特處理其她女性作家的方式上。我們已經提過她以一個簡短的段落排除掉了維吉妮亞・吳爾芙；事實上，除了夏綠蒂・白朗特（Charlotte Brontë）以外，《性政治》一書中處理的都是男性作家。感覺上米蕾特似乎有意識或潛意識地想隱藏早期反父權作品存在之證據，更別提她的前驅是否是女人：比方說，她大幅討論了約翰・史都・米爾（John Stuart Mill），卻不提瑪麗・吳史東克芙（Mary Wollstonecraft）。她選擇閱讀法國同志作家尚・惹內的文本作為顛覆性別角色和性政治的代表，卻沒提到如伊蒂絲・華頓（Edith Wharton）或多麗絲・萊欣，這些做法更加強了這種印象。似乎米蕾特為了賦予她自己文本的生命，她必須不惜代價地拒絕所有可能的「母親形象」。

然而，米蕾特之所以膚淺對待女性作家和理論家還是有比較具體的解釋的。米蕾特定義「政治的本質」為權力，試圖證明「不管其目前看來多不顯眼，性宰制仍是我們文化中最普遍的意識形態，也為權力提供最基本的觀念」（25）。她對性政治的定義很簡單：就是統治的一性試圖維持並擴展宰制另一性的權力。她整本書都是在說明這個命題，修辭結構上也意圖表現這個過程是如何持續又普及地存在於整個文化生活中。米蕾特特別選些能夠說明這個命題的標題和範例。整本書在修辭上非常一致，像是對有如太陽系般的父權網路揮出重重的一拳。每個細節都有機地附

屬在這個政治信息之下，而這一點，有可能就是米蕾特不願肯定
她有力的女性前輩的原因。對她而言，如果花太多篇幅分析女性
作家的顛覆模式，似乎會減低她想抨擊性權力政治之無恥、無處
不入又單一的本質。即使如此，很明顯的事實是證諸歷史，過去
還是有很多例外的女人能夠抵擋父權意識形態，由她們的受壓迫
情境中覺醒，並表達她們反對男性勢力，這是米蕾特的性意識形
態觀無法解釋的。唯有把意識形態看成一個矛盾的建構，有斷
層、滑動和不一致性，女性主義才能解釋為什麼即使是最嚴苛的
意識形態壓迫都還會有漏洞。

　　米蕾特對父權壓迫的狹隘觀點，也解釋了為什麼她不願肯定
羅潔思研究文學中性別歧視現象的貢獻。在羅潔思研究男性憎惡
女人現象中，她列舉了各種文化因素：（1）排斥性或對性有罪惡
感；（2）對男人們以理想化女人的方式來榮耀她們進行反抗；（3）
父權心態，希望令女人永遠屈從於男人。羅潔思認為，最後一點
是「憎惡女人最重要的因素，因為其最廣泛深入於社會中」
（272）。米蕾特自己的命題非常接近羅潔思的第三點，使得別人
覺得她應該做些說明。相反地，米蕾特完全沒有提到羅潔思這部
份的研究，並堅持認為父權壓迫是唯一的理由。她如此化約的閱
讀方式，使得她認為所有的文化現象都是純粹的權力政治，如她 27
解釋騎士愛情（courtly love）傳統時說：

　　　我們必須承認所謂騎士精神是一個統治族群將臣屬捧抬
　　至偶像層次的遊戲……如社會學家雨果・拜格（Hugo
　　Beigel）所觀察的，所謂騎士愛情和浪漫的情愛都是男
　　性從他絕對的權力中出讓的小「獎賞」。兩者都模糊了
　　西方文化的父權性格，利用讚美完全不實際的女性美

德，父權窄化了女人的行爲範疇。（37）

米蕾特論點帶來的修辭要求也使得她偶爾用錯理論，或對相左的理論斷章取義。她討論弗洛伊德和後弗洛伊德理論的方式影響深遠，她一開始就企圖證明「弗洛伊德無疑是當代性別政治意識形態最強的個別反革命力量」（178）。但是任何簡化矛盾的說法對弗洛伊德一定會造成很大傷害——他的文本是有名地令人難以抓住一個單一統一的位置——不只是因爲潛意識理論之緣故，也因爲他常修正自己的立場。米蕾特粗率的做法等於是不顧弗洛伊德自己表白說，那些「卑微迷惑的時刻」中有很多試驗和不確定性，米蕾特視精神分析理論是種具摧毀性的不文明的理論——雖然現在看來這個說法是來自米蕾特本身的誤讀和誤解。她最後一點都不細膩也毫無保留地謾罵弗洛伊德和精神分析理論是一種生物本質論——也就是說，一個將所有行爲化約成天生性生理特徵不同的理論：

> 現在可以以科學方法說女人與生俱來就是卑屈的，而男人是強勢的，他們被設定爲比較強的一性，因此有權宰制女人，而女人喜歡被壓迫也應得如此，因爲她的本質虛榮、愚笨，如果她們還算是人的話，只比野蠻人好一些。一旦這種固執專斷的觀點被包上科學的外衣，反革命就可順暢無阻地進行。（203）

米蕾特之所以拒斥弗洛伊德的理論，很大部份是因爲她不喜歡她認知中弗洛伊德關於陰莖欣羨（penis envy）、女性自戀（female narcissism）和女性被虐情結（female masochism）的理

論。可是現在這種閱讀弗洛伊德的方式已經被許多女性主義者強而有力地推翻掉了。朱莉葉・米契爾（Juliet Mitchell）和賈桂琳・蘿絲（Jacqueline Rose）已經很具說服力地提出，弗洛伊德並不認為性別身分是與生俱來的生物本質，且弗洛伊德精神分析事實上視性別身分為一種不固定的主體位置，是在兒童進入人類社會的過程中，由文化和社會力量建構出來的。至於米蕾特對陰莖欣羨、女性自戀和女性被虐情結的詮釋，也已受到來自其她女人的挑戰：莎拉・克芙曼（Sarah Kofman）和吳麗克・帕革普（Ulrike Prokop）曾在不同地方將弗洛伊德對自戀女人的說法解讀為女性力量的再現，珍奈・蕭斯桂史莫格（Janine Chassequet-Smirgel）也中肯地視陰莖欣羨是小女孩需要與母親分離，以建立獨立身分認同之表現，這個過程對蕭斯桂史莫格而言，是決定女人日後創造力發展的關鍵。

　　米蕾特陳述弗洛伊德時另一個有趣的面向是，她儘量避免提及弗洛伊德最重要的洞見：即潛意識慾望對有意識行為的影響。如蔻拉・卡普蘭（Cora Kaplan）有力的反駁，即：米蕾特認為性別意識形態是一連串對女人不利的虛假信仰，是有意識、有組織的男性陰謀。米蕾特這種說法忽略了事實上並非所有對女人的憎惡都是有意識的，也忽略了就算是女人也有可能在潛意識內化具性別歧視的態度和慾望。在她對《性政治》的討論中，卡普蘭強調了米蕾特的意識形態觀影響了她選擇討論哪些作家：

　　反叛自身性別的人如米爾（J. S. Mill）和恩格爾（Engel）都被准予擁有矛盾，但女性主義卻該具實證性，完全自覺，堅持道德和政治正確。她必須知道她要什麼，可是那麼多女人所要的東西是那樣充滿矛盾和困惑，有些仍

29

陷在父權對她們的期望或期望她們會慾望的，米蕾特不
准她們顯露出她們太多的「弱點」。（10）

在一九七〇年代前期，至少到一九七四年朱莉葉‧米契爾
（Juliet Mitchell）出版《精神分析和女性主義》（*Psychoanalysis
and Feminism*）前，米蕾特對精神分析堅定的負面評價一直都沒
受到英國和美國的女性主義者挑戰。遲至一九七六年，派翠西
亞‧梅爾‧史派克絲（Patricia Meyer Spacks, 35）仍稱讚《性政
治》一書中最有力的一點，就是其對精神分析的表述。即使如我
們所見，在今日各式各樣高度發展的女性主義閱讀和挪用弗洛伊
德理論方式已經存在，米蕾特對精神分析的唾棄還是廣爲許多女
性運動內外的女性主義者所接受。她的這個觀點仍持續有效，可
能是因爲她的理論視性別壓迫爲一有意識、巨大和單一的壓迫女
人的計謀。如此看來，好像有種全面解放的可能性，這種對解放
的樂觀觀點是非常誘人的。對米蕾特來說，女人是個被壓迫的存
在，沒有具反抗性的潛意識；她只要看透男性父權統治階級的錯
誤意識形態，就能將之拋棄得到自由。然而，如果我們接受弗洛
伊德的觀點認爲所有的人類——即使是女人——都有可能內化其
壓迫者的標準，且他們也會令人沮喪地認同他們的壓迫者，解放
就不只是以理性暴露父權統治帶來的錯誤信仰如此合邏輯的結
果。

米蕾特的文學批評如她的文化理論批判一樣，因其化約式的
修辭而有所瑕疵。特別是她對夏綠蒂‧白朗特（Charlotte Brontë）
的《薇列特》（*Villette*）之閱讀。如派翠西亞‧梅爾‧史派克絲
所指出，這個讀法有許多嚴重且基本的誤讀：即使白朗特已經讓
女主角露西（Lucy）答應保羅‧伊曼紐（Paul Emmanuel）會在

未來結婚，米蕾特仍說「露西永遠不會嫁給保羅的，就算是在這個暴君軟化後」(146)；當白朗特故意不決定保羅的生死，以便讀者可自行創造故事結局，米蕾特卻評道「女人應該閃避一個軟化的執法者；因此保羅變愛人後就被水淹死了」(146)。雖然米蕾特的閱讀沒什特色也不正確，然而，我們也應同意史派克絲的看法，她有很多熱忱和政治上的執著。米蕾特對父權流利且憤怒的控訴，使她對現代文學中男人性侵害女人的研究深具權威：無疑地，她所攻擊的男作家〔尤其是亨利‧米勒（Henry Miller）和諾曼‧梅勒〕的確都帶有貶抑女性性慾質素的無禮傾向。但米蕾特的批判閱讀，跟她的文化分析一樣，在她過於單一的性別意識形態觀念主導下，使她無法看到她所檢視的作品內細膩、不連貫和模稜兩可的部份。對米蕾特來說，凡事都是二分或是對立，不是黑就是白。雖然她看到《薇列特》裡的露西‧史儂（Lucy Snowe）陷於其時代的性別和文化矛盾中，她仍痛斥白朗特因為其「迂迴的小說技巧，持續落入其時代要求的感性泥沼」(146)。她反對浪漫愛（「感性」）的論述突然侵入《薇列特》裡普遍寫實的部份，她認為這純粹是種陳腐的技巧，然而後起的女性主義文評家，特別是瑪麗‧潔可布（Mary Jacobus）在〈被埋葬的書信〉（'The buried letter'）一文中顯示，正是因為此論述侵入帶來的縫隙和錯置，我們才得以找到小說中對性慾質素和陰性特質更深的意涵。

30

　　作為一個文評家，米蕾特不是很注意文本的形式結構：她做的完全是內容分析。有時為了方便，她也會毫無戒慎地當起作者、敘述者和主角英雄，出現不少像「保羅‧莫瑞（Paul Morel）當然是勞倫斯本人」(246)這類說法。《性政治》書中談文學部份的標題是「文學上的反思」，這個標題似乎暗示米蕾特把文學

和她先前討論的社會和文化勢力之間的關係看得過於機械式且簡
化。米蕾特並沒有說明文學到底是反思什麼東西，或者文學到底
應該如何反思。這個標題使得讀者懸在半空中，假設在文學和某
個其他領域之間有些關係，但米蕾特卻不說清楚或深入探索這個
關係。

　　因此《性政治》很難拿來作為一個未來女性主義批評的典
範。即使米蕾特激烈地攻擊有位階分野的閱讀模式，推翻作者如
神一般讓讀者／批評家必須留心傾聽的權威，其仍有侷限。她能
製造出這種破除偶像崇拜的閱讀方式，最主要是因為她處理的文
本都是令她深惡痛絕的：是男性作家寫來鞏固、展現男性的性優
越的。相較之下，一九七〇和八〇年代的女性主義文學批評，多
集中研究女作家的文本。由於米蕾特繞過女性主義或女性作家之
文本不談（除了《薇列特》之外），她並沒有面對如何閱讀女人
的文本的問題。米蕾特精彩的反權威閱讀方式，在處理女作家的
文本時也能同理可證嗎？或是當女人閱讀女人寫的文本時，女人
又必須重拾舊式對作家的尊重，讓讀者又屈從於作者？凱特·米
蕾特的文學批評，雖然全心全意地對付可惡的男作家，卻無法導
引我們思考這些問題。

瑪麗·艾爾曼

　　瑪麗·艾爾曼的《思索女人》（1968）一書出版在凱特·米
蕾特的《性政治》之前。

　　我選擇先討論米蕾特再討論艾爾曼，多少是想反映艾爾曼這
本聰明精彩的書在眾女性主義者中從未像米蕾特那般有影響力。

艾爾曼的書比較沒有廣大吸引力，因為《思索女人》中只做文學
分析，並不處理父權的政治和社會面向，如艾爾曼自己於書中前
言所說：「我只對文字裡的女人有興趣」（xv），因此她的書可以
直接吸引與文學研究有淵源的女性主義者，雖然很明顯地，這本
書寫作時設定的讀者群是一般大眾，而不是專業的學院人士。比
起米蕾特的書裡充滿註腳和參考書目，文章風格充滿諷刺與詼諧
的艾爾曼很少用註解，且她也沒有提供參考書目讓學院派的讀者
過目。艾爾曼和米蕾特的書一起成為啟發現在所謂「女性形象」
批評的基礎書目，這種文學批評方法是在男性作家的作品和男性
批評家對女性作家的批評中找尋他們對女性的刻板印象。下一章
將繼續深入探討這種批評。

　　《思索女人》的主要命題是說西方文化在各層次上都充斥著
一種艾爾曼稱為「性的類比思考」（sexual analogy）。根據艾爾曼
的說法，所謂「性的類比思考」是指我們都容易傾向「以最原始
也最簡化的生理性差異解釋所有的現象，不管世間現象如何改變
……我們都習慣以性類比的方式來將各種經驗分類。」這種思考
習慣深深影響我們對世界的認知：「外在世界通常不只被強加上
性別區分，還被賦予性別成見。所有的形式都被收編成普遍認定
是男性還是女性性情的觀念」（8）。艾爾曼此書的目的就是要揭
露這種性思考模式荒謬且無邏輯的本質。因此她先舉例說明一個
合理化性類比思考的社會是什麼樣子，之後再拿我們的處境與其
相較：

　　　　男人比女人強壯，但在完成生殖功能上，女人懷孕需時
　　　　比男人只播種來得長、過程也比較辛苦。在一個只求實
　　　　際的社會（雖然不一定是個理想社會），男女生理特徵

32

是最重要的，兩性都必須全神貫注地執行其生理性特徵
——也就是說男人不斷勞動而女人一直懷孕生小孩。兩
性都無片刻停歇地活著，沒時間停下來看到他們生活的
單調性，或更常的是，沒時間去形容他們這種只專注於
執行生理特徵的複雜執迷⋯⋯。

然而在現代社會，我們開始得以休憩，不再忙著勞動或
生小孩，不再迫切需要執行我們的性角色功能，但我們
反而越來越有空拿性類比當嗜好來描述其他活動。當現
代生活中很多活動的本質根本就和勞動和生小孩這兩個
原始性角色無關時，這些活動和其被貼上的性別標籤中
間的差距就顯得十分荒誕。在我們的時代裡，強調性生
理都已經顯得多餘，但人們還是那麼熱衷使用性的類比
思考，到處表現自我的性功能，這是很奇怪也很滑稽
的。（2-3）

在我們所處的現代社會中，和原始社會相較，女人不再只是
生殖工具，男人也不再只出蠻力。我們應該不再需要以「男人＝
強壯主動」和「女人＝柔弱被動」這種性別刻板印象思考。但
是，如《思索女人》中豐富的文獻所顯示的，人生活的各層面都
受到這種及其他類似的性別分類影響，如艾爾曼所指出的，即使
是在所謂的知識生產活動中，受孕、孵化、懷孕和出生都是很重
要的譬喻。

　　艾爾曼的第二章「陽性文學批評」處理的是文學批評中出現
的性類比。她對此現象的分析可從以下的段落中探知：

男人討論女人寫的書時，像有種變質的忠誠般，最後總
是會到達同一個關心點，就是陰性特質的問題。男人看
待女人寫的書就像對女人品頭論足般，他們的評論寫到
興奮時，就開始像量胸圍和臀圍般地衡量女人的智力。
（29）

「陽性文學批評」的可笑之處可以從艾爾曼諧擬一位男性批評家
討論莎崗（Francoise Sagan）時看出；爲了節省篇幅，我先引男
批評家的文字如下，再對照艾爾曼的反擊：

可憐的芳思娃絲・莎崗。像個過時的守舊女子般，不斷
被新的文學風尚和年輕的新人所超越。大致說來，她在
美國的文學生涯就像那些薄命的中古世紀美女一般，十
四歲開花，十五歲花謝，三十歲就老了，到了四十已是
個乾癟的老太婆。

以下段落節錄自暢銷法語作家馮斯瓦・薩崗新書之書評：

可憐的馮斯瓦・薩崗。……大致說來，他在美國的文學
生涯就像那些中古世紀的吟遊詩人般，十四歲開始自
慰，十五歲開始性交，三十歲就性無能，到了四十前列
腺都有問題。 （30）

在她書中最後一部份，艾爾曼總結了十一種男性作家和批評家最
常拿來代表陰性特質的刻板印象：混沌、被動、不穩定、拘束、
虔誠、物質化、信仰宗教、不理性、順從和最後兩種深根蒂固的　34

形象，巫婆和潑婦。她的第四章「語氣的差異」，討論一般斷論認爲「男性身體予其意見威信，女性身體卻減低其可信度」（148）。艾爾曼的論點是，傳統上男人都會選擇以專斷、權威的模式寫作，而女人則被限制在使用感性的語言。然而自一九六〇年代起，許多現代文學都企圖反抗或顚覆權威式的寫作模式，創造了一種新式女人書寫的情境：

> 我希望能解釋爲何女人現在能夠寫出好作品。其實很簡單，由於沒有身體上或智力上的權威，她們不需抗拒反權威的文學。（166）

艾爾曼最喜歡的女性作家如桃樂西・李查遜（Dorothy Richardson），艾薇・康普敦博內（Ivy Compton-Burnett）和納塔莉・薩后（Nathalie Sarraute）（但很奇怪的是沒有吳爾芙），我們可從此看出她對權威和傳統寫實主義的厭惡。

在她一九七二年發表於瑞典題爲〈一個書評家不自覺的態度〉（'Unconscious attitudes of a reviewer'）的文章中，丹麥女性主義批評家琵・達樂若普（Pil Dahlerup），優雅地說明了艾爾曼的論點，也就是我們常有意識或潛意識地賦予男性聲音較多權威。此處達樂若普討論某個男書評家對丹麥詩人西賽・白格特（Cecil Bødtker）詩作的反應。西賽在丹麥文中是個無性別意涵的名字，這位批評家在評論白格特首部詩集時（1955）自動假設這位作者是男的。這篇頌辭滿溢的書評中包含很多主動語態的動詞並且很少用形容詞，即使有幾個也是很正面的：如「喜悅」、「熱忱」、「豐富」等等。一年後同一個書評家再評西賽・白格特的第二本詩集。現在他已經發現作者是個女人了，雖然他仍鐘情她

的詩作，這次他使用的語彙卻明顯有所轉變：現在西賽・白格特的詩只是「討喜的」，形容詞較先前增加了三倍，且這些形容詞的性質也不太一樣了（如「漂亮」、「健康」、「切實」），令人心驚的是這些形容詞前還有些修飾詞（如「有些」、「某種」、「可能」──都不存在於上篇書評中）。尤有甚之，這個書評家論述的常用字彙突然變成「少」或「小」這種形容詞，相較於上篇評論「男」作家時只出現一次。如達樂若普所言：「很明顯地男作家寫的詩從來沒有一首是『小』的」。她的結論是這位書評家的態度不自覺地顯出一個事實，如瑪麗・艾爾曼所指出的，男性批評家就是無法賦予女性的聲音同等的權威。即使他們給予女人正面的書評，他們仍自動選些形容詞或片語來讓女人的詩顯得迷人且甜美（就如同女人也該如此一樣），而不是認真而深奧的（如同男人應當如此般）。

35

　　艾爾曼的最後一章題為「回應」，探討女作家如何因應她前四章所敘述的父權壓迫策略。她論說，為了達到顛覆的目的，女作家早已學會如何為了顛覆的目的來利用男人對她們和她們的作品之刻板印象。比如珍・奧斯汀（Jane Austen），運用她的機智和反諷口吻來削弱敘述者威權式的聲音──或用艾爾曼的話來說，「我們認為所謂威權和責任不適做娛樂用」（209）。但艾爾曼對珍・奧斯汀散文風格的讚賞，也和她自己的書寫風格很有關係。《思索女人》是本運用反諷（irony）的傑作，如我們將見，從頭到尾，艾爾曼的機智是她論點中極重要的部份。艾爾曼的冷式幽默使她的書普遍獲得佳評，雖然有些批評家還是無法抗拒用那些艾爾曼唾棄的刻板批評詞彙來表達他們的讚賞。比如哈維版（Harvest）《思索女人》的書後就有這樣的好評：「那些扭曲我們思考女人的愚笨性／別觀念，從未如此被暴露出來。讓我

們給這位作者最棒最熱烈的掌聲：瑪麗・艾爾曼寫了本滑稽的女性主義書。」換句話說：我們都覺得女性主義者是乏味的清教徒，但艾爾曼是個例外，因此應該特別表揚。或者用艾爾曼自己的話來說，當她討論性類比如何影響我們表揚一個其實「不分性別」都很值得的好作品時，她說：

36

> 以下的例子說明了一個批評家在一個女人的作品裡沒有
> 發現任何他不喜歡的東西時，他的欣喜若狂會有什麼結
> 果。比方說他想找一個女人蓋的鳥屋已經找到絕望了，
> 現在這裡突然有個鳥屋是由女人造的。他高興到甚至不
> 在乎在評語中表達他的男性欽慕：這真是個特別堅固的
> 鳥屋啊！（31）

但到底艾爾曼使用大量反諷語言的方式對她的論點帶來什麼樣的效果？派翠西亞・梅爾・史派克絲覺得艾爾曼是以「一種女人特有的聲音」來寫作（23），且其論述表現了一種特別的陰性特質，「一種別具陰性品質和功能的機智」（24）。史派克絲接下去說：

> 她表現了一種新的典型：不是被動也非混沌、也不是種
> 沒有目的的無常，但是種陰性的捉摸不定。她的對手想
> 攻擊她時會發現他找不到目標。她具體地表現女人就像
> 水銀般，總是耀眼、反覆無常地移動。（24）

史派克絲這裡避談反諷的概念，或許是因爲反諷從沒被當作一種特別的陰性模式。相反地，她把反諷看成一種「捉摸不定」來討

論，並試圖發明一種新的陰性特質刻板印象來解釋艾爾曼寫作的
方式。但這等於是誤會了艾爾曼的寫作風格。我將嘗試說明艾爾
曼正是透過諷刺技巧來表現所謂陽性特質和陰性特質的觀念都是
由社會建構出來的，它們本身並不指向任何存在於世上的本質，
再者她所描述的陰性特質刻板印象都可被自我解構。這點可由艾
爾曼談論關於「母親」的刻板印象中進一步看出：

> 用母親這個形象來說明刻板印象都會有**破滅的傾向**
> （*the explosive tendency*）特別有用：每個刻板印象都有
> 其限制；將其意義擴張下去，這個刻板印象就會破滅。
> 其毀滅有兩種形式：（1）已經變得完全浮濫庸俗化；
> （2）其優點被重組為缺點。後者讓我們看到原先可以構
> 成一個理想形象的元素也能形成眼前這個討人厭的東
> 西。（131）

37

這個段落也是艾爾曼書中少數幾處直接了當地說明在她修辭策略
背後的理論。大部份的時候，她只透過實例說明為何刻板印象同
時是種理想化也是種醜化，也同時納入和排除某些意義——比如
她首先說明「母親」作為一種刻板印象可以從一個備受尊崇的偶
像滑至一個有閹割潛力並具攻擊性的婊子，艾爾曼繼續說：

> 我們對母職的不信任比我們對不參與母職的人的厭惡根
> 本不算什麼。沒有任何東西比延續處女狀態還更惹人嫌
> 惡：在我們背後，無疑地也在我們面前，到處都是各種
> 無盡的污蔑，如**沒人要的女人、老小姐、單身女老師和
> 欠缺滋潤的老處女**等等。（136）

　　艾爾曼這裡使用複數代名詞「我們」和「我們的」，令人自然而然覺得敘述者只是在說一件「我們每個人」都會做的事，但另一方面她的第一個句子也帶有極大矛盾意味，意思是說「我們」如果不是瘋了就是笨蛋，才會繼續延續這種沒道理的行為。此處的敘述技巧讓讀者（所謂的「我們」）拒斥前述的愚昧，但同時又因為繼續使用「我們」和「我們的」，便減少了對讀者的斥責。如果敘述者把自己也包括在不當行為中，會讓「我們」覺得自己不是唯一愚昧的人。艾爾曼策略性的使用第一人稱複數代名詞還有其他效果，其亦使讀者難以拒絕第一個句子中的矛盾：既然敘述者不將她自己和我們放在不同位階上，她反而成為我們其中之一，因此「我們」的攻擊性找不到一個外在標的來發作。在這幾個句子中，沒有哪一句令人想變成一個厭惡男人、有閹割潛力的婊子。讀者雖一直懷疑敘述者**到底**有沒有欺騙她／他，或敘述者有可能不完全認同自己是所謂的「我們」其中之一，但卻找不到標靶，讀者心中漸興的攻擊性也只好在原先引起猜疑的動機中消解。

38

　　這種敘述技巧對我來說，並不能被標記成「陰性特質的捉摸不定」，因其是艾爾曼全書措辭佈署中絕對必要的一部份，誠如其同時勾起又消解讀者的攻擊性一樣，其試圖解構我們對性的分類。艾爾曼使用反諷的效果暴露了父權意識形態的兩個不同面向。在上面引文的第一段，她抽象地陳述每個刻板印象都是自我消解的，很容易變成自身的不穩定矛盾，如此顯示了這類刻板印象的存在是為統治父權意識形態服務的。然而不同於米蕾特的是，艾爾曼並不相信統治意識形態是一致且完整的。相反地，兩段引文都充份說明了當父權意識形態中的一個面向與其他面向衝突時，其內部的自我矛盾就會浮上檯面。

《思索女人》中到處充滿這種解構、消解中心的範例。艾爾曼最喜歡的方法就是將兩段互相矛盾的陳述並置，拿掉其中讀者可能閱讀到的作者意見，如以下例句：「男人喜歡找尋真理，女人卻滿足於謊言。但當男人尋求消遣或變化時，女人卻愚蠢地緊抱著眼前的義務」(93-4)。這裡沒有一個明顯的敘述者聲音，其作用就像前面討論過既詭譎卻帶安慰效果的「我們」一詞一般：將作者的意見抽走，使得讀者無法感受到那個位置才是敘述者希望他們接受的，讀者只好繼續讀下去，期望能找到一套詮釋的指引。其實在《思索女人》中的確還能找到這種意義的「停泊點」——上舉引文前其實有一頗為直率的句子：「不論如何，欺騙和順從似乎不能作為一種正相反，其間的不相稱顯示做對比時必定會犧牲些邏輯」(93)。這裡敘述者顯然認為這個對立並不完全是正相反，且欠缺邏輯，她仍保持開放讓別人挑戰她的意見：當她說犧牲邏輯是種「必定」時，這個詞就足以引起讀者懷疑。對誰而言是必要的？又是為了什麼背後長遠的目的？敘述者是否同意這個必要性？此處反諷意味並不強，但也並不完全不存在，「不相稱」這個評價性字眼已經主導了這個句子前半部份之意。即使是在艾爾曼准予她的論述有固定立場時，她仍小心不讓自己的語言陷入靜止不動的癱瘓狀態：在她的語句的某處，總是遺留些令人不安的機智。

　　派翠西亞·史派克絲形容艾爾曼的風格本質上是陰性的，是一種「女性批評家用陰性魅力抵抗陽性剛強」的範例，她卻不巧剛好落入艾爾曼欲解構的形上陰／陽兩分陷阱。畢竟《思索女人》談的就是關於性的類比思考帶來的惡質效果，而非建議我們繼續如此實踐。為了確認讀者明白此點，艾爾曼一開始就非常確切地聲明「要取決一個句子的性成分似乎不太可能」(172)，並援引

維吉妮亞・吳爾芙來加強她的論點。對艾爾曼來說，性慾質素（*sexuality*）是無法在句子結構或修辭策略的層次上看出來的。她讚揚珍・奧斯汀的反諷技巧正是因爲它有辦法讓我們用性類比**以外**（或**任何**其他）的方式思考：「珍・奧斯汀……能想像一些現在對我們而言似乎是不分性別特質的場景：沒有任何一性看起來特別好或特別壞」（212）。

　　艾爾曼解構計劃的一部份，就是建議我們將性刻板印象**剝削**到極致，以遂我們的政治目的。至少，她在《思索女人》內就是這麼做的。當派翠西亞・史派克絲認爲艾爾曼的風格捉摸不定時，那是因爲她相信在艾爾曼文本「迷人」的表象後，藏著很多的「陰性憤怒」（27）。史派克絲認爲凱特・米蕾特經由熱情卻模糊晦澀的句子表達她的憤怒，但瑪麗・艾爾曼卻將同樣的憤怒隱藏在她優雅的機智下。這個論點基本上有兩個預設：其一是說女性主義者一定總是隨時不計代價地處於憤怒中，其二則是所有文本中的不確定性，比如反諷技法創造的效果，最後一定都能解釋爲來自背後一個大一統、本質性的因素。但如俄籍理論家米蓋・巴赫汀（Mikhail Bakhtin）在其影響深遠的《拉伯雷》（*Rabelais*）研究中〔即《拉伯雷及其世界》（*Rabelais and His World*）〕所揭示的，憤怒並不是唯一可行的革命態度。笑的力量也一樣具顛覆性，誠如在嘉年華節慶中舊的階級被翻轉，昔時的差異被消解，新的不穩定力量因而產生。

　　艾爾曼圓融洗練的機智令我們發笑。但畢竟其逗笑的方式是和《拉伯雷》的嘉年華式歡鬧不一樣。因此，我們要如何評斷艾爾曼的書帶來的效果呢？就政治上而言，反諷家是非常難攻擊的，因爲要定論她／他的文本幾乎是不可能的。在反諷論述中，每個立論位置都自砸自的腳，對一個有政治目的的作家來說，可

能連自己的政治都被反諷論述解構掉。瑪麗·艾爾曼解決此困境的方法是在她的文本中提供足夠的、非反諷式的「停泊點」，因此她仍有一個位置能清楚表達她的意思。然而，這個方法最大的風險就是，也可能因此削弱了原來的諷刺目的。艾爾曼在書中題爲「回應」的最後一章，選擇以一個非常「直接了當」的觀點表達自己，將所有反諷效果都留在前面談論男性論述如何對待女人的部份。由於以較傳統方式寫成的這章處理的問題和前幾章不盡相同，艾爾曼得以保留一個裂縫，一個反諷論述必定需要的不穩定空間。[3]

我們並不需要比較米蕾特和艾爾曼，辯稱艾爾曼的諷刺文體比米蕾特鮮明的憤怒令人比較舒服。在英國和米蕾特競爭最暢銷女性主義專書寶座的是潔曼妮·格瑞爾（Germaine Greer）的《女太監》（*The Female Eunuch, 1970*），也是倚賴反諷寫成的，在婦運中也一樣深具影響力。[4] 派翠西亞·史派克絲對艾爾曼文章的抵制——一方面是因她將刻板印象視爲本質性的分類，另一方面則因她斷定憤怒是女性主義者基本的情緒——是一般女性主義者閱讀《思索女人》的典型反應。雖然一九七〇年早期很多女性主義批評家開始採用所謂的「女性形象評論」，並視艾爾曼爲她們的先驅之一，在他們的閱讀中，她們仍一致地採用艾爾曼試圖解構的分類模式。

註釋

1. 此資料來自 Morgan Robin Morgan 在《姐妹情誼力量大》文選前的導論。

2. 引自 Morgan Robin Morgan ，35-6 頁。

3. 最終我們甚可辯稱所有的論述都是反諷的，因爲要在理論上或實用上區分反諷與非反諷論述已經越來越難了。見 Culler 相對於文學文本對此問

題的探討。

4. 本書並未討論《女太監》，因其大部份並非關於文學批評。然而，在題
為〈羅曼史〉（'Romance'）的一章中，Greer 倒是試圖解讀一本通俗的
浪漫愛情小說。

第二章
「女性形象」評論

　　光就實際出版數量來說，由「女性形象」之觀點來批評文學　41
是女性主義文學批評中非常豐富多產的一支：在此標題下的專門
書目經常多達數百甚至數千筆。以下將介紹「女性形象」文學評
論的目標和方法，爲了控制參考書目數量，我將討論範圍集中在
一本題爲《小說中的女性形象：女性主義的觀點》（*Images of*
Women in Fictions: Feminist Prespectives）的經典論文集。在一九
七〇年代早期的美國學院，探討女性之文學課程總是圍繞在討論
男性作品中的女性刻板印象（Register, 28）。《小說中的女性形
象》出版於一九七二年，正是第一本因應此快速擴張的學院市場
所出版的精裝教科書。這本書顯然十分符合教師和學生的殷切需
求，很快地又重新刊行了幾次。[1] 因此，這本書到底代表了什麼
樣的「女性主義」觀點呢？此書編輯蘇珊・柯佩曼・柯妮仁
（Susan Koppelman Cornillon）在書序中提及，編這本書的動機來
自她自己教授女性研究課程時的經驗：

　　在每一堂課中，我深深感到需要一些書籍，其內容是把
　　文學當成與人有關的書寫。這個集子是一種試圖滿足此　42
　　需求的嘗試……這些論文帶我們進入虛構的領域，之後
　　又引領我們回到現實，回歸我們本身和我們的生活……

這本書不僅可幫助在課堂中提升意識，也有利於那些學
院外有心追求自我成長的人們。（x）

在這裡，女性主義文學研究這個新領域，本質上是被當作透過文
學與生活的關聯，尤其是讀者個人的生活經驗，來鼓勵自我成長
以及提升個人意識。這個基本綜觀也反應在這本書全部二十一位
撰稿人（十九位女性、二位男性）的文章中。這些論文中討論的
大部份是十九世紀和二十世紀的男女作家，且不論男女，都遭受
到創造「不實」女性角色的嚴厲批評。事實上，編者本人在她題
為〈小說中的虛構〉（'The fiction of fiction'）的文章中，指控女
性作家在這方面比男性作家還糟糕，因為和男人不同的是，她們
背叛了和自己同性的人。

　　在「女性形象」批評中，閱讀被視為溝通作家與讀者的生活
（經驗）之行為。當讀者變成了批評家，她的責任是提出一段關
於她自己的生活敘述，以便她的讀者能意識到她發言批評的位
置。在《小說中的女性形象》其中一篇論文裡，佛羅倫思‧郝伊
（Florence Howe）簡潔扼要地提出從事批評需要有親身經歷
（autobiography）：

　　我以親身經歷做開場白，是因為文學和女性主義的關
　　係，正是發軔在我們對我們自己生活的意識中。無疑
　　地，我們從生活中學習到文學和其教授者──批評家的
　　一些基本假設。（255）

　　如此強調讀者知道作者經驗的權利，強而有力地佐證了女性
主義論點，也就是說沒有任何批評是「不帶價值觀」的，我們都

有由不同的文化、社會、政治和個人因素形成的特殊發言位置。
女性主義認爲將此受限的觀點當成「普遍的」（'universal'）可
謂是種獨裁和算計，因此唯一民主的方式，就是提供讀者所有必
要的資訊，使讀者一開始就可以了解個人觀點的侷限。這個原則
再重要不過，至今仍是所有女性主義批評家最基本的前提。

43

　　然而如果我們過份相信能完全表明自己的立場，也會產生問
題。比如詮釋學理論已經指出我們無法完全掌握自己的「理解境
域」（'horizon of understanding'）：我們總會有盲點，一些我們未
察覺的基本預設和「前理解」（'pre-understandings'）。精神分析
理論進一步告訴我們，人心靈中最強烈的動機往往是最受壓抑的
部份。因而說我們能完全覺察自己的觀點，簡直令人難以置信。
因此來自人自覺表達的偏見可說是最不重要的。這些理論上的困
難並不只是我們這些哲學家之間的抽象問題，很明顯地，它們返
回並彰顯在那些以親身經歷爲批評理想的女性主義批評家的文本
中。比如說，在嘗試將她個人親身經歷轉換成她研究興趣的必要
背景時，她可能會發現很難取決哪些才是眞正能放入她研究脈絡
裡的「相關」細節。她的閱讀可能會落入一種或多或少被迫的自
我表現，而不像是眞正支持平等的文學批評。這樣極端的例子可
以在一本研究西蒙‧波娃的女性主義的書中看到，在此書中間部
分，作者突然決定花十六頁來訴說自己的生活及她對波娃的感
覺。[2] 這種自戀式的自我探索，只會讓女性主義批評向來珍視的
原則成爲一種笑話：所謂沒有一種批評是中立的，因此我們有責
任向讀者清楚表明我們的立場。然而，要達成此目的最好的方法
是否一定要經由批評家敘述自身經歷，談論自己的情緒和生活，
這仍是可以討論的。

　　當我們繼續閱讀《小說中的女性形象》時，很快就會發現，

研究小說內的「女性形象」幾乎等同於研究小說內**錯誤**的女人形像，不論是在男或女作家的作品中。文學中的「女性形象」幾乎都被定義成相對於現實生活中的「眞人」，好像文學永遠無法向讀者傳遞正確的女性形象一般。在柯妮仁編輯的書中，「現實」和「經驗」被視爲文學的最高目標，是各類型的小說都應該表達的眞理。這種觀點有時候會導致一種幾近荒謬的「極度寫實主義」位置，比如柯妮仁便指出一個現代美國女人終其一生花了大量時間在刮她的腿毛和去除她身體其他各部位的毛髮。她的確可以此說明男性要求女人除毛是種侮辱和壓迫，但她繼續闡釋她的主要文學批評論點：「雖然女性剃腿毛這件事被附加了那麼多意義和價值，我從沒看過哪一個小說人物剃或拔任何毛」（117）。

如果有人覺得柯妮仁言之有理，我一點都不意外——修指甲和拋棄衛生棉也未曾是小說的主題——但她的抱怨卻是建立在藝術應該反映人生並正確包含各種細節，這個觀念是極度可受質疑的。《小說中的女性形象》倡導的這種極端的反映主義（reflectionism）〔或以盧卡奇的語言來說是「自然主義」（'naturalism'）〕，強調作者總是不斷選擇其寫作素材的優點；但由於書中沒有繼續體認這是文本創造活動的基本事實，反而使反映主義變成衡量藝術家選擇創作素材時是否違背「現實生活」的準則，如此即是預設了藝術家對「現實世界」的觀察是唯一限制藝術創作的因素。這種觀點絕對地否定了文本生產是種高度複雜、由各種不同且互相衝突的文學與非文學因素（比如歷史、政治、社會、意識形態、體制、文類、心理因素等等）多重決定出來的過程。書寫被視爲只是或多或少忠實地複製外在現實，且我們可以公平無偏見的判斷這個現實，所以我們才有立足點批評作者對人盡皆知的現實提供了一個不正確的範式。這個批評方法是

種絕對的經驗論，且未考慮到現實不只是我們建構出來的，還是個充滿爭議性的建構。

當然文學作品可以也應該因其遵照有壓迫性和不公平的意識形態來篩選和塑造其虛構世界而受到批評，但這不應該被混淆成做不到「忠於現實生活」，或無法「本質地表達眞實經驗」。這種對本眞性（Authenticity）的堅持不僅將所有的文學都化約成自傳形式，也會發現其理念無法控制文學世界裡絕大部份的作品。這些批評家沒有納入考慮的事實就是，比如莎士比亞本人在其生命中或許未曾發瘋並赤裸地在石南荒地上奔走，大部份的人都認爲《李爾王》（*King Lear*）十分眞實可信。值得注意的是柯妮仁編選書中所有的撰稿人〔除了周瑟芬・唐娜文（Josephine Donovan）以外〕，在處理文學文本時都信守一種非常簡單的內容分析。極端的反映主義就是無法考慮文本生產時形式和文類會帶來的限制，因爲要其承認這些限制，就等於要其接受想在小說內容裡完全複製現實是不可能的。

在這裡有個更大的問題，就是寫實主義和現代主義的對立。可以料想得到的是，這個集子中的幾篇文章都對現代主義和其他可被泛稱爲「形式主義」的同路人發難。現代主義被指控爲忽略現實生活中「因階級、種族和性別而被排擠」的現象，只「躲避到其對形式的關注中，安穩地認爲其他事情都沒什麼關聯性」（268）。不過這還不是全部：

> 現代主義，相對說來，企圖強調孤立。其迫使藝術作品、藝術家、批評家和觀眾置身歷史之外。現代主義否認我們可以將自己理解爲現實世界中的**施爲者**（agents），因爲所有的事物都被移至一個抽象觀念的世

界中，在那裡沒有什麼互動，也沒有什麼意義和實際的
後果。比起以往，我們從未如此無力詮釋世界──更無
力改變它。（300-1）[3]

在另一篇文章中，女性主義文學批評被簡明定義成「一種由物質
角度探討文學的方式，企圖摒棄形式主義認為的文學與現實脫離
的虛幻」（326）。[4] 這段文字中所指涉的「形式主義」批評家似
乎是指美國新批評學派，因為他們關注的是文學作品的形式層
面，而不談歷史和社會的影響因素。然而這裡值得特別留心的
是，即使美國女性主義批評家如凱特‧米蕾特等，都持續反對新
批評的非歷史主義，她們仍做不到有批判意識地避免採用和新批
評學派一樣的美學理想。

　　《小說中的女性形象》同時拒絕了「現代主義」文學和「形
式主義」文學批評，突顯了英美女性主義文學評論根植於寫實主
義的成見。堅持忠實複製「現實世界」並將此原則視為文學的最
高價值，無可避免地使女性主義文學批評家對非寫實主義文類充
滿敵意。然而一般所謂的「寫實」小說不一定就理所當然地能完
全複製「現實」的整體性。至少有兩個著名的文學作品企圖捕捉
現實的整體性，《崔斯坦‧善弟》（*Tristram Shandy*）和《尤里
西斯》（*Ulysses*），正因為他們致力完整涵蓋一切，最終都演變成
以最激進極端的手法，淘氣地僭越傳統寫實主義之範疇。因此一
些女性主義批評家反對喬伊斯刻劃莫莉‧布盧姆（Molley Bloom）
的夜壺和她的經期（當然是沒有提到剃腿毛），儘管這些事物是
如此難以抵賴地真實，它們顯得莫莉（Molly）是那麼受生理制
約、那麼庸俗，沒有女性讀者能真正欣賞她。

　　在這個例子中寫實主義的要求和另一個要求對衝：也就是在

文學中呈現女性的角色典範。這個時期的女性主義讀者，不只想
看到她自己的經驗反映在小說中，也試圖認同強壯、令人印象深
刻的女性人物。雀麗‧睿姬斯特（Cheri Register）在一篇於一九
七五年出版的論文中，簡要地綜論了這個要求：「一個文學作品
應該提供成功典範，經由刻劃能『實現自我、不依賴男人』的女
人，爲陰性身分注入正面積極的意義」（20）。[5] 這可能會與對本
眞性（Authenticity）的要求有所衝突（有不少女人是「眞的」很
脆弱也容易讓人遺忘的）；睿姬斯特倒是很明白這點：「值得注意
的是，雖然女性讀者需要文學範例來傚法，但小說人物不應被理
想化至不可信的程度，對本眞性的要求還是凌駕其他必要條件
的」（21）。

　　睿姬斯特此處的選擇用詞（「應該」，「要求」，「必要條件」）
反映了早期這種女性主義許多強烈的規範性（normative）傾向
〔或者照睿姬斯特比較喜歡的字眼來說，是「指導性的」
（'prescriptive'）〕。「女性形象」批評家根據她們自己對何謂
「眞實」的原則，貶抑了許多她們認爲欠缺「本眞性」和「眞實
經驗」的文學作品。當對一個作品的眞實程度有疑問時，睿姬斯
特建議使用以下的測驗，她說：「讀者可以靠比較小說人物和作
者的生活來檢驗其本眞性」（12）。另外也可以用社會學統計資料
來檢驗一個作品的社會向度，即使人內心的情感必定是受制於各
種不同的控制力量：

　　雖然我們可以蒐集關於一固定時期的各種統計資料來判
　　定文學是否正確反映女性就業率、教育程度、婚姻狀態
　　和生育數量等，要衡量一個女性人物內心情感起伏的本
　　眞性是不可能的。最後的檢驗必定還是回到女性讀者的

47

主觀反應，因爲她們自己最熟稔身爲「女性的現實」。

她可否在文本中認出她自己的經驗呢？（13）

雖然睿姬斯特迅速警告我們勿輕下簡單化約的結論，因爲「女性現實並非單一的，有許多細微差別和變異」（13），但是此種家庭女教師式的心態〔即「老大姐正在看管著你」症候群（the 'Big-Sister-is-watching-you' syndrome）〕必須被視爲在一個新研究領域快速擴張時或許無可避免產生的超過限度的情形。在一九七〇年代，這種研究方法導致很多出版或未出版的文章以一種顛倒的社會學方法來處理文學：閱讀小說時，文學作品裡的社會學現象（比如在外工作或在家洗碗的女人的數量）被拿來和作者所處「眞實」世界裡的經驗研究資料相比較。

現在要譴責這種批評方法很簡單：可以批評其忽視文學的「文學性」，有反智（anti-intellectualism）的危險傾向，對文學和現實、作者和文本之間關係的看法過於天眞單純，以及對一些女作家過於苛責，未考慮她們可能因身處的意識形態而無法達到一九七〇年代早期女性主義批評家對好作品之要求。要不哀嘆這些早期女性主義批評家完全欠缺理論（甚至文學上）的反省似乎不大可能，但她們的熱忱和對女性主義的投入堪爲楷模。對這些受新批評反歷史意識、一切美學化論述教育的一代來說，女性主義堅持任何批評論述都有政治性，且願意將歷史和社會因素納入考量，在當時是非常耳目一新且令人興奮的；在很大的程度上，這些價值仍是今日的女性主義批評家努力保存的。

註釋

1　我無法取得並查閱一九七二年的原版。因此我評論的版本是根據一九七

三年的重印本。

2 見 Ascher, 107-22 。

3 Robinson and Vogel 的貢獻。

4 Katz-Stoker 的論文。

5 Register 此處引用 Martin 。

第三章
書寫的女人和關於女人的書寫

邁向一個以女性為中心的批評觀點

　　由於化約又無鑑別力的「女性形象」批評方法很快地就失去
激勵人心的力量，自一九七五年開始，女性主義文學批評開始將
興趣集中在女作家的作品上。早在一九七一年，伊蓮・蕭華特即
致力於將女性作家當成一個群體來研究：

> 如果只是因爲假設女作家寫作方式類似，或是她們都表
> 現一種特別的陰性風格，則她們便不應被當成一個特別
> 群體來研究。但女人的確有一個特殊的共同歷史是適合
> 拿來做分析的，其中包括許多複雜的考量，如她們和文
> 學市場的經濟關係、社會和政治變動如何影響女性地位
> 和她們個人的生活，以及關於女性作家的刻板印象和其
> 它種種限制她的藝術自主性之因素等。[1]

　　蕭華特的觀點逐漸被廣泛接受。《小說中的女性形象》裡有
兩個男撰稿人，被分析的作家是男多於女，且對女作家還常採負

49

50　面態度。及至一九七五年，這個情況已有決定性的改變。當年雪
若‧布朗（Cheryl L. Brown）和凱倫‧歐爾森（Karen Olson）開
始編纂她們的文選集《女性主義文學批評：理論、詩和散文論集》
（*Feminist Criticism: Essays on Theory, Poetry and Prose*）時，她們
很訝異（也很難過）地發現「已出版的女性批評家對女性文學
的研究並不多，資料的取得對有心的學生和教師而言並不容易」
（導言，xiii）。爲了彌補這個缺失，她們編纂的文選（後來直到
一九七八年才出版）中沒有男性撰稿人，且其中的論文處理的不
是理論上的問題，就是女性作家的作品。現在這種以女性爲中心
的研究方法已經稱爲英美女性主義文學批評的主導趨勢。

在進一步細部探討這強勢的「第二期」女性主義研究裡的代
表作品前，我必須先指出，並非所有女性批評家對女性作家的研
究都是女性主義文學批評的典範。在早期女性主義文學批評中，
由於這類觀念上的混淆，很多非女性主義作品亦有廣泛影響力，
比如派翠西亞‧畢兒（Patricia Beer）於一九七四年出版的《讀
者，我嫁給他了》（*Reader, I Married Him*）。由她書中前言讀
來，作者明顯欲與其它「婦運議題」保持距離（ix），因爲它們
都有一個嚴重的缺失：

> 不管這些議題理念爲何，事實上其對待文學的方式都彷
> 彿文學是一連串的政治文宣，在其中你找尋能說明你的
> 政治的例子，視需要加以包裝或斷章取義，你的論點與
> 其說是來自藝術的力量，不如說是時勢使然。這種依賴
> 修辭的研究方法似乎有點可悲，其實小說和戲劇本身豐
> 富的內容就能帶來更多啓示，只要批評家或讀者不把它
> 們化約成爲達成某種目的的工具。（ix）

畢兒自己的書似乎倖免於此種可悲的偏見，因為她認為「尤其是
小說，不必靠任何人特別解讀立論，就能清楚表達事物今昔之
比」（ix）。換句話說，這位作者十分相信有種學術研究是「價值
中立」（value-free）的，但這卻是女性主義者所唾棄的思考方
式，認為是為既存的階級制度和權力結構服務。畢兒似乎也相信
她能夠透過她所研究的小說掌握真正的現實，尤其是因為她本身
不帶女性主義傾向和偏見。這麼說彷彿其它政治關懷就不會扭曲
現實般，如果會的話她也避之不提。她認為她的書不是寫給狂熱
分子看的，而是給有鑑別力的讀者：「（我覺得）這個題目可能會
吸引一些關心小說和女性解放緣由的讀者，他們並不一定是主修
英語文學的學生，也不一定是婦運的支持者」（ix）。

　　這位作者似乎同時著迷於也排斥「婦運」的標籤，很明顯地
她不想她的書被貼上女性主義標籤，但同時她又很渴望討論此議
題（在半頁中就提到兩次），因為她明白很多她的讀者可能都是
那些喜歡「研究修辭」的人。如果說女性主義是種政治性的文學
批評，堅持打倒各種父權形式和性別歧視，則派翠西亞·畢兒的
書根本算不上是女性主義文學批評。她書中前言的大部份（以及
她全書的論點）都顯示她想遊走危險的中立路線的渴望。她將自
己如其它「好的自由派人士」般放在中間位置，認為自己不支持
「婦運」也不是其中分子；但另一方面，她仍想表達她深切「關
懷」小說研究和「女性解放緣由」。研究女性主義解讀文學方法
的學生對這種「假女性主義」批評是不會有實質興趣的。

　　一九七○年後期出現了三本重要研究，視女性作家為一特別
女性文學傳統或是一種「次文化」中的一部份：艾倫·摩爾思
（Ellen Moers）的《文學女人》（*Literary Women*, 1976），伊蓮·
蕭華特的《她們自己的文學》（*A Literature of Their Own*, 1977），

51

以及桑德拉・吉爾伯（Sandra Gilbert）和蘇珊・古芭（Susan Gubar）合著的《閣樓裡的瘋女人》（*The Madwoman in the Attic*, 1979）。這三本書合起來宣示英美女性主義文學評論已進入成熟期。人們長久期待英美文學史中的女作家的重要研究終於出現。這些書言之有物又充滿熱忱，具啓發性又激勵人心，很快地就擁有一群廣大熱情的女性學者和學生讀者。由今日看來，很明顯地摩爾思、蕭華特、吉爾伯和古芭從那時起就開始在現代女性主義文學批評經典中佔有一席之地。

52　　　這三本書都試圖定義一個特別的女性文學傳統，原因如蕭華特所說，「女性文學傳統來自女性作家和她們所處社會之間持續開展的關係」（12）。對這些批評家來說，女人獨有的認知世界方式正是由社會所塑造，而非來自生理。雖然這三本影響深遠的書都享有這個基本的相似理念，但是它們之間仍有許多有趣的分歧和差異。

文學女人

　　艾倫・摩爾思的《文學女人》是一段長時期思索女性與文學之間關係的結果，這段過程始於一九六三年，也就是貝蒂・芙瑞丹出版《女性迷思》的那一年。《女性迷思》一書改變了摩爾斯的想法，令她認爲有需要把女性作家當作一個獨立群體來研究。「在那時」，她說：「我偏狹地認爲依照性（sex）來區分文學史中的主要作家很無謂，但後來有幾件事令我改變了心意」（xv）。這個改變剛開始是因爲做此區分後，分析結果常頗具說服力，其次是因爲「其實我們早就不自覺地隔離主要女作家」（xv），最後

則是來自對女性歷史的真正本質有了更深的理解。摩爾思的例子反映了很多學院女性的思路發展：先是懷疑所有將女人從主流歷史發展隔離出來的意圖都是種反平等主義（anti-egalitarianism），到了一九六〇年代，她們開始接受有政治需要把女人當做一特殊群體，以便有效反制父權經常使用的策略，也就是將女人收編在所謂「（男）人」（'man'）的統稱標籤之下，女人的聲音便因此而不見了。

《文學女人》首次將女人的書寫歷史描述為平行或掩蓋於男性主流傳統之下的「激流暗潮」（63），由於這是第一次有人試圖為此未知領域作圖，此書廣泛獲得讚揚。提莉·歐森（Tillie Olsen）視《文學女人》為一「催化劑，一個里程碑，權威性地建立起女性文學的深度、廣度和多樣性……沒人能讀完此書而不改變的」。[2]艾倫·摩爾思在一九七七年時受此讚賞的確當之無愧，但隨著女性主義文學批評的步伐改變，一個在一九八五年拾起此書的讀者，可能無法體會提莉·歐森當年的欣喜。《文學女人》仍是一本文筆甚佳又有趣的書，雖然有時候多少流於過度濫情，比如當摩爾思興致盎然地討論喬治桑（George Sand）和伊麗莎白·貝瑞·白朗寧（Elizabeth Barrett Browning）時：

> 她們真是奇蹟般的人物。她們一生的故事像個磁鐵般發散著強大的力量，全世界都被吸引到她們面前——以及所有能幫助或點綴女人書寫生命的美好和祝福。（5）

然而，當初新領域乍現的欣喜如今已經消褪，一個一九八五年的讀者可能會不太滿意摩爾思的書，不論是視其為文學史還是文學批評。其書過於專注偶發的細節，對文學理論認識太少以至於稱

不上批評，對歷史的觀念和歷史與文學的關係看法又太過狹隘以至於稱不上歷史學。

摩爾思視歷史主要為精彩的故事，或是一段可以令人認同並感同身受的動人情節：

> 改變我對女性作家史看法的主要因素就是歷史本身，在我寫這本書期間，文學史戲劇化且活生生地開展。其帶來的教訓就是人一定要了解女人的歷史才能了解文學史。（xvi）

對她來說，歷史仍像是中古世紀的編年史，編史者由自己的角度出發，把相關的每件事鉅細靡遺的記錄下來。這麼說來，編史者十分相信她自己記述事件的版本，似乎「歷史」就是由這些原始、未編排過的「事實」組成的。同理，艾倫·摩爾思相信她本人，在寫她自己的歷史時對其並無影響力：「這些女性作家本身──她們的關懷、她們的語言組成了這部書，而不是我的信念」（xii）。這種對事件的記錄可能有中立性的信念在一部公開聲明方法學為女性主義的書中感覺十分格格不入。

54　　摩爾思仍信任傳統美學和文學分類，最明顯的地方就是她相信我們就是知道哪些作家很「偉大」（《文學女人》的副標題即是「偉大的作家」），此種信念沒有面對一個事實，就是所謂「偉大」的歸類對女性主義者來說一向是備受爭議的，就是這些決定「偉大」的要件極力抗拒將女人納入經典中。《文學女人》縱觀自十八世紀末至二十世紀英國、美國和法國的女性書寫，包含故事大綱，強調作家私人生平細節佚事，很適合做為一本初級的簡介，但以現在的眼光來看只能當作一本先驅作品來閱讀，一塊促使此

後一兩年間較成熟的女性主義文學史出現之墊腳石。

她們自己的文學

　　伊蓮・蕭華特並不同意摩爾思強調女性文學作為一種國際性運動，是「不屈從於主流，但在主流之外的一股暗流，湍急且激烈」（引自蕭華特《她們自己的文學》，10），她反而同潔曼妮・格瑞爾一起強調「女性享有文學盛名的短暫性」，或是說，一些女作家在她們生前頗受讚許，但卻在後世的記錄裡失去了蹤跡。蕭華特評說：

> 　　每一個世代的女作家，就某方面而言，都發現自己沒有歷史，她們都被迫去重新挖掘過去，不斷地編造屬於女性的意識。由於這些經常性的中斷和女性作家常有的自我憎恨，往往導致女作家沒有一個集體身分認同，我們很難視女性文學為一種「運動」。（11-12）

在《她們自己的文學》中，蕭華特企圖「描述英國小說中自白朗特迄今的女性文學傳統，並彰顯此傳統的發展路線和任何其他文學性的次文化的發展非常相似」（11）。在她試圖填充一些「文學里程碑」如「奧斯汀頂峰、白朗特懸崖、艾略特山脈和吳爾芙丘陵」之間的領域時，她發現所有文學性的次文化都有種三段式歷史分期發展：

> 　　首先，有一冗長的**模仿**期，傚法宰制傳統的流行模式，

55

並**內化**其藝術標準和對社會角色的觀點。其次，有一段
抗議期，反叛原有標準和價值，**提倡**弱勢的權利和價
值，包括要求獨立自主。最後，有一段**自我發現**期，轉
向內在尋求自我身分認同，不再依賴反抗強權來定義自
己。以女作家的例子來說，比較能恰當描述這三個時期
的詞彙可謂**陰性特質**階段（feminine）、**女性主義**階段
（feminist）和**女人**階段（female）。（13）

陰性特質階段始於一八四○年代女性作家使用男性筆名出現，持
續至一八八○年喬治桑去世爲止；女性主義階段始於一八八○年
至一九二○年，女人階段則始於一九二○年並持續至今，但在一
九六○年代女性運動發端時進入一個新面向。

這就是蕭華特導覽一八四○年以來英國女性文學史背後的基
本觀點。她對文學史和女性主義的主要貢獻尤其在其強調重新挖
掘被遺忘和忽略的女作家。很大部份是因爲蕭華特的努力，很多
名不見經傳的女作家才開始獲得應得的肯定；《她們自己的文學》
的確是個充滿在其處理年代中較不知名女作家資訊的金礦。這本
開創新局的書展現了蕭華特的博學，其令人欽佩的熱忱和對其處
理主題之重視。它的缺點則是在其他方面，在其對文學和現實，
女性主義政治和文學評價之間未明說的理論預設，這些問題我已
經在前面討論蕭華特在《她們自己的文學》書中關於維吉妮亞‧
吳爾芙的脈絡下處理過。蕭華特，有別於摩爾思、吉爾伯和古
芭，她曾發表過關於女性文學批評理論的文章。因此我認爲此處
不需繼續解釋她在《她們自己的文學》中欲**實踐**的理論內涵。但
我將在討論第四章「理論上的反思」時再深入探討她的理論觀
點。

56

「閣樓裡的瘋女人」

　　桑德拉‧吉爾伯和蘇珊‧古芭厚重的著作爲女性主義讀者提供了一本令人印象深刻，深入且聰明的十九世紀主要女作家研究：珍‧奧斯汀、瑪麗‧雪萊（Mary Shelley）、白朗特三姐妹（尤其是夏綠蒂）、喬治‧艾略特、伊麗莎白‧貝瑞‧白朗寧、克麗思汀娜‧羅塞提（Christina Rossetti）和艾蜜麗‧狄金遜（Emily Dickinson）都是這兩位批評家徹底研究的對象。但《閣樓裡的瘋女人》「不僅」提供一系列的解讀而已。如果就一方面而言，其目的是提供我們重新認識十九世紀「特有的女性文學傳統」（xi）之本質，另一方面，它也雄心勃勃地企圖闡述一套關於女性文學創作的新理論。書中第一部份題爲「邁向一個女性主義詩學」，呈現了作者努力「提供一些模式來了解女作家對男性文學主張和壓制之複雜反應」（xii）。

　　吉爾伯和古芭的探索顯示在十九世紀（如今亦是）宰制性的父權意識形態，它視藝術創作基本上是一種男性特質。作家是文本之「父」；如同神聖的創造者般，他成爲一個作者（Author）——是他作品的唯一根源和意義。吉爾伯和古芭接著問了一個關鍵性問題：「萬一這個傲視宇宙、陽性的造物者是早期所有作家唯一合法的模範怎麼辦（7）？」她們的答案是既然在父權下情況如此，有創造力的女人要應付這種陽性中心創造力迷思帶來的結果勢必十分困難：

　　　　由於父權和其文本同時使女人屈從並監禁她們，在女人
　　　　企圖使用那枝向來都被嚴密看守的筆時，她們必須逃離

那些男性文本，因為它們定義女人為「無足輕重之
人」，否認她們有自主性能想出另類方法，以逃脫那監
禁她們且不讓她們提筆的威權。（13）

57　因為創作力被定義為男性的，想當然主流文學裡的陰性形象都是
男性的幻想。女人因被剝奪創造自己的女性形象之權力，故必須
遵從強加在其身上的父權標準。吉爾伯和古芭清楚地指出在十九
世紀，所謂「永恆的陰性特質」是被設想為如天使般甜美：從但
丁（Dante）的畢翠絲（Beatrice）、歌德（Goethe）的葛瑞倩
（Gretchen）和麥卡麗葉（Makarie）到康文楚·派特摩
（Coventry Patmore）的〈屋裡的天使〉（'Angel in the House'）
中，理想的女人是被動、溫柔的，以及最重要的——**沒有自我**
（*selfless*）。這兩位作者語中帶刺地評道：

> 沒有自我不僅等於高貴，也等於死亡。一個沒有故事的
> 生命，如同歌德的麥卡麗葉，簡直就是活在死亡中，如
> 行屍走肉。這種「沉思中的純潔美人」理想形象，最終
> 召喚起的意象就是天堂和墳墓。（25）

但天使的背後隱藏著怪物：男性將女人理想化的背面正是男
性對陰性特質的恐懼。所謂怪物女人就是那些拒絕放棄自我，依
自己動機行事，有故事可說的女人——簡單地說，一個拒斥父權
為她保留的順從角色之女人。吉爾伯和古芭指出如莎士比亞的岡
乃瑞（Goneril）和瑞甘（Regan），以及柴克里（Thackeray）的
貝姬·莎普（Becky Sharp），還有傳統中一系列的「可怖女巫
——女神角色如史芬克斯（Sphinx）、梅杜莎（Medusa）、賽西

（Circe）、卡麗（Kali）、德萊拉（Delilah）和莎樂美（Salome），
她們全都擁有詭譎的術法，讓她們能一邊誘惑男人一邊偷取男人
的繁衍精力」（34）。這些女人對吉爾伯和古芭來說正是**詭譎的**，
因為她有些故事可說：但她有可能選擇不說——或說另一套故
事。男人無法看清詭譎的女人之意識，她們不讓陽性思考如陽具
般插入、探測她們的心胸。莉麗絲（Lilith）和《白雪公主》
（*Snow-White*）中的王后正是男性想像中典型怪物女人的範例。

　　《閣樓裡的瘋女人》之作者然後轉向談論女性藝術家在父權
下的處境：「對女性藝術家而言，藝術家必經的自我定義過程又
被那些企圖定義她的父權干擾複雜化」（17）。這種窘境帶來的悲
慘結果就是，女作家常無可避免地對其作者身分感到焦慮。如果
所謂的作者都是男的，且她發現她早已被定義為他的創造物，她
要如何鼓起勇氣提筆呢？吉爾伯和古芭提出了這個問題，卻沒有
回答。然而她們繼續推論她們認為是陰性特質文學批評中的基本
問題：

58

　　既然女人聽到的主要是男人的聲音，一個王后是否試圖
　　學國王說話，模仿他的語調，他的口音，他的措辭，他
　　的觀點？還是她向他「回嘴」，以她自己的語彙，她自
　　己的音韻，堅持她自己的意見？我們相信這些基本問題
　　——理論和實踐上——都是女性主義文學批評必須回答
　　的，因此我們也將一再地回到這些問題，不只是在本章
　　中，也在我們對十九世紀女作家所有的解讀中。（46）

　　吉爾伯和古芭為她們自己的提問提供了一複雜的答案。雖然
她們追尋著「十九世紀女人踏過的艱苦路徑，看她們如何克服對

作者身分之焦慮，如何反駁父權的指示，如何找回並緬懷被遺忘
的女性前輩來幫助她們找到獨特的女性力量」（59）。很明顯地，
作者相信有一種東西是「獨特的女性力量」，但這個力量或聲音
必須採取一個比較迂迴的路線來表達自己，如此才能穿透或抗拒
統治父權閱讀模式的壓迫力量。這就是《閣樓裡的瘋女人》的主
要命題，以艾蜜莉·狄金遜的話來說，女性作家選擇了「說全部
的實話但迂迴地說」，或如吉爾伯和古芭在可能是全書中最重要
的段落所說：

> 由珍·奧斯汀，瑪麗·雪萊到艾蜜莉·白朗特和艾蜜
> 莉·狄金遜，女人生產了一些某種程度上是多層次書寫
> 的文學作品，其表面的鋪排下隱藏著或遮掩著一層層更
> 深、更不可探（也是更不爲社會接受）的意義。如此這
> 些作者得以取得眞正的女性文學職權，也同時順從以及
> 顚覆了父權文學標準。（73）

59

換句話說，對吉爾伯和古芭而言，女性的聲音是詭譎的，但卻是
眞實的，眞實女性的聲音。如她們所觀察，女性的文本策略在於
「攻擊與修正，解構與重構從男性文學傳承下來的女性形象，特
別是……天使和怪物的兩極典範」（76）。而這就是書名裡的瘋女
人切入她們的論點的地方。瘋女人，如《簡愛》裡的貝莎·梅森
（Bertha Mason）：

> 就某一方面而言通常是**作者的**分身，是她己身焦慮和憤
> 怒的形象。很多女性所寫的詩和小説都會召喚這個瘋狂
> 的生物，使女作家得以應付一種女性特有的破碎感，在

她們真實自我和被期望扮演角色之差距間取得妥協。
（78）

　這個「瘋狂的分身」或是「女性作者的精神分裂症」是吉爾
伯和古芭書中所有十九世紀小說之共通點，吉爾伯和古芭宣稱她
在二十世紀女性小說中一樣是個關鍵角色。瘋女人這個人物的確
解答了前面提問的女性創造力問題：

女性作家將她們的憤怒和不舒服投射到可怖人物的身
上，為她們自己與故事中的女主角英雄創造了一個黑暗
的分身，如此她們才能同時接受並修正父權強加在她們
身上的自我定義。所有在小說和詩中召喚女怪物的十九
和二十世紀女作家，都藉著認同女怪物，達成了自我定
義的改變。這經常是因為她在某方面來說是充滿自卑
的，因此女巫──怪物──瘋女人成為作者自我非常重
要的一個分身。（79）

因此瘋女人這個角色代表一種複雜的文本策略，對吉爾伯和古芭
來說也賦予十九世紀女性小說一種革命性的側面：「諧擬、詭譎
又異常複雜，這些女性書寫都有修正性和革命性，即使其中一些
作者甚至常被認為是如天使般柔順的典範」（80）。天使與怪物，
甜美的女英雄和憤怒的瘋女人，都是作者自我的各個面相，也是
她詭詐的反父權策略中的元素。吉爾伯和古芭將前述的二元對立
延伸至其它在她們研究的小說中重複出現的意象如囚禁與脫逃，
疾病與健康，以及破碎與完整。她們經常富原創性、又充滿想像
力豐富的解讀和對女性創造力的複雜理論激勵了很多女性主義批

60

評家繼續她們已經開始的細膩文本研究。[3]

　　吉爾伯和古芭是懂理論的。她們本身的女性主義批判理論有種動人的複雜度，特別是比起其他英美女性主義批評家平時討論理論的層次上。但到底她們宣揚的是什麼樣的理論？她們的命題又牽涉到什麼樣的政治意涵？她們的方法學中第一個令人不安的部份就是她們堅持作者與人物的身分認同。如同之前的凱特‧米蕾特，吉爾伯和古芭宣稱文學人物（特別是瘋女人）是作者的分身，「是她己身焦慮和憤怒的形象」（78），她們堅持正是

> 透過其分身的狂暴，女作家得以發洩她欲逃離男性殿堂
> 與文本的憤怒慾望，但同時也是透過此分身的狂暴，這
> 個焦慮的作者理解到她自己已經壓抑到裝填不下的憤怒
> 是那麼深具毀滅性，讓她已付出不少代價。（85）

吉爾伯和古芭的批判方法假定在父權文本表象後藏著一個真正的女人，女性主義批評的責任就是要挖掘出關於這個女人的真象。在她對《閣樓裡的瘋女人》銳利的書評中，瑪麗‧潔可布（Mary Jacobus）正確地批評這兩位作者「暗地裡和男性批評家共犯了自傳批評的『陽物式思想謬誤』（'phallacy'）」，因為男性批評家常相信女人的書寫多少比男人的更靠近經驗，所以女性的文本就是她潛意識的作者，或無論如何，就是她潛意識戲劇的延伸（520）。雖然這兩位作者竭力避免過於簡單的結論，有時她們還是落入很化約的立場：顯性文本不過是種「表面的鋪排」，「隱藏著或遮掩著一層層更深，更不可探……的意義」（73），其下有這些文本的真正實情。

　　這種思路使人聯想起某些化約式的精神分析或馬克思主義文

學批評，雖然她們並不是說文本唯一的真相是作者的伊底帕斯情結或階級鬥爭，但指的卻是女作家持續不變的**女性主義式憤怒**。如果拿掉其複雜的包裝的話，這或許是英美女性主義批評中最常重複出現的主題。吉爾伯和古芭的立論，使得**所有**女人寫的文本都能被轉成女性主義文本，因為她們總是可以無例外地在文本中某處找到具體代表作者反抗父權壓迫的「女性憤怒」。正是因為她們堅持將憤怒定義成女性主義藝術中**唯一**積極的象徵，因此吉爾伯和古芭對珍·奧斯汀的解讀不如她們對夏綠蒂·白朗特的解讀有效。她們無法說明奧斯汀溫和的反諷，但夏綠蒂·白朗特文本中明顯的憤怒和憂鬱是正好提供她們做出精彩詮釋的最佳場合。

　　除了研究方法上的化約層面外，堅持女性作家是提供文本唯一真實意義的實例（這個意義大體上而言就是指作者的憤怒），實際上反而減弱了吉爾伯和古芭反父權的立場。她們援引愛德華·薩依德（Edward Said）在《起始》（*Beginnings*）一書中對「**權威**（*authority*）這個字的微型省察（miniature meditation）」(4)來描述何謂「作者和任何文學文本的權威」(5)。薩依德說「文本的統一性和整合度是靠一系列的系譜衍生關係來支撐的：作者—文本，導論—內文—結論，文本—意義，讀者—詮釋等等。**這些詞組包含的意象都是父系的繼承，位階的延續**」(5)。[4] 吉爾伯和古芭認同薩依德說傳統看待作者與文本之間關係有位階差別和獨裁性，但卻又繼續寫了一本七百多頁的書，其中對**女性**作家的權威完全沒有質疑，如此前後似乎有些出入。如果我們真正拒斥作者有如文本的天父這種觀念，只拒絕在父式譬喻語言中的父權意識形態是不夠的。我們一樣需要拒絕此觀念導致的批判實踐，依賴作者作為其文本的超越意義。對父權式批評家而言，作

62

者就是文本的來源、出處和意義。如果我們想解除父權實踐的權威，我們必須進一步同羅蘭・巴特（Roland Barthes）一起宣佈作者已死。此處巴特對作者角色之看法頗值得援引：

> 一旦作者被移除後，宣稱要解讀一個文本就相當無用。賦予文本一個作者等於是為文本設限，提供一個最後的所指（signified），結束文本的書寫。這種概念很適合批評的目的，如此批評就負起在文本中尋找作者的重要任務（或其他的本體如社會、歷史、心理、自由）：找到作者之時，就「解釋」了文本──批評家便得到了勝利。〔〈作者之死〉（'The Death of the Author,' 147）〕

由巴特對作者（威權）中心批評之批判來看待《閣樓中的瘋女人》，後者的問題清晰可見。但我們是否有其他選擇呢？根據巴特，我們應該接受書寫的多重性，於其中「所有的東西是被耙梳開的，而非解讀出來的」（〈作者之死〉，147）：

> 書寫的空間應是層層交錯排列的，不能被一針穿透；書寫不斷地製造意義也不斷地將意義蒸發，系統性地將意義掏空。正是因為這種運作，透過拒絕在文本中（以及也是文本的世界中）指定一個「秘密」，一個終極的意義，文學（或者從此刻起稱為書寫比較好）解放了一種可謂反神學的活動，一種真正有革命性的活動，拒絕固定的意義到最後就等於拒絕上帝和其化身本體，即理性，科學，律法。（〈作者之死〉，147）

　　吉爾伯和古芭相信女性真實的作者聲音是所有女性創作文本
的本質，如此掩飾了一些由她們理論中的父權意識形態引起的問
題。對她們和凱特・米蕾特而言，意識形態是一種單一大一統的　　63
整體，其中沒有任何矛盾；有一種神奇完整的「女性本質」
（femaleness）能與之匹敵。如果父權意識形態的結構是如此無孔
不入，我們就很難說十九世紀的女人能夠發展出一種完全不受父
權結構污染的女性主義意識。誠如瑪麗・潔可布所指出、吉爾伯
和古芭所強調的，女作家的欺瞞策略使得女作家「逃避獲得自由
的代價，但自由卻是二十世紀女詩人渴望尋找的：她們希望有種
自由，讓別人閱讀她們時，不只是視她們為父權迫害下特別會講
話的受害者而已」（〈評《閣樓裡的瘋女人》〉，522）。

　　換句話說：到底女人如何能寫作，既然她們從出生起就被各
種無情的父權教育所包圍？吉爾伯和古芭避談這個問題，只在她
們第一章結尾溫和地陳述：「儘管那些天使和怪物的雙重意象帶
來許多障礙，儘管女人害怕不孕和對作者身分充滿焦慮，文本的
生產對女作家向來仍是可能的」（44）。事實的確如此，但原因是
什麼？只有用一個比較細膩複雜的方式解釋父權意識形態矛盾破
碎的本質，才能幫助吉爾伯和古芭回答這個問題。前面章節中提
到蔻拉・卡普蘭對凱特・米蕾特的質疑在此仍是成立的。[5]

　　女性主義者必須要能解釋父權意識形態在其生產層次中的矛
盾（有時意識形態彷彿招致相反結果）和其明顯的壓迫意涵，如
此她們才能回答為什麼有些女人能突破各種障礙來反制父權。比
如在十九世紀，似乎可說當時資產階級父權意識形態偏好並「合
法化」自由派人文主義，為漸興的資產階級女性主義運動提供了
彈藥和論點。一旦人們相信個體權利是神聖的，就越來越難反駁
女人的權利便不是。正如同瑪麗・吳史東克芙談論女人權利的文

章是由自由、平等、博愛（*liberté, égalité and fraternité*）這些具解放性但仍爲資產階級父權的觀念所支持，約翰·史都·米爾論女人之屈從的文章也是父權式自由派人文主義的產物。吉爾伯和古芭忽略了這些重點，行文中只順道提及米爾兩次，且都是平行於瑪麗·吳史東克芙。她們的理論視隱而不言的憤怒爲十九世紀「女性之本質」，如此並無法恰當處理一個公開探討女性被壓迫問題的「男性」文本。

　　吉爾伯和古芭持續使用「女性」（female）這個名號又深化也複雜化她們理論上的困境。大多數女性主義者早已習於使用「陰性特質」（feminine）〔和「男性特質」（'masculine'）〕來代表「社會的建構」（由文化和社會規範加諸人身上的性慾質素和行爲模式），而保留「女性」和「男性」（'female' and 'male'）來表示純粹的生理差異。因此「陰性特質」（'feminine'）代表後天教養（nurture）而「女性」（'female'）代表先天自然生理（nature）。「陰性特質」是文化建構的結果：如西蒙·波娃所說，女人不是天生的，而是逐漸變成的。說來，父權的壓迫在於將某些社會定義的陰性特質標準強加在所有生理女人的身上，使我們相信這些經過篩選的「陰性特質」標準是**自然的**。因此一個拒絕服從配合的女人被貼上**欠缺陰性特質**（*unfeminine*）和**不自然**（*unnatural*）的標籤。維持這兩個詞（陰性特質和女性）的完全混淆正好符合父權的利益。女性主義者，相反地，必須澄清這個混淆，也因此必須堅持女人雖然毫無疑問的是**女性**，但這卻不保證她們一定是具陰性特質的。不管我們用舊父權方法還是新女性主義思考定義何謂陰性特質，這點都是一樣不變的。

　　吉爾伯和古芭拒絕在語彙使用上區分先天自然和後天教養模糊了她們整個論點。到底她們所研究的「女性創造力」（female

creativity）是什麼？是所有女人自然必備、與生俱來的特質嗎？還是說這是「陰性特質」的創造力，因其在某方面仍符合社會對女性行為舉止的要求？或者說這是一種特屬於精神分析上稱為陰性主體位置的創造力？吉爾伯和古芭似乎是採第一種假設，但加上了一些歷史脈絡：在特定的父權社會裡，所有的女人（因為她們生理上都是女性）都會採取某種策略來反抗父權壓迫。這些策略一定是「女性」的，因為它們適用於在此情境下的所有女人。這種論點十分仰賴假設父權意識形態的作用是同質性和全面化的。它亦使人難以理解為何要女人符合「所有的陰性特質」有實質上的困難，也無法解釋為何有的女人可能佔據陽性的主體位置──也就是說，變成維持父權現狀的捍衛者。

65

在她們理論序言的最後一章〔〈山洞的譬喻故事〉（'The parables of the cave'）〕，吉爾伯和古芭討論瑪麗・雪萊在《最後一人》（*The Last Man*, 1826）的「作者介紹」裡，作者告訴讀者她如何在一次探訪女巫西婆（Sibyl）的洞穴中找到一些散落的樹葉，其上有女巫留下來的訊息。[6] 瑪麗・雪萊因而決定窮其一生解讀這些碎片上的訊息，並以一個較完整的形式來傳遞它們。吉爾伯和古芭把這個故事當作她們了解父權下女作家處境的譬喻故事（parable）：

> 這個最後的譬喻故事是說女藝術家進入自己心靈的洞穴，發現散落在那裡的樹葉不只包含她自己的力量，還有一個可能產生更多力量的傳統。她的先驅的整體藝術，也是她自己的整體藝術，散落在她的週圍，被肢解、被遺忘、被拆散了。她要如何記住這個整體，成為其中一部份，參與然後再參與於其中，將其整合並以此

> 達到她自己的完整性，她的自我？（98）

這則譬喻故事也是吉爾伯和古芭的女性主義美學宣言。這裡強調的是整體性——**蒐集**女巫西婆的樹葉（雖然沒有人質疑爲什麼在西婆的神話中，一開始西婆就選擇將她的智慧**打散**）：女人的書寫只在成爲一有完整結構的客體時才存在。平行於文本的完整性正是女人自我的完整性；這個完整的人文主義式個體才是所有創造力的本質。一個破碎的自我觀念或意識，對吉爾伯和古芭來說似乎是種病態、不舒服的自我。好的文本是種有機的整體，儘管《閣樓裡的瘋女人》的作者認爲她們研究的作品中有極複雜的運作機制。

這個強調整合性與整體性爲女人書寫之理想可以被批評爲正是種父權，或更正確地來說——陽具式思考的建構。如呂絲・伊希嘉荷（Luce Irigaray）和賈克・德希達所論，西方文化傳統的中心假設就是把陽具（Phallus）和道（Logos）當成超越的意符，而父權思考正是照此來形塑那些是「正面」價值的決定要件。其意涵往往令人驚訝地簡單：任何事物只要是被認爲具有類似陽具的「正面」價值就算眞的、善的、美的；任何事物只要是不照陽具的模式形塑的，都是混亂的、破碎的、負面的或者不存在。陽具常被認定爲一個完整、統一且簡單的形式，相對於女性生殖器官的可怕混亂。因此現在可說吉爾伯和古芭對整體性的信仰，正好回到父權美學價值觀的手掌心中。如前面討論女性主義者對維吉妮亞・吳爾芙的反應所示，某些女性主義者偏好寫實主義甚於現代主義也可被解釋爲有一樣的問題。就此說來，某些英美女性主義——吉爾伯和古芭也不例外——仍是在新批評的傳統父權美學價值觀中打轉。

66

　　吉爾伯和古芭最後希望她們的書能促進再造一個遺失的「女性」整體，再一次證實了其假設：

對我們而言，在某種意義上，這本書是個夢想，夢想著能建立克麗思汀娜・羅塞提（Christina Rossetti）的「母國」（'mother country'）。它也試圖重新組合西婆的樹葉，這些總是讓我們覺得有種可能性的樹葉，好像如果我們能夠把這些碎片串起來，這些片段便會組成一個整體，講一個女藝術家職業生涯的故事，如葛楚德・史坦（Gertrude Stein）所說，她是「我們所有人的母親」，一個被父權詩學解體但我們都試圖憶起的女人。（101）

然後，這個段落繼續提供了這個女藝術家生涯故事的大綱，從珍・奧斯汀和瑪麗亞・艾爵渥斯（Maria Edgworth）到喬治・艾略特和艾蜜麗・狄金遜。這個對整體性的注重，以及將女作家視為所研讀文本的**意義**，最後在此催生了一個邏輯結論：慾望書寫、敘述一個強大的「原始女人」（Ur-woman）之故事。就一個角度而言，這是個值得讚許的計劃，因為女性主義者顯然希望女人能說話；但從另一個角度說來，這有些曖昧的政治和美學意涵。其中之一是，如果這包括**為**其她女人代言，就是個有問題的計劃，因為這種做法正和父權的腹語術沒什麼兩樣：男人總是**為**女人代言，或是以女人名義發言。難道現在應該由一些女人繼承這個陽性位置來為其她女人代言嗎？換句話說，我們或許可辯稱吉爾伯和古芭將自己抬舉到有作者威權的層次，如同她們提升所有女作家一般。「說故事」這個動作本身，可被建構成一種專制

67

寡頭的姿態。如我們所見，吉爾伯和古芭十分認同愛德華·薩依德，當他採取「起頭—中間—結束」這些「包含的意象都是父系的繼承，位階的延續」之寫作方式時（5）。但所謂一個**故事**，從亞理斯多德起，就是有一個起頭，一段中間，和一個結束的最佳模式。或許想從頭開始講一個完整、一致、統一的偉大母親作家的故事，並不是一個好的女性主義者會有的念頭？如瑪麗·潔可布所評：

> 對我來說，這本非常有活力、機智、敏銳且取材豐富的書，最後卻因太在乎情節而受到限制；雖然其手段並不是邪惡王后運用的傳統女性技倆，卻有過於簡化的危險。雖然她們挖掘出文本中隱藏的情節，她們的解讀卻變成一種束縛，反而限制了意義的游動。她們在文本中一而再、再而三所發現的，不只是「情節」而是「作者」，書名中的閣樓裡的瘋女人……。如白雪公主的故事一樣，這個情節註定會一直重複；她們的書（之所以部頭很大或許部份原因是她們只會不斷重複）不斷重演一種修正式的掙扎，一而再、再而三的用同一把鑰匙企圖解開女性文本的秘密。（〈評《閣樓裡的瘋女人》〉，518-19）

最後，潔可布論說，這種對父權壓迫女人的「原始源起『故事』」之永劫回歸，正是因批評家忽略了自身立場之政治意涵所引起：「如果文化，書寫和語言內含壓迫性，詮釋本身也不例外；女性主義批評家面臨的問題就是，這些又是怎麼個別壓迫女作家的？」（〈評〉，520）。潔可布結論說「字裡行間的故事或許是女

性主義批評和其試圖改寫的父權批評之間的可疑關係」（〈評〉，　68
522）。此時，我們或許應該問自己，是不是到該改寫女性主義美
學的時刻了，才不會在好幾個方面一直回到父權和威權的死角
中？換句話說，我們該面對一個事實，就是英美女性主義批評的
主要問題，在其女性主義政治和父權美學之間極端的矛盾。

註釋

1. 引自 Register ，13-14 頁。

2. 引自女人出版社版（Women's Press）《文學女人》（*Literary Women*）的
   第一頁。

3. 在斯堪地那維亞，瑞典文評家 Birgitta Holm 曾十分具創意地使用《閣樓
   裡的瘋女人》之中心思想來研究 Fredrika Bremer ，瑞典寫實小說的開山
   祖師婆婆。挪威文學中的第一本寫實主義小說，《行政官的女兒》
   （*Amtmandens døttre*），也是由名為 Camilla Collett 的女人創作，Holm 試
   圖找出為何女人是北歐寫實主義文學前鋒的原因。女作家後來在北歐也
   領導創作自然主義小說：在挪威，Amalie Skram ，作品如《康茨坦
   絲・靈》（*Constance Ring*），《露西》（*Lucie*），在瑞典，Victoria
   Benedictsson 的作品《錢》（*Pengar*）寫得都是十分扣人心弦的女性主義
   小說，內容多關於一八八〇到九〇年代的兩性戰爭。

4. 吉爾伯與古芭之斜體強調。此處她們引用 Said ，162 頁。

5. 見第一章，26-9 頁。

6. 關於另一種對瑪麗・雪萊之陰性特質觀的不同解釋，見 Jacobus 的〈這
   個文本裡是否有女人？〉（'Is there a woman in this text?'）。

7. 對法國女性主義理論進一步的討論請見本書第二部份。對於部份德希達
   理論的介紹見本書 124-8 頁。

第四章
理論上的反思

英美女性主義批評家過去對文學理論多是冷淡的、甚或抱持　69
敵意,她們通常認為那是無望的抽象「男性」活動。這種態度近
來已經開始轉變,很可能一九八○年代將標示女性主義批評領域
在理論反思上的突破。我在這個部份將檢視幾個使女性主義者更
深入反思文學和文學評論之目的和作用的幾個前驅。為達此目
的,我選擇集中討論我認為是十分能代表英美女性主義批評的三
位女性主義批評家及其理論:安奈特・柯洛妮(Annette
Kolodny),伊蓮・蕭華特和麥拉・婕倫(Myra Jehlen)。

安奈特・柯洛妮

安奈特・柯洛妮的〈關於「女性主義文學評論」之定義的幾
個想法〉是首先打破女性主義批評家在理論上的沉默的幾個文本
之一,它於一九七五年首先出版於《批評的探求》(*Critical
Inquiry*)期刊。文章首段柯洛妮就宣示了其方法之新穎:「迄
今,還沒有人對『女性主義評論』一詞提出任何精確的定義」
(75)。大略簡述各種女性主義評論之後,柯洛妮轉入她的正題:
女性書寫研究作為一獨立範疇。雖然這種批評基本上「假設女人　70

的書寫有其獨特之處」（76），柯洛妮擔心這種研究方法可能導致
匆促為女人的本質下結論，或不停爭辯「先天本性和後天教養的
相對價值」（76）。她也很關心她所認為的「『女性主義批評』持
續的任務在於探索是什麼使得女人的書寫和男人不同」（78）；既
然性別是關係性的存在物（entity），要找尋風格和內容上的迥
異，就不可能不作對比。「如果我們堅持尋找可被清楚標示為
『陰性模式』的事物，我們也有義務勾勒其對照組，所謂的『陽
性模式』」（78）。因此柯洛妮致力提倡一種女性主義比較方法
學，類似麥拉・婕倫六年後所做的一樣。

　　儘管有前述的謹慎提醒，柯洛妮仍相信我們能歸納出幾個關
於文學中陰性風格之結論，只要我們

> 開始視每個作者和每個文學作品為個別獨具特色的。然
> 後，隨著時間和閱讀的累積，我們就會慢慢發現哪些事
> 物不斷重複出現，且更重要的是，**是否**事物的確重複出
> 現。（79）

然而此一方法不無矛盾。柯洛妮要我們丟棄所有關於女性書寫之
預設〔「我們不該……從（不管被承認與否的）預設開始，而應
始於問題本身」（79）〕，但這很難做到，當我們閱讀每一「獨特
具個別特色」的作家，以及選擇哪些細節應被獨立出來做比較
時，要如何不受到潛意識中或多或少先入之見的影響呢？柯洛妮
自己標出了女性小說中幾個典型的風格模式，其中最重要的兩項
為「反映的覺知」（'reflexive perception'）和「翻轉」
（'inversion'）。反映的覺知是指一個人物「不在她計劃之中或在
不甚領悟的活動中，發現了她自己，或找到她部份的自我」（79），

而翻轉則是指「女性小說常倒轉傳統文學裡對女人的刻板印象，或許是爲了製造喜劇效果，以彰顯刻板印象隱藏的現實，要不就讓它們剛好指涉到其正相反」（80）。因此翻轉手法聽起來很像吉爾伯和古芭理論的前身，認爲在女性小說表面下可以找到顛覆策略。柯洛妮發現「害怕被錯誤形象固定或被不眞實的角色絆住」是「今日女性小說最大的恐懼」（83），她雖然即刻承認這並非女人專屬的題材，但是堅持批評家的任務是尋找女人使用這些意象時背後經驗的差異。根據柯洛蒂，女性主義批評家總是在尋找小說背後的**現實**，因此「在斷論女作家和女性小說人物認知現實的乖謬方式是刻意扭曲現實前，我們必須有如履薄冰般的謹愼」（84）。以下的引文可以特別看出她對文本「背後」經驗的重視，如她討論男性和女性作家使用同樣意象時有哪些可能的差異：

> 一個男人覺得卡在工作上，跟一個女人覺得窩在家裡，在精神病學上可能會被標示成有一樣的毛病，但以文學的語言來表示，如果其夠誠實的話，會像疊積木一樣，一分鐘、一分鐘的敘述其經驗，向我們顯示陷入不同情境中的感覺。（85）

大體說來，柯洛妮的女性主義批評程序仍深植於新批評的土壤中：

> 我認爲，一個充滿知性活力的女性主義批評，最重要的工作是以嚴謹的方法訓練自己分析文學風格和意象，然後摒棄所有的預設偏見或結論，再將這些方法應用到個別作品上。唯有如此，我們才能訓練我們的學生和同事

71

恰當地閱讀女作家，也更能賞析她們個別的目的和特殊
的成就（我相信這是組成所有正統文學批評的方法，不
論其處理的主題爲何）。（87）

72　除了使用那些聽起來有點陽性的形容詞如「活力」和「嚴謹」來
形容何謂「正確」的女性主義批評外，堅持不帶預設偏見（彷彿
這是可以做到的）作爲適當閱讀女作家的方法，都暴露了柯洛妮
的研究方法仍十分傳統。有反叛精神的女性主義者，可能會想不
恰當地閱讀文學（如凱特・米蕾特），拒絕「按圖索驥」，並質疑
奠定「正統文學批評」的組成（女性主義者何必拒絕非正統性
呢？），於是在柯洛妮、蕭華特和婕倫打開的理論空間中，她們
可能找不到什麼立足點。柯洛妮甚至建議女性主義批評「有義務
將政治意識形態從美學價值判斷中分離」（89），因爲，如她所
言，政治承諾使我們成爲「不誠實」的批評家。[1] 在她文章結
尾，她宣稱女性主義批評應「以一個比較公平且公正的作品評估
方法，將女作家重新引入學院主流課程中，而不只靠作家的性
別」（91）。雖然很少人會強烈反對其言，但這個論述架構對學院
裡的女性主義抗爭而言算是太卑微了。我們值得深思，是否這種
改革主義是一個無異議接受許多新批評教條的女性主義分析方法
無可避免的結論。

　　五年後，在一篇發表於《女性主義研究》（*Feminist
Studies*），題爲〈舞過地雷區：一些關於女性主義文學批評之理
論、實踐和政治的觀察〉（‘Dancing through the minefield: some
observations on the theory, practice and politics of a feminist literary
criticism’）的文章中，柯洛妮重返她在一九七五年提出的某些問
題，她抱怨經過十年積極發展一個全新的知識思考領域，如果學

院可以比做一段旅程，女性主義批評仍未得到「其中一個專屬的
臥鋪，我們不但沒有被邀請上火車……還被迫處理一個地雷區」
（6）。根據柯洛妮，只要我們能明白說明我們在方法學和理論上
的假設，學院建制對女性主義批評之敵意就可能被「轉變成一段
眞誠的對話」（8）；而這正是她開始要做的。柯洛妮辯稱女性主
義批評分析文學的方法基本上是靠「懷疑」，她認爲女性主義批
評家的主要任務是檢視我們的美學判斷標準是否成立：「女性主
義者會問，這些價值判斷達成什麼目的；它們又有助於（即使不
是故意的）深化什麼樣的世界觀和意識形態立場？」（15）。這是
柯洛妮最有價值的洞見。

　　然而當柯洛妮由此繼續全面建議以**多元主義**（pluralism）作
爲女性主義適當的立場時，問題出現了。她說，女性主義批評欠
缺系統一貫性，而這個事實（「我們是多樣的事實」），應該「能
將我們一路安置在所有我們曾該到達卻未達之地：在地雷區的另
一邊，我們和其它多元主義以及各種多元主義同進退」（17）。女
性主義者不能也的確不該提供「系統的內在一貫性」，柯洛妮視
此爲精神分析和馬克思主義的特色。在她的論述中，這兩個理論
系統形似一大塊巨石，壓迫並睥睨多元、反威權的女性主義領
域。然而，不僅馬克思主義和精神分析提供一個大一統的理論場
域是不眞實的；女性主義批評是否那麼多樣化也很令人懷疑。[2]
柯洛妮承認女性主義政治是女性主義批評的基石；因此即使我們
還在論辯是什麼構成恰當的女性主義政治和理論，這個論辯仍在
女性主義政治領域內，一如當代馬克思主義內有許多論辯一樣。
如果沒有一個共同的政治立場，根本不可能有任何稱得上女性主
義的評論。在此脈絡下，柯洛妮的「多元」方法冒著因小失大的
風險：

73

> 採取「多元」標籤並不等於我們不再互相反對；只代表
> 我們喜歡有可能性，即使是閱讀同一個文本時，不同的
> 閱讀在不同的質詢脈絡下，可能有不同的用處，甚至帶
> 來不同的啟示。（18）

然而如果我們真的夠多元化到承認女性主義立場只是各種「有用」方法中的其中之一，我們也等於暗中同意最「陽性」的評論也有生存權：它不過是在一個和我們政治立場非常不同的情境下可能「很有用」而已。

柯洛妮的理論介入太不注意政治在批判性的理論中扮演的角色。她正確地陳述，「如果女性主義批評質疑所有的事物，它就變成知識中立的陳腐神話」（21），但她似乎仍未看出即使是批評理論也有其政治意涵。女性主義批評不能只是

> 提出一些好玩的多元主義，能回應各種批評學派和方
> 法，但不陷於任何其中之一，因為知道我們分析所需的
> 工具大部份是傳承別人而來，只有部份是我們自己創造
> 的。（19）

女性主義者當然必須對各種既存方法和工具，進行政治和理論上的評價，如此才能確定它們不會反過來批評自己。

伊蓮・蕭華特

伊蓮・蕭華特確可稱為美洲最重要的女性主義批評家之一。

我們也因此對她的理論觀察特別感興趣。現在我想要檢視她的其中兩篇女性主義文學理論文章，〈邁向一個女性主義詩學〉（'Towards a feminist poet'）（1979）和〈荒野中的女性主義批評〉（'Feminist criticism in the wilderness'）（1981）。[3]

　　在第一篇文章中，蕭華特區分了兩種形式的女性文學批評。第一型注重的是女人作爲讀者，蕭華特稱之爲「女性主義批評」（feminist critique）。第二型處理的是女人作爲作家，蕭華特稱之爲「女性批評」（gynocritics）。「女性主義批評」探討的是男性作家的作品，蕭華特告訴我們這種批評是種「根植於歷史的探問，探索文學現象的意識形態假設」（25）。這種也是靠「懷疑」來研究文學文本的方法，在蕭華特第二型的批評中似乎都不見了，因爲「女性批評」的主要關心點在「女性文學的歷史、主題、文類和結構」，「女性創造力的心靈動力場域」和「研讀特別的作家和作品」（25）。此處並沒指示關心女作家的女性主義批評家，是否應對女作家的作品採取除同情和尋求認同以外的研究方法。「懷疑的詮釋學」假設文本並非也不只是其僞裝出現的樣子，因此要尋找其隱藏的矛盾與衝突，和文本中的不在場和沉默。然而這似乎只是停留在男性的文本上。換句話說，女性主義批評家，必須理解女人生產的文本和「男性」的文本佔據完全不一樣的地位。

　　蕭華特道：

　　　女性主義批評其中的一個問題就是它太以男性爲導向。
　　　如果我們研究的是女性刻板印象、男批評家的性別歧視
　　　和女人在文學史內扮演的侷限角色，則我們並沒學到到
　　　底女人的感覺和經驗爲何，只知道以前男人認定女人應

75

該如何。（27）

此處不只隱指女性主義批評家應轉向成為「女性的批評家」，研讀女人的書寫，如此正可學習「女人的感覺和經驗」，也意指這個經驗可直接從女人的文本中獲得。換句話說，文本已經不見了，或者已經成為能捕捉「經驗」的透明媒介。此種視文本為傳遞真實「人性」經驗的觀點，如前述，是西方父權人文主義的傳統重心。在蕭華特的例子中，這個人文主義位置還染上很多經驗論（empiricism）的色彩。她拒絕理論，因為那是男性的發明且顯然只適用於男人的文本（27-8）。「女性的批評家」將自己從逢迎男性價值中解放出來，並企求「專注在女性文化的新世界中」（28）。這種尋找「被噤聲的」女性文化最好的方法，就是將人類學理論應用到閱讀女性作家及其作品上：「女性批評和歷史學、人類學、心理學和社會學中的女性主義研究有關，它們全都已發展出許多關於女性次文化的假設」（28）。換句話說，女性主義批評家應該留心「女性」文本的歷史、人類學、心理學和社會學面向；簡而言之，要注意所有的事情，除了文本是個替意的過程以外。蕭華特似乎認為只有實證性與文學外的因素才會影響文本的組成。這個態度，再加上她對「男性」理論的恐懼，和對「人性」經驗的普遍訴求，不幸讓她更接近男性批評的位階體系，但其背後的父權價值觀卻是她反對的。

在〈荒野中的女性主義批評〉中，蕭華特傾向重複一樣的題旨。這篇文章中的新成份，是一段對目前正發展中的女性主義進行批評介紹的長文，蕭華特認為其中有四個主要的發展方向：生理學、語言學、精神分析和文化批評。雖然她劃分這些領域的特殊方式應被進一步探討，整體而言其顯示出蕭華特已經理解到理

論的必要性。她仍保留「女性主義批評」（此處她也稱其為「女性主義閱讀」）與「女性批評」之區分。她告訴我們，女性主義批評或閱讀，「本質上是種詮釋的模式」。她接著說：「即使作為一種批評實踐，女性主義閱讀已經很有影響力。但要為一個本質包含多樣性且牽連廣泛的活動（也就是指詮釋）提出一個一貫的理論則很難」（182）。如此她企圖逃避棘手的「男性」提問，如：何謂詮釋？閱讀又是指什麼？何謂文本？蕭華特再次拒絕與「男性批評理論」攪渾水，因為它「使我們依賴它，又阻礙我們解決我們自己理論問題的進展」（183）。她並沒有就她對「男性批評理論」和「我們自己的理論問題」的二分法進入細節討論或擴充說明，只讓我們自己發現當她唾棄所謂「白人父親」如拉康、馬雪赫（Macherey）和恩格爾（Engels）時（183-4），她最後也大力讚揚愛德文・亞登納（Edwin Ardener）和克利佛・葛爾茲（Clifford Geertz）的文化理論，因為它們特別適用做「女性批評」。儘管蕭華特對此鮮明的前後不一致做了象徵性的說明（「我並不是要為亞登納和葛爾茲加冕，讓他們取代弗洛伊德、拉康和布盧姆（Bloom）成為新的白人父親」〔205〕），她算是藉此姿勢對一路追隨她的讀者含混帶過。到底一個上進的「女性批評家」應不應該使用「男性」理論？基於「理論」與「知識」間問題重重的對比，蕭華特坦白地規避了對這個問題作最後解答：「不管是如何有幫助，沒有任何理論能取代一個詳細且廣泛的女性文本知識，其構成了我們最基本的研究主題」（205）。但到底有什麼「知識」是沒有傳達理論預設的？

因此我們又回到了原點：女性主義批評欠缺合適的理論，這時反而變成一種必要的美德，因為讀太多理論使我們無法獲得「詳細且廣泛的女性文本知識」，如蕭華特本人大量表現在《她們

77

自己的文學》中。她對文本和其附帶問題的恐懼是可以理解的，因爲任何往這個領域的眞心探究都會暴露出實證派和人文主義的女性主義批評和其正確抵制的男性學術體系之間的基本共謀關係。

我將簡短地說明這個共謀關係是如何形成的。人文主義者相信文學是極佳的教育工具：經由閱讀「偉大的文學」，學生就會變成比較好的人。偉大的作家之所以偉大是由於他（偶爾甚至是她）能表達生命的眞實景象；而讀者或批評家的角色，則是經由文本恭敬地聆聽作者的聲音。（由男性資產階級批評家選出之）「偉大的文學」經典確保了這些「代表性的經驗」（representative experience）會一代代傳承下去，而不是那些女性、少數族裔和勞工階級書寫中常出現的偏差性、沒有代表性的經驗。英美女性主義批評已對這種男性資產階級價值觀自給自足的經典化過程開戰。但她們鮮少挑戰關於經典本身的觀念。事實上，蕭華特的目標就是要另創一個女性書寫的獨立經典，而不是廢除所有的經典。但是一個新的經典內在上而言不一定會比舊的經典不具壓迫性。女性主義批評家的角色仍是安靜地坐著聆聽透過眞實女性經驗表達出來的女主人聲音。女性主義讀者並沒被准許可以站起來挑戰這個女性聲音；女性文本的統治和舊的男性文本一樣暴虐。彷彿是補償她的順服一樣，女性主義批評家被准予對「男性」文學發出懷疑性的批判，只要她不把這個批評立場帶到女作家身上。但如果我們視文本爲一指意過程，且將書寫和閱讀兩者都理解爲文本的生產，很可能的狀況是，即使是女人寫的文本也應遭受女性主義批評家不敬的檢視。倘若事情眞如此發生，蕭華特式的「女性批評家」會陷於一種痛苦的兩難，一邊是帶著「男性」理論的「新」女性主義者，另一邊則是男性人文主義經驗論者以

及他們的父權政治。

　　此種女性主義批評模式之侷限，在面對不按人文主義期望、　　78
拒絕忠實寫實表達「人性」經驗的女性文本時，變得特別清楚。
一點都不令人意外的是，英美女性主義批評處理的文本多是一七
五○年到一九三○年偉大的寫實主義期間，並明顯集中在維多利
亞時期。莫妮克・維堤希（Monique Wittig）的《戰事》（Les
guérillères, 1969）即是一個完全不同種類文本之例。這個烏托邦
作品包括一系列破碎的片段，描述一個正在與男人交戰的亞馬遜
社會之生活。最後女人贏了這場戰役，和支持她們的年輕男人一
起慶祝和平。這個破碎的文本經常定期為另一個完全不同的文本
打斷：一系列女人的名字，以大寫字母印在一空白頁面中間。除
了這系列包含的幾百個名字外，這個文本還有幾首詩，和三個大
圈圈代表陰唇，後面這個象徵方式後來在書中被拒斥掉，因其被
視為一種直接反轉的性別歧視形式。維堤希的書中沒有個別的角
色，沒有心理學，也沒有任何能讓讀者強烈感覺並足以辨識的
「經驗」。但這本書顯然是本女性主義作品，因此英美女性主義批
評家常試圖討論它。

　　妮娜・奧爾巴哈（Nina Auerbach）的《女人社群》
（Communities of Women）對介入文本中的女人的名字提出以下的
評析：

　　這些女人的名字被儀式性的唱誦，但聽起來就像笑話一
　　樣，因為她們並不屬於任何我們認識的人物：

　　DEMONA　EPONINA　GABRIELA
　　FULVIA　ALEXANDRA　JUSTINE（p. 43）

等等。雖然這些名字因被傳頌而有了其生命，但它們聲
音的空洞回音也代表那些我們常在小說中讀到的真實人
物之死亡。（190-1）

維堤希的文本其實並無顯示有任何人傳唱這些名字，而「儀式性
的唱誦」則代表奧爾巴哈自己試圖給予這個破碎的文本一個統一
的人性聲音。當文本不再提供任何個體作為語言和經驗的超驗來
源時，人文主義女性主義就必須放下她們的武器。因此奧爾巴哈
焦慮地期待一個美好的、人文主義的女性主義的將來：「也許在
女人證明了自己的力量後，有可能再返回梅格（Meg）、喬
（Jo）、貝絲（Beth）和艾美（Amy）的個體性，或克蘭佛德
（Cranford）的人類相互倚賴的做法」（191）。如果這種類型的批
評最後只能懷舊地渴望返回《克蘭佛德》和《小婦人》（The
Little Women），英美女性主義批評家的確是急切需要找出其他更
有理論背景的批判實踐。

麥拉‧婕倫

　　麥拉‧婕倫的文章〈阿基米德與女性主義批評的悖論〉
（‘Archimedes and the paradox of feminist criticism’）似乎說出了
許多美國女性主義者的主要關懷：這篇文章首先在一九八一年夏
天出版，迄今已被編入文選中兩次。[4] 她的文章的確處理了幾個
重要的議題，其致力於討論被她稱為「賞析式和政治式閱讀」之
間的悖論（579）。婕倫不僅在女性主義批評中面臨這個基本問
題，她還在整個女性主義研究中提倡「激進的比較研究」

（585）。根據婕倫，如史派克絲、摩爾絲、蕭華特、吉爾伯和古芭的以女性為中心的研究，因完全聚焦在文學中的女性文學傳統而顯得侷限。婕倫嘆惜女性主義者傾向創造一個「另類脈絡，一個遠離陽性偏見世界的避難所」（576），婕倫希望女性研究變成「由女性觀點探討所有的事物」（577）。這個計劃頗具野心和活力。女性主義批評事實上始於檢視宰制性的男性文化（如艾爾曼、米蕾特），今日的女人應該沒有理由拒絕這部份的女性主義研究。但婕倫繼續跨出下一步。她建議使用比較方法來找尋「女人和男人書寫的差異，但只研讀女人的作品無法看出此一分別」（584），她指出凱特・米蕾特的《性政治》「全部都是關於比較兩性」（586）。但這顯然不是真的：米蕾特的書，如我們前面所見，全部都是關於男人的書寫。

女性主義相當需要將性別的本質看成是關係性的（relational），但婕倫的論點有由此滑向建議女性主義者回去閱讀傳統父權經典文學的危險。她此處論點的模稜兩可反應了她的理念：「女性主義者真正需要的，是一個可以讓我們完整看到自己的觀念架構之觀點，雖然其穩固地建立在男性的領土上」（576）。這個曖昧之處絕大部份是因阿基米德和他的支點之意象，以及其週邊一些高度令人混淆的修辭策略而起。婕倫論說女性主義思考是種「極端的懷疑主義」（575），對其實踐者造成非比尋常的困難，她寫道：

> 有點類似阿基米德，他要用桿杆舉起地球必須先要有個外於地球之處來放置他自己和他的桿杆，女性主義者同時質疑自然和歷史預設的秩序——等於是提議移除自己腳下的土壤——她們看來也需要另一個基地。（575-6）

80

婕倫此處暗指女性主義的中心矛盾：既然沒有父權以外的空間讓
女人從此發聲，我們要如何解釋一個女性主義、反父權論述的存
在？婕倫對支點意象之堅持（「阿基米德眞正需要的是一個在太
空中的支點」〔576〕），不幸地卻有暗示這個努力註定會失敗的效
果（一個太空中的支點永遠不會移動地球）。與其移動地球，婕
倫想將女性主義移回「男性的領土」──但這當然是女性主義一
直所在的地方，不管是女性中心的還是其它女性主義都一樣。如
果一個讓女人由其中發聲、未受父權污染的空間的確不存在，想
當然我們根本不需要一個支點：我們根本沒其它地方可去。

　　在她對婕倫的回應，伊蓮・蕭華特反對婕倫建議轉向「極端
的比較方法」，因爲「此轉向可能等於拋棄一個仍因過於大膽而
令我們畏懼的女性主義大業」（〈對婕倫的評論〉，161）。蕭華特
捍衛研究文學裡的女性傳統，認爲這是一種「方法學上的選擇，
而不是一種信仰」，她宣稱，

81　　　我們知道，沒有任何女人是完全和眞實的男性世界隔絕
　　　　的；但在思想的世界裡，我們可以畫出開創新思維視野
　　　　的界線，這使我們能以新的方法來看待問題。（161）

但研究文學裡的女性傳統，雖不一定是企圖創造一個「女性避難
所」，當然不只是一個方法學上的選擇：其有一種急切的政治必
要性。因爲父權是因女人是女人而壓迫女人，不論個別差異，都
把我們定義成「陰性」的，因此女性主義抗爭必須解除父權將
「陰性特質」內化爲女性生理的策略，但同時仍必須堅持因女人
是女人而捍衛女人。在一個因爲女作家是女人而歧視她們的父權
社會，要說明爲何把她們當獨立群體討論很簡單。但更急切的問

題是，如何避免把父權關於美學、歷史和傳統的觀念帶入我們決心建構的「女性傳統」。蕭華特並沒有在《她們自己的文學中》避免這些缺點，而婕倫似乎鮮少意識到這個問題：如我們將看到的，她接受最傳統父權美學分類觀念，這讓人有點驚訝她自稱爲女性主義者。

　　婕倫把「批評式賞析」的問題當成對立於「政治性閱讀」來處理，她宣稱：

> 文學的特殊本質讓女性主義文學批評特別矛盾，其與物
> 理學和社會科學的研究對象都不一樣。不同之處在於，
> 文學本身就是一種要批評家來解讀的詮釋。說文學作品
> 有偏見當然不算什麼新鮮事：事實上這正是文學的價值
> 所在。批評的客觀性只出現在閱讀的第二層次，爲的是
> 提供切實可靠的閱讀內容，即使就這點而言，有許多人
> 主張閱讀也是創造性詮釋的運作。（577）

這段陳述理所當然地視文學文本爲被解讀的對象。但如羅蘭・巴特所提出：「一旦作者被移除後，宣稱要解讀一個文本就相當無用」（〈作者之死〉，147）。婕倫相信文本是作者聲音的密碼訊息：「批評的客觀性」大概是指用一個比較令人容易懂的形式忠實地複製這個密碼訊息。婕倫在文章起頭並沒說清楚作者和文本的地位爲何。她雖然正確指出女性主義是一種「他者的哲學」，必須拒斥浪漫主義的作者觀，也就是說「要當一個偉大的詩人就是要說出唯一絕對的眞理，成爲所有人類的唯一先知的聲音」（579）。然而婕倫繼續說批評的目的正是「公平對待」（do justice）作者，如此才能複製文學主體「獨特的視野」，或者以她自己的

82

話說：

> 我們一開始就該承認一個文學主體的完整性，其獨特的
> 視野不一定與我們的相同——形式主義者一再告訴我
> 們：文學本身有自己的整合性。我們也必須承認，要尊
> 敬一個文本的整合性，我們不該問一個文本那些它本身
> 沒有質問自己的問題；應該問文本哪些問題才是該問
> 的，如此才能產生最完整、豐富的閱讀。（579）

　　由此可知婕倫必須批判凱特・米蕾特，因為後者「故意離題
的研究方法侵犯了亨利・米勒作品提供的條件」（579），並「損
害了其作品之架構」（580）。對婕倫而言，米蕾特的方法學既**不
恰當**又**暴力**；她的閱讀強暴了亨利・米勒文本如處女般的完整
性。這彷彿是說一個待處理中的文本包含一系列的客觀事實，只
要每個人願意努力都可以看到，也因此無論如何這些客觀事實應
宰制批評家——**任何**批評家——的研究方法。婕倫堅持女性主義
者必須服從**恰當的**閱讀方法，不然就會被排除到屬於「不恰當」
或「不誠實」批評方法的黑暗領域中，她這種說法呼應了安奈
特・柯洛妮的看法。蘇・華瑞克・朵德蘭（Sue Warrick
Doederlein）正確地反駁說：

> 來自語言學和人類學的新洞見已經證實藝術作品的內在
> 自主性是種謊言，這種自主性使得藝術作品有種我們不
> 能侵犯的神聖性，其空間我們只能在「為了提供恰當的
> 閱讀」時（抱著我們卑下的客觀態度）進入。女性主義
> 批評家應（謹慎地）從當下各種男性背書的假設中採取

確實的準則，讓自己永遠不必再爲「誤讀」任何文本或「錯誤的詮釋」道歉。（165-6）

派卓契妮歐・許薇卡（Patrocinio Schweickart）在這點上亦與婕倫相左，許薇卡指出了婕倫理論上和新批評教條的共謀之處，她評道：

> 婕倫的論點立基於形式主義——認爲藝術物品自有其目的性（autotelic），且因文學應該被當成文學閱讀（而不是比方說當作社會學文獻），我們必須停留在文本提供（或授權准予）的內緣條件中——這已經遭到結構主義、解構主義和一些讀者反應理論強烈地挑戰。我並不是說我們應盲目追求流行理論。至少我想指出，新批評的基本教義已被暴露出問題重重。我們不應拿它們當基準。（172）

如果婕倫是基於傳統的批評觀念來區分「批評式賞析」和「政治性閱讀」，從女性主義的角度來看，就是因她想維持這個絕對的區分才引起一些更不簡單的政治問題。女性主義和非女性主義批評的不同，並不如婕倫似乎以爲的，在於前者有政治性而後者沒有；反倒是，女性主義者公開聲明自己的政治立場，而非女性主義者則可能未意識到他自己的價值系統，或者試圖將其普遍化爲「不具政治立場的」。婕倫寫作之時，女性主義批評在美國已有十五年的歷史，她如此明顯無內疚地放棄先前女性主義分析最基本的政治洞見，可謂非常的奇怪。

婕倫贊成政治應與美學分離，因爲她企圖解決每個極端的批

評家都會遇到的永恆問題：如何評鑑一個美學上有價值但政治上很可惡的藝術作品？如果婕倫回答這個問題時最後離開了女性主義的立場，這是因為她拒絕視美學價值判斷是與時俱化、有歷史相對性（historically relative）且與政治價值判斷深深相連。比方說，一個偏好有機整體、詩結構各部份互動都很和諧的美學，並不是沒有政治的。一個女性主義者首先可能會好奇爲什麼有人如此強調秩序和整合性，還有，這是否與其批評理論的社會和政治理想成份有關。當然，辯稱所有美學類別都自動有政治意涵是無可救藥的化約，但想辯稱美學結構永遠不變，總是維持政治中立，或以婕倫的話來說，「沒有政治性」也是一樣的化約。重點是，同樣的美學技巧會有不同的政治效用，隨其出現的歷史、政治與文學脈絡變化。只有如婕倫般的非辨證性思考模式才會以爲皮耶・馬雪赫（Pierre Macherey）認爲文化產物與其生產的歷史、社會脈絡有「相對自主性」之觀點有內在矛盾，而想以一個簡單且不複雜的答案來解決政治與美學之間高度複雜的關係，肯定才是最化約的研究方法。

　　婕倫相信「意識形態批評」（其對她來說等於「政治性」或「有偏見的」批評）是化約的。當代批評理論告訴我們所有的閱讀在某種程度上都是化約的，因爲它們都企圖以某種方式終結文本。既然所有的閱讀在某方面來說也都是有政治性的，新批評家就很難繼續維持他們的二元對立觀：一邊是化約性的政治性閱讀，另一邊是豐富的美學鑑賞。只要美學想探討文本是否（且如何）有效地影響其觀衆，就會與政治有關，而沒有美學效果，就沒有政治效果。如果女性主義政治的關懷之一是「經驗」，這就已經與美學非常有關。至此，應可清楚看出本書的主要論點之一是，女性主義批評應將政治與美學之間的對立解構掉，而作爲一

種有政治性的批評研究方法，女性主義必須意識到美學類別的政治性，以及以政治解讀藝術時隱含的美學觀。這就是爲什麼對我來說，婕倫的觀點損害了女性主義批評最基本的原則。女性主義如果不反叛父權觀點，認爲文化評論是「中立價值的實行活動」，她就立刻面臨失去最後的政治可信度之危險。[5]

　　有些女性主義者可能會好奇，爲什麼在這段介紹裡我沒提到美國的非裔或女同志（或非裔女同志）女性主義批評。答案很簡單，因爲這本書處理的是女性主義批評中的理論層面。截至目前爲止，女同志和／或非裔女性主義批評中出現的**方法學**和**理論性**問題，和其他英美女性主義批評是一樣的。在介紹女同志文學批評時，邦妮・紀茉曼（Bonnie Zimmerman）強調女性主義和女同志批評間的平行之處。女同志批評家努力建構一個女同志文學傳統，分析對女同志的刻板印象與形象，以及檢驗「女同志」本身的觀念。我因此判斷她們面臨的**理論性**問題和所謂「正常的」的女性主義批評家遭遇到的是一樣的。女同志批評家的研究不同之處是在**內容**層次，而不是在她使用的方法。與其聚焦研究文學中的「女人」，女同志批評家聚焦研究的是文學中的「女同志」，而非裔女性主義批評家集中研究的則是文學中的「非裔女人」。[6]

　　我的論點，簡單地說，是**就文本上的理論來說**，這三個領域並無顯明可區分的不同。這並不等於說非裔或女同志批評沒有政治重要性；相反地，經由強調不同族群的女人處境不同且常有相互衝突的利益，這些批評方法迫使白種異性戀女性主義者重新檢視她們自己有時過於極權的觀念，把「女人」看作一個同質性的類別。這些「邊緣的女性主義」有理由防止第一世界、白種資產階級的女性主義者，將她們自己的先入之見定義成普遍性的女性（或女性主義）問題。就此而言，近來關於第三世界女人的研究

85

教導我們很多東西。[7]至於階級與性別之間的複雜互動，英美女性主義批評家中也鮮少注意。[8]

在這個對英美女性主義批評的調查簡介中，我嘗試暴露傳統人文主義父權式批評與近來女性主義研究間根本的附屬關係。僅管有人宣稱英美女性主義文學批評已漸漸產生新的方法學和分析步驟，我並沒有看到很多這些發展的充分證據。[9]女性主義批評最極端的新影響，並不是在理論和方法學的層次，而是在政治的層面。女性主義者已經將現存的批評方法和研究方式**政治化**。如果說女性主義批評已顛覆了固定的批評價值判斷，這是因爲它的新重點是性政治。女性主義批評能成長爲文學研究的一個新支派，主要的基礎是其政治理論（許多非常不同的政治策略也由此衍生）。因此，女性主義者發現她們所處的位置和其他激進批評家差不多：當她們從學術體制的邊緣位置發聲時，她們致力於暴露她們同事所謂的「中立」或「客觀」研究之政治，也努力扮演廣義的文化批評家。如同社會主義者，女性主義者在選擇文學方法和理論上可以相對多元，任何能成功達到她們的政治目的之研究方法都應該被歡迎。

這裡關鍵的「成功與否」：對批評方法和理論做一個政治性的評估是女性主義批評大業中非常重要的一部份。我對許多英美女性主義批評的保留，主要不是因爲她們仍留在男性中心人文主義的傳承之下，而是當她們如此做時，對她們要付出的高額政治代價沒有足夠的意識。英美女性主義批評的中心矛盾就是，儘管其有強烈顯著的政治參與感，其政治到最後仍顯不足：這不是說在政治的光譜上，她們走得不夠遠、不夠激進，而是其性別政治上的激進分析仍與取消政治的理論範式糾纏。這沒什麼好令人驚訝的：所有的激進思想無可避免地都借助於它們所試圖超越的歷

史類型。只是我們對此歷史矛盾必要之認識，不該讓我們繼續自滿地延續父權的實踐。

註釋

1. 關於政治與美學關係的進一步探討，見討論婕倫的那一節，本書 94-102 頁。

2. 盧卡奇、布萊希特、史達林、托洛斯基、班雅明、葛蘭西和阿圖塞都被視爲馬克思主義者，精神分析陣營則包括各種不同派別的人名如弗洛伊德、艾德勒（Adler）、容格（Jung）、賴希（Reich）、霍爾妮（Horney）、弗洛姆（Fromm）、克萊恩（Klein）和拉康。

3. 對蕭華特作品的進一步討論，請見本書導論，1-20 頁和第三章，63-66 頁。

4. 婕倫的文章可在 Keohane、Rosaldo 與 Gelpi 合編，以及 Abel 姐妹合編的文選集中找到。我引用的版本是原刊在《符號》（*Signs*）期刊的文章。

5. 在她的文章的第二部份，婕倫將她的美學理論付諸實踐，用來闡述一特別是關於濫情小說（sentimental novel）的理論。

6. 對女同志批評的簡介請見 Zimmerman；深入的研究見 Rich，〈強制性異性戀與女同志的存在〉（'Compulsory heterosexuality and lesbian existence'），以及《關於謊言、秘密和沉默》（*On lies, Secrets and Silene*）；也請見 Fadermann 和 Rule。對黑人女性主義批評之導論則見 Smith。

7. 比如見 Spivak。

8. 其中的例外是 Lillian S. Robinson 的作品，收錄在她的《性、階級與文化》（*Sex, Class and Culture*）中。

9. 見 Kolodny，〈將鏡頭轉向「囚禁中的黑豹」〉（'Turning the lens on "The Panther Captivity"'），175 頁。

第二部

法國女性主義理論

第五章
從西蒙・波娃到賈克・拉康

西蒙・波娃與馬克思女性主義

　　西蒙・波娃肯定是我們的時代中最偉大的女性主義理論家。 89
然而在一九四九年，當她出版《第二性》時，她相信只要社會主
義來臨，對女性的壓迫就會結束。因此她認為自己是個社會主義
者，而不是個女性主義者。如今，她的立場已經有些改變。在一
九七二年，她加入婦女解放運動（MLF, Women's Liberation
Movement），並首次公開宣佈自己是女性主義者。她指出女性運
動中的新激進主義來解釋她對女性主義遲來的認同：「婦女解放
運動成立於一九七〇年，在這之前存在於法國的女性團體一般皆
走改革路線，且重視法律。我並無意願與她們為伍。比較起來，
新女性主義激進多了」（《今日的西蒙・波娃》，29）。然而，此
焦點轉移並沒有使她揚棄社會主義：

　　　在《第二性》的結尾，我說我並不是個女性主義者，因
　　為我相信婦女問題將會在社會主義的發展脈絡下自動解
　　決。對我而言，女性主義者不在乎階級鬥爭，只特別為

90　　女性議題而戰。到今天我仍持同樣的看法。在我的定義
中，女性主義者是女人——甚至或者是男人——他們爲
改變女性處境而戰，和階級鬥爭有關，但也可說是獨立
於其外，他們努力想促成的改變，並不完全需要靠改變
整個社會而達成。在這個意義下，我可以說現在我是個
女性主義者，因爲我了解到我們必須爲女人的處境而
戰，此時此刻此地，在我們的社會主義理想實現以前。
（《今日的西蒙‧波娃》，32）

　　儘管《第二性》懷著社會主義的抱負，但這本書並不是根據
傳統馬克思主義理論寫成，而是基於沙特的存在主義哲學。波娃
在這本劃時代著作中的主要命題很簡單：有史以來，女人被男人
化約成物體：「女人」被建構爲男人的他者，被否認擁有自己的
主體性，以及能爲自己的行爲負責的權利。或者，以存在主義的
語言來說：父權意識形態視女人爲內圍（immanence）的，而男
人是超越（transcendence）的。波娃指出這些基本假設如何在各
方面宰制了人的社會、政治和文化生活，且同等重要的是，女人
自己如何內化了這種被客體化（objectified）的眼光，因而持續
活在「非本眞」（inauthenticity）或「自欺」（bad faith）中，假使
用沙特的語言描述的話。女人經常執行父權制度指派給她們的角
色，這個事實並不能證明父權的分析就是正確的：波娃毫不妥協
地拒斥任何關於女人天性或本質的觀念，她最有名的宣言簡潔地
說明了此點：「女人不是天生的，而是逐漸變成的」。[1]
　　雖然大部份一九八〇年代的女性主義理論家和批評家都承認
波娃對她們的影響，她們之中似乎很少人贊同她擁抱社會主義爲
女性主義實現的必要大環境。就此點，似乎可說波娃最忠實的信

徒是在北歐斯堪地那維亞半島和英國。在北歐的社會民主政體
中，女性運動內的論辯從不是非社會主義女性主義者與社會主義
女性主義者相互競爭，大部份的精力反而投注在辯論應該採取的
是哪一種社會主義。因此在一九七〇年早期於挪威，有極大的敵
對存在於中央極權的毛式（Maoist）「女性前鋒」（'Women's Front'）
與比較反位階差別的「新女性主義者」（Neo-feminists）間，後
者的跟隨者包含各種位置的人，從右翼社會民主至比較激進的左
翼社會主義和馬克思主義都有。[2]北歐女性主義批評反應了其對
社會主義的重視，特別在其傾向於必須在對文本生產時的階級結
構與階級鬥爭有徹底研究後，再將文本分析定位於其中。[3]近來
北歐國家中保守政黨興起，這個大致現象只在表面上有稍微的改
變：儘管有些「淺藍」（light-blue）的女性主義機構出現，絕大
多數的北歐女性主義者仍對處於政治左翼某處感到十分舒適。

傳統上，英國女性主義也比其美國的姐妹更易接納社會主義
觀念。然而，大部份的英國馬克思女性主義研究並不侷限在文學
理論和批評的範疇。在一九八〇年代，大部份最有趣的政治和理
論分析都是由那些在新興領域如文化研究、電影與媒體研究，或
社會學和歷史學學科的女人生產的。雖然馬克思女性主義者如羅
莎琳‧考爾德（Rosalind Coward），安奈特‧孔恩（Annette
Kuhn），朱莉葉‧米契爾，特瑞‧樂維（Terry Lovell），珍納‧
渥芙（Janet Wolff）和米雪列‧巴瑞特（Michèle Barrett）寫的題
材都和文學有關，然而她們最重要和最具挑戰性的作品卻不在本
書的範疇內。[4]我的計劃一直是想對當今女性主義文學批評和理
論內的論辯做一個批判性的介紹。很可惜的是，馬克思式女性主
義的關懷並不是這些論辯的焦點，而且，或許這本書的缺點就在
於其基本結構使其無法對現今主導的英美和法國批評觀點提出更

91

激進的挑戰。

在文學研究的領域中，馬克思主義女性主義文學研究群
（Marxist-Feminist Literature Collective）的開先鋒文章〈女人的書
寫：《簡愛》、《雪麗》（*Shirley*）、《薇列特》和《奧羅拉‧李》
（*Aurora Leigh*）〉引用了法國馬克思主義者路易‧阿圖塞（Louis
Althusser）和皮耶‧馬雪赫（Pierre Macherey）的理論，對女性
作家和其作品被邊緣化的過程發展出一套由階級和性別觀點出發
的分析。潘妮‧卜美拉（Penny Boumelha）傳承了這套方法，並
進一步擴充到她對湯瑪斯‧哈弟（Thomas Hardy）作品裡的性別
意識形態分析，其中她的意識形態的基本理論也來自於阿圖塞。
蔲拉‧卡普蘭，先前也是研究群的一員，在她對《奧羅拉‧李和
其他詩集》的導讀中也繼續使用這套方法。裘蒂斯‧勞德‧牛頓
（Judith Lowder Newton）的《女人、權力和顛覆》一書則集中討
論十九世紀英國文學中階級與性別的結合影響之處。

卜美拉與馬克思主義女性主義文學研究群採用馬雪赫的方
法，似乎為女性主義批評家打開了一個豐富的探詢領域。對馬雪
赫而言，文學作品既不是統一的整體，也不是一個由偉大作家／
創造者發出、不能被挑戰的「訊息」。事實上，對馬雪赫而言，
文本中的沉默、縫隙與矛盾比其中的明顯宣言還更能洩露其意識
形態決定過程。這裡泰瑞‧伊格頓提供了一個能簡潔說明馬雪赫
論點的綱要：

> 正是在文本明顯的**沉默**、其縫隙和缺席的事物中，我們
> 最能實證性地感覺到意識形態的存在。批評家必須做的
> 也正是使這些沉默「發聲」。文本彷彿被意識形態禁止
> 說出某些事；在作者試圖用他自己的方式說實話時，他

發現可以在他創作的範圍內洩露意識形態的極限。他被
迫洩露其中的縫隙和沉默，一些文本不能說的東西。一
個文本由於包含這些縫隙和沉默，它總是**不完整的**。文
本並不是一個面面俱到、完全一致的整體，它展現了各
種意義的衝突與矛盾；文本的能指（significance）正在
於各種意義（meanings）的差異，而非其一致性……。
一個作品對馬雪赫來說總是「**去中心**」（de-centred）的；
其中並無中心本質，只是各種意義不斷地衝突與互異。
（《馬克思主義和文學批評》，34-5）

　　研究文學作品中的沉默和矛盾使得批評家必須連結文本和一
特定歷史情境，在此情境中一整套不同的（意識形態、經濟、社
會、政治）結構相互交錯才產生了這些文本結構。作者的個人處
境和意圖可成為的不外只是許多相衝突的因素之一，是這些相互
衝突的因素造就出我們稱為文本的這種矛盾構成。因此這種馬克
思主義女性主義批評特別有興趣研究性別範疇的歷史建構過程，
以及分析文化在再現和改造這些範疇的重要性。在這種觀點下，
馬克思主義女性主義批評在英美文學批評和法國女性主義理論外
提供了另一種可能，前者過於以作者為中心，而後者經常過於唯
心且無歷史觀。

　　然而，說馬克思主義女性主義批評，不管是英國、美國或北
歐的，只是簡單地把「階級」當成另一個主題加進原先英美女性
主義批評大致的理論架構內，這並不為過。同樣真確但也不幸地
是，很少女性主義批評家試圖檢視馬克思理論家如安東尼奧・葛
蘭西（Antonio Gramsci），華特・本雅明（Walter Banjamin），或
狄奧多・阿多諾（Theodor Adorno）的作品，看看他們對如何再

現被壓迫者的傳統此類問題之洞見是否可被女性主義挪用。

1968年後的法國女性主義

　　法國的新女性主義是一九六八年五月學生運動的產物，當時的學潮幾乎壓垮了法國這個較具壓迫性的西方民主政體。「六八年五月」幾乎完成了不可能的任務，有很長一陣子，它鼓舞了法國左派知識分子，帶給他們一種活潑的政治樂觀主義。這些「事件」使得他們深深相信兩件事，就是改變是垂手可得的，且知識分子在政治參與中能扮演眞正的角色。在一九六〇年代末期與七〇年代初期，對河左岸的學生和知識分子而言，政治運動與介入是有意義且與己身相關的。

　　第一批法國女性主義團體正是在這種知識政治化的環境下形成的，此時主導的思想涵蓋馬克思主義各派，毛主義（Maoism）尤其具影響力。在很多方面，那些導致第一批法國女性團體在一九六八年夏天形成的女性切身經驗，和前述促成美國女性運動興起的原因是十分相似的。[5] 五月的時候，女人在拒馬前和男人並肩作戰，卻只發現她們仍被期待爲她們的男同志提供性、秘書和餐飲服務。不出人意外地，她們從美國女人的例子得到靈感，並開始組織她們自己的純女性團體。這些早期團體中的其中之一選擇稱呼自己爲「精神分析與政治」（Psychanalyse et Politique）。後來，當女性主義政治達到比較進步的時期，這個團體同時也成立了頗具影響力的「女人」出版社（*des femmes*, 'women'），並改名爲「政治與精神分析」（politique et psychanalyse），反轉了原先在政治與精神分析之間的優先順序，也一併把有位階意涵的

大寫字母全部換成小寫。這個對精神分析的注重象徵了當時巴黎知識環境的中心關懷。當一九六〇年代的美國女性主義者開始拒斥弗洛伊德時，法國人卻理所當然地認為精神分析提供了一種個人層次上的解放理論，並且開拓了探索潛意識的路徑，這些對分析父權社會對女性的壓迫都非常重要。在英語世界中，贊同弗洛伊德的女性主義論點一直到一九七四年朱莉葉・米契爾出版影響力重大的《精神分析與女性主義》時才首度出現，這本書在法國是由女人出版社翻譯出版。

　　雖然法國的女性主義理論在一九七四年時已十分繁盛，但卻花了很長一段時間才為法國之外的女人所認識。法式理論對英美女性主義者的影響力相對說來頗為有限，其中原因之一就是它包含相當「厚重」的知識背景。法國女性主義浸淫於歐洲哲學（尤其是馬克思、尼采與海德格）、德希達的解構主義以及拉康的精神分析，法國女性主義理論家顯然理所當然地認為她們的讀者和她們一樣都是巴黎人。雖然這些理論鮮少故意如此晦澀，事實上是這些理論家的寫作方式很少對讀者的學養讓步，以致這些理論對外行人來說，若沒有具備「合適的」、習染同等知識菁英氣息的讀者將難以進入。比如伊蓮娜・西蘇（Hélène Cixous）擅用複雜的雙關語、呂絲・伊希嘉荷（Luce Irigaray）喜歡用希臘字母，朱莉亞・克莉斯蒂娃則習慣在同一個句子中引用從聖伯納（St. Bernard）到費希特（Fichte）或阿陶（Artaud）這其間的每個人。如果這種毫不妥協的菁英知識主義有時令讀者氣急敗壞，那一點都不令人驚訝。然而，倘若英美的讀者能克服初始的文化衝擊，她們很快就會發現，法國理論對女性主義在探討女人受壓迫問題的本質、性別差異的建構，以及女人與語言和書寫之間的特殊關係等諸多議題，實貢獻良多。

95　　　　然而，對英語讀者來說，法文字女人的（陰性的）（féminin）
本身就對英文的讀者產生問題。在法文中，女人（femme）這個
名詞，只有一個形容詞，就是「女人的」（féminin），[6]但在英文
中，卻有兩個形容詞，「女性的」（female）和「陰性的」
（feminine）。很多英語世界的女性主義者早已習慣用「陰性的」
〔和「陽性的」（masculine）〕來代表社會建構（性別，gender），
將「女性的」〔和「男性的」（male）〕保留用來指稱純生物學的
方面（即性，sex）。但法文中卻沒有此基本的政治區別。比方
說，到底 *écriture féminine* 是指「女人的」（female）還是「陰性
的」（feminine）書寫？我們又要如何得知這個或其他類似的語詞
到底是指性還是性別？這裡當然沒有標準答案：在以下的討論
中，我對法文字 féminin 的解讀是視前後語境，以及我自己對討
論中的作品之整體理解而定。

　　　　對英美女性主義批評家來說，法國很少有女性主義文學批評
的事實頗令人不安。除了幾個例外如克勞丹・娥曼（Claudine
Herrmann）與安娜—瑪麗・達蒂孃（Anne-Marie Dardigna），[7]
法國女性主義批評家喜歡探討文本、語言學、符號學或精神分析
理論，或生產混合詩和理論的文本來挑戰既定的文類分野。儘管
她們有各自的政治理念，很奇怪的是這些理論家都願意接受既定
的「偉大文學」的父權經典，特別是從勞特阿蒙（Lautréamont）
到阿陶（Artaud）或巴達耶（Bataille）幾乎是清一色男作家的法
國現代主義文學。無可諱言地，英美女性主義傳統在挑戰文學體
制之壓迫性社會和政治策略是較爲成功的。

　　　　在以下對法國女性主義理論的介紹中，我選擇集中討論伊蓮
娜・西蘇、呂絲・伊希嘉荷和朱莉亞・克莉斯蒂娃。這個選擇部
份是因爲她們的作品是主流法國女性主義理論中最具代表性的，

另一部份是因爲她們比其她的法國女性主義理論家更關心女人與書寫和語言之間關係的問題。因此我決定不討論如安妮・勒克爾（Anne Leclerc）、米雪・孟特蕾（Michèle Montrelay）、尤姬妮・雷茉恩—魯琪歐妮（Eugénie Lemoine-Luccioni）、莎拉・考夫曼（Sarah Kofman）和瑪榭樂・馬希妮（Marcelle Marini）等人。拉康與德希達的理論也對很多美國籍的女性主義批評家多所啓發，但因限於篇幅，此處我犧牲了如珍・蓋洛普（Jane Gallop）、索莎娜・費爾曼（Shoshana Felman）和高雅翠・史碧娃克（Gayatri Spivak）頗具參考價值的作品。[8]

96

　　有人宣稱新生代的法國女性主義理論家已經完全拒斥了西蒙・波娃的存在主義女性主義。這種論點說，這些新的女性主義者脫離了波娃想與男人平等共處的自由派嚮往，轉而強調差異（difference）。她們頌揚女人珍視自己特別的女性價值之權利，拒斥「平等」，因其等於暗地強迫女人變得跟男人一樣。[9]然而，大致的情況可能比此描述複雜些。儘管有她所主張的存在主義，西蒙・波娃仍是法國女性主義者最偉大的母親，且她對新女性運動的公開支持有無限大的象徵價值。她的社會主義女性主義在法國也仍有跟隨者。在一九七七年，波娃與幾個女人成立了期刊《女性主義議題》（Questions féministes），其目標正是爲各種形式的社會主義和反本質主義女性主義提供一個討論論壇。[10]比方說，馬克思主義女性主義者克麗斯汀・蝶菲（Christine Delphy），她認爲女人自成一個階級，也是其中初始成員之一。

　　儘管克莉斯蒂娃的理論導向很不一樣，她的許多中心關懷（比如她企圖發展一個基於階級與性別的社會革命理論，以及強調陰性特質的建構性）都比伊蓮娜・西蘇浪漫化女體作爲女性書寫的場域更靠近波娃的觀點。同樣地，呂絲・伊希嘉荷對父權論

述壓抑女人的批判，有時讀起來很像是用後結構主義改寫波娃對
女人是男人的他者之分析。（伊希嘉荷的研究深受拉康的影響，
拉康的精神分析「他者」和波娃的存在主義「他者」似乎都是來
自海德格，因此伊希嘉荷和波娃的相近一點都不令人意外。）雖
然大致來說，在一九六〇年代間存在主義因結構主義與後結構主
義興起而退居邊緣，對法國新女性運動來說，似乎沒有什麼比波
娃對精神分析的拒斥更能說明《第二性》的時代性。西蘇、伊希
嘉荷與克莉斯蒂娃都深受拉康的（後）結構主義式閱讀弗洛伊德
影響，因此要深入探討她們的作品必須要先認識拉康最基本的中
心觀念。[11]

拉康

97　　　　想像層（The Imaginary）和象徵秩序（the Symbolic Order）
是拉康理論中最基本的相關詞組之一，解釋它們最好的方法就是
讓兩者互相參照說明。想像層相當於前伊底帕斯期（Pre-Oedipal
period），此時小孩相信自己是母親的一部份，並覺得自己和世界
沒有分野。想像層中沒有差異存在，也無任何空缺，只有自我認
同和存在。伊底帕斯情結的危機代表進入象徵秩序，進入此階段
也與學習語言有關。在伊底帕斯期，父親的介入分割了母親與小
孩的二元結合，禁止小孩繼續想像和母親與母體爲共同體。因此
陽具代表父之律法（the Law of the Father，或閹割的威脅），對
小孩來說象徵與母體分離和損失（loss）。這裡遭受的損失（loss）
或欠缺（lack）指的是母體的喪失，從此刻起小孩必須壓抑對母
親或想像回到與她合一的慾望。拉康稱這個生命中的首次壓抑爲

原初壓抑（primary repression），且正是這個原初壓抑開啓了人的潛意識。在想像層裡人並沒有潛意識，因爲當時人並沒有任何欠缺（lack）。

在小孩學習新語言時，原初壓抑的功能特別明顯。當小孩學習說「我是」（I am）來區分「你是」（you are）或「他是」（he is）時，這等於承認他放棄與其他位置的想像認同，接受了象徵秩序指派的位置。說「我是」的發言主體（speaking subject）事實上是在說「我是那個遭逢損失的人」——這裡遭逢的損失就是喪失與母親和世界的想像認同。因此「我是」這句話，對拉康來說，最好可以翻譯成「我是非我」（I am that which I am not）。這個翻譯強調了發言主體只在壓抑了對已遺失的母親之慾望時才存在。作爲一個主體發言，等於有被壓抑的慾望存在：發言主體本身就代表欠缺，這就是爲什麼拉康說主體正是其所不是。

進入象徵秩序的意思，是把陽具當成父的律法的再現。所有人類文化和社會中的人生都受象徵秩序宰制，因此也受到作爲缺失標記的陽具所宰制。主體可能喜歡或可能不喜歡這種事物秩序，但他不得不面對，因爲停留在想像層便等同於成爲精神病患和不能在人類社會中生活。就某方面而言，將想像層關連於弗洛伊德的享樂原則，而將象徵秩序關連於他的現實原則，可能有助於理解我們這裡所要說的。

這個從想像層過渡到象徵秩序的過程仍需要進一步的說明。對拉康來說，想像層在小孩進入鏡像階段（Mirror Stage）時開始。這裡拉康對小孩發展的看法似乎是追隨米蘭妮・克萊（Melanie Klein），他認爲小孩對自己最早的經驗是覺得自己是片斷化的（fragmentation）。如果不給人錯誤印象以爲嬰兒在早期對「它的」身體有知覺，則我們或許可以說嬰兒起初覺得它的身

體是支離破碎的。在六到八個月時，嬰兒進入了鏡像期。鏡像期的主要功能是給嬰兒一個完整身體形象的意識。然而，這個「身體自我」（body ego）是一個非常疏離的個體。當小孩在鏡中看到自己時──或在母親懷中注視自己的身體，甚或看到另外一個小孩時──他只察覺到另一個能被認同且合而為一的人形。在鏡像期，這時並沒有一個獨立的自我意識，因為「自我」（self）總是在幻想與別人認同時疏離掉了。因此鏡像期中只有一對一兩造之間的關係。只有在此二元結構變成三元後，也就是如我們所說，在父親介入母親和小孩間，破壞這個二元結合時，小孩才能接受其在象徵秩序中的位置，開始將自己定義為與他人不同的個體。

　　拉康將他者區分為大寫的他者（Other, Autre）和小寫的他者（other）。為了更進一步瞭解，看看這些概念在拉康文本裡的幾個不同用法會很有幫助。大寫的他者最重要的用法包括代表語言、能指的場域、象徵秩序或在一個三角結構中的任何第三方。另一個稍微不同的解釋方式是說，大寫的他者是形成主體的場域，或是產生主體的結構。再用另一個方式來說，大寫的他者是造成語言和社會關係差異的結構，其先行組成了主體，所以主體必須接受在其中的位置。

99　　　對拉康而言，如果進入象徵秩序開啟了潛意識，則這表示是原初壓抑，也就是與母親成為生命共同體的慾望遭到壓抑，而創造了潛意識。換句話說，潛意識是因慾望遭到壓抑而隱現。拉康最有名的話「潛意識的結構有如語言一般」對慾望的本質有很重要的洞見：對拉康而言，慾望的「行為」正如語言一樣，不停地從一個對象換到另一個對象，或從一個能指滑到另一個能指，永遠不會達到完全的滿足，就像永遠抓不到完整在場的意義一般。

拉康稱我們（在象徵秩序中）投注的慾望為作為小寫他者之對象（objet petit a——在這裡 a 代表法文小寫他者（autre）的起始字母）。我們的慾望永遠不會被滿足，因為沒有任何一個最終的能指或對象，能成為那永久遺失之物（也就是與母親和世界的想像和諧）。如果我們承認慾望終結之時就是獲得滿足之時（一旦我們被滿足了，我們就處於不再慾望的位置），則我們就可以了解為何弗洛伊德在《超越快樂原則》（*Beyond the Pleasure Principle*）中，認為死亡是人終極之慾望對象——如涅盤（Nirvana）之際，重拾失去了的完整性，分裂的主體終於恢復癒合。

註釋

1. 《第二性》中的政治向來是許多論辯的對象。對這些議題部份的討論可見 Felstiner、Le Doeuff、Dijkstra 和 Fuchs 在《女性主義研究》（*Feminist Studies*），第六卷第二冊，一九八〇年夏季號中的文章。

2. 關於挪威的新女性運動，在這方面或其它方面發展的說明，見 Haukaa。

3. 在丹麥，Jette Lundboe Levy 傑出的研究探討了偉大的瑞典小說家 Victoria Benedictsson 之歷史情境。在挪威，Irene Engelstad 和 Janneken Øverland 分別探索了 Amalie Skram 與 Cora Sandel 作品中對階級和性意識的呈現。（見她們的合集，*Frihet til å skrive*）。

4. 她們之中幾個較具挑戰性作品有：Coward and Ellis，《語言與物質主義》（*Language and Materialism*）；Coward，《父權的優先性》（*Patriarchal Precedents*）和《女性慾望》（*Female Desire*）；Kuhn and Wolpe 編輯的《女性主義與物質主義》（*Feminism and Materialism*）；樂維（Lovell），《現實的圖像》（*Pictures of Reality*）；Wolff，《藝術的社會生產》（*The Social Production of Art*）；和 Barrett，《今日對女人的壓迫》（*Women's Oppression Today*）。

5. 見 25-9 頁。

6. 法文中的 *femelle* ，是指雌性動物，只在做蔑稱時才指涉爲女人。

7. 幾個打前鋒的作品包括 Herrmann 的《語言的竊賊》(*Les Voleuses de langue*)。由於作者本人在美國教書，這本書的外觀是「美式」多於「法式」。

8. 美國對法國女性主義的介紹，見 Jones ，《書寫身體》(*Writing the body*)，以及 Eisenstein and Jardine 合編文選中 Stanton 、Féral 、Makward 、Gallop 與 Burke 的文章。幾個美國的期刊都出版了專刊討論法國女性主義：《符號》(*Signs*)，第七卷第一冊，秋季號，一九八一年；《女性主義研究》，第七卷第二冊，夏季號，一九八一年；《耶魯法文研究》(*Yale French Studies*)，第 62 冊，一九八一年；以及《鑑賞家》(*Diacritics*)，一九七五年冬季號和一九八二年夏季號。對法國女性主義的風貌一部很好的歷史介紹和綜論，見 Marks 與 Courtivron 合編文選中的編者導讀。

9. 這個發展平行於美國學院「以女人爲中心」的分析走向。關於以女人爲中心的女性主義政治，可見 Eisenstein 。

10.《女性主義議題》(*Questions féministes*) 也發行美國版，英文名爲 *Feminist Issues* 。她們的宣言在 Marks 與 Courtivron 的文選中重印爲〈常見主題的變奏〉('Variations on Common themes')，212-30 頁。

11. 其他簡短的拉康導讀，見 Wright 和伊格頓 (Eagleton, 1983)。比較完整的介紹見 Lemaire 。

第六章
伊蓮娜・西蘇（Hélène Cixous）：
一個想像的烏托邦

我自我矛盾嗎？　　　　　　　　　　　　　　　　　　100

那好……我自我矛盾；

我很巨大……我包含多數。

（華特・惠特曼）

很大部份由於伊蓮娜・西蘇的努力，陰性書寫的問題在一九七〇年代法國的政治和文化論辯中佔據了中心位置。在一九七五年和一九七七年間，她生產了一系列的理論（或半理論）書寫，它們全都試圖探討女人、陰性特質、女性主義與文本生產之間的關係：《新生的女人》-〔*La Jeune Née*，與凱瑟琳・克雷蒙（Catherine Clément）合著，1795〕，〈梅杜莎之笑〉（'Le Rire de la Médusa', 1975，英譯為 'The Laught of the Medusa', 1976），〈要被閹割還是要被砍頭？〉（Le Sexe ou la tête?, 1976，英譯為 "Castration or decapitation," 1981），以及《邁向書寫》（*La Venue à l'écriture*, 1977）。這些文本都緊密相關：西蘇在《新生的女人》中的主要貢獻〈出走〉（'Sortie'）一文，包含了另外發表的〈梅杜莎之笑〉中的長篇段落。她時常重複她文章的中心觀念和意

101　象，使她的作品成爲一連續體，鼓勵非線性式的閱讀。[1] 她的風
格極富暗示性、頗具詩意且明顯反理論，其中心意象創造了一綿
密的能指網路，讓慣於分析的批評家逮不到明顯稜角。要切入西
蘇的文本叢林，或在其中開路、製圖，並不是件容易的事；此
外，這些文本本身很清楚地顯示，其對分析的抗拒完全是故意
的。西蘇不相信理論，也不信分析〔雖然她自己兩者都從事——
比如她的博士論文《喬伊斯的流離或替代的藝術》（*L'Exil de
James Joyce or l'art du remplacement,* 1968，英譯爲 *The Exile of
James Joyce or the Art of Replacemen,* 1972），或 1974 年的《人物
的名字》（*Prénoms de personne*）〕；事實上，她也不認同**女性主
義**分析論述：她是第一個淡然宣告「我不是女性主義者」（RSH,
482）的女人，之後她又說「我不生產理論」（Conley, 152）。她
批判人文學科裡的女性主義研究者與現時脫離並轉向過去，拒斥
她們的努力純粹是「主題研究」。根據西蘇，這種女性主義批評
家，最後無可避免地會發現自己陷於父權意識形態宣導的位階化
的二元對立壓迫網路中（RSH, 482-3）。連分析西蘇的「文學理
論」的女性主義者也不例外。

　　然而，這樣描述西蘇並不完全正確。只看上面引述的幾個句
子，不把它們放在當時法國的情境下，像是用個僵硬的模子框住
西蘇的想法一樣。西蘇拒斥「女性主義」標籤，最主要是基於她
視女性主義爲資產階級要求平等、希望女人在當今的父權制度內
取得力量；對西蘇來說，「女性主義者」是想奪權的女人，想
「在制度內有一位置，有尊嚴和社會合法性」（RSH, 482）。[2] 西
蘇並不排斥女性**運動**，這是她喜歡的稱呼（相較所謂「女性主義」
的嚴肅僵硬；相反地，她非常支持婦運，爲了顯示她反父權的政
治決心，她讓女人出版社發行她在一九七六年到一九八二年全部

的作品。然而，對很多法國女性主義者，以及法國外大部份的女性主義者而言，這種學者式的對「女性主義」一詞之挑剔與爭辯，對婦運整體都是很具政治殺傷力的。在法國，這種立場使得「政治與精神分析」的成員帶著含「女性主義下臺！」的海報上街頭遊行，婦運內部因而產生很多敵意與刻薄言論，並見諸公開場合。「政治與精神分析」的「反女性主義」行為最大成效就是使一般人認為法國女性主義內部就是充滿怨恨和混亂。因此我無意在這點上跟西蘇唱和，但根據英文的習慣用法，西蘇對法國女性解放運動無悔的投入，和她對父權思考模式的批判，她仍可被稱做是一個女性主義者。此言既出，當然就有必要繼續探索西蘇的女性主義理論和政治又是哪一種。

102

父權式二元思考

　　西蘇最平易近人的觀念之一就是她對所謂「父權二元思考」的分析。在「她在哪裡」（Where is she?）的標題下，西蘇列出以下的二元對立列表：

　　積極／消極
　　太陽／月亮
　　文化／自然
　　白天／黑夜
　　父親／母親
　　理智／情感
　　易理解的／易感的

邏輯／感覺（JN, 115）

這些詞組都等同於男人／女人的對立，它們深深涵概在父權價值系統中：每一組對立都能被分析出一種優劣位階，「陰性」的那一邊總是被視作負面、無力的範例。對西蘇而言，她在這點上深受賈克‧德希達作品的影響，西方的哲學和文學思想一直深陷於這些無盡的優劣二元對立中，而最終它們都會回到到最基本的男／女對立。

自然／歷史
自然／藝術
自然／心靈
感情／行動（JN, 16）

這些範例顯示，不管我們選擇強調哪一對（couple）詞組：其下隱藏的範式都可追溯回男／女對立，包括無可避免的正面／負面價值判斷。[3]

　　不令人意外的是，西蘇進一步說明**死亡**在這種思考裡是如何運作的。她宣稱，當詞組中的一個詞要取得意義時，它必須摧毀另外一個。沒有一對詞組能維持完整：它們之間變成一個戰場，其中不斷上演欲表意時的優越性之爭奪。到最後，勝利者就成為積極正面的，而失敗者等於消極負面的；而在父權制度下，男人永遠是勝利者。西蘇熱忱地拒斥等同陰性特質為消極和死亡，因為如此女人就沒有正面的空間：「女人如非負面消極的，要不就不存在」（JN, 118）。就某一方面而言，她的整個理論計劃可謂是努力消解這種邏輯中心[4]（logocentric）的意識形態：她宣告女人

爲生命的來源、力量和活力，並歡迎一個新的陰性語言的來臨，其將不斷顛覆父權的二元劃分，而這些劃分正是邏輯中心主義勾結陽具中心主義合力壓迫女人並使女人沉默的手段。

差異（Difference）

爲了對抗任何二元對立思考模式，西蘇提出多重性以及異質的**差異**。要了解她這個論點，必須先檢視賈克·德希達對差異或**延異**（difference，或 *différance*）的概念。許多早期的結構主義者，比如格瑞瑪斯（A. J. Greimas）在他的《結構語意學》（*Sémantique structurale*）中，認爲意義是經由二元對立產生。因此在陽性／陰性對立中，每個詞只在與另一方有結構關係時才有意義：如果沒有恰好和「陰性」相反，「陽性」一詞就沒有意義，反之亦然。所有的意義都是如此產生的。一個明顯與這個理論相反的論點則是，那些表示程度的形容詞或副詞〔比如多—較多—最多（much-more-most），少—較少—最少（little-less-least）〕，它們的意義雖然也是在對應同系列詞組時才產生，但它們對應的並不是來自二元非我即彼的正相反。

德希達對二元邏輯的批判有更寬廣的意涵。對德希達而言，意義（指意過程）並不在二元對立的死胡同中產生。相反地，而是經由「能指的自由運作」達成。解釋德希達這個論點的一個方式是透過索緒爾的**音素**（phoneme）概念—音素的定義是導致語言內的最小差異—因此引起指意過程——的單位。但音素取得意義的方式絕不只是經由二元對立的對應關係而已。比如說，音素／ b ／本身並不代表任何意義。假使我們只有一個音素，就沒有

所謂的意義和語言。／b／只在其被察覺與／k／或／h／不同時才有指意功能。比方在英文中，／bat／：／kat／：／hat／被認知為具不同意義的不同字彙。此處的重點是，／b／能指意是經過一個過程，在其中其意義不斷地被有效地延伸至語言系統中其他不同的元素。由另一方面來說，正是因為有**其他**的音素，我們才得以決定／b／的意義。對德希達來說，指意過程正是經由一個在場（presence）的能指與其他不在場（absence）的能指間無止境的運作所產生。[6]

這就是德希達式延異（différance）的基本意義。其拼法和正常法文裡的差異（différence）不太一樣，字尾有個 a 在書寫而非言說時做區分，它有'ance'這個法文中比較具主動意義的字尾，在英文中可被翻譯成'difference'（差異）或'deferral'（延宕）。如我們所見，意義生產時在場與不在場能指間的交互作用形成了意義的**延宕**：意義永遠不會完全存在，只是透過不停地指涉到其他不在場的能指建構而成。就某方面來說，「下一個」能指可謂是為「前一個」能指提供意義，並如此**無限延伸**。如此說來，就沒有一個「超越的能指」使得延宕的過程停止下來。因為如此的超越能指本身必定也要有意義，且其意義必須是完全在場自明、不需要外於其本身的來源或目的。這種「超越的能指」最好的例子就是基督教認為上帝是初始（Alpha）也是終極（Omega），是意義的來源也是世界的最後目的地。同樣地，傳統視作者是他／她自己文本的來源與意義，等於是賦予作者一個如超越的能指般的角色。

因此德希達對意義生產的分析包含了對整個西方哲學傳統的批判，因西方哲學傳統建基於一種「在場形上學」（metaphysics of presence），視意義完全存在於話或道（Word, or Logos）中。

西方形上學喜好言說多於書寫，正是因爲言說先設了一個發言主體的存在，因此可以作爲他／她論述的統一來源。認爲一個文本只在表達一個人性主體存在時才算完全眞確的觀念，正可作爲此種尊崇聲音多於言說、多於書寫的範例之一。克里斯多福・諾瑞斯（Christopher Norris）爲德希達這個觀念提供了一個很好的概述：

> 聲音成爲眞理與本眞性的代表，一個自行存在的「有生命」言說，相對於次等的、無生命散發的書寫。在言說中，一個人（似乎應）可經驗一種在聲音與意義間緊密的連結，一種意義立即內在的實現，毫無保留地成爲完美、透明的理解。相反地，書寫破壞了這種純粹自行存在之理想。它被強加一個外在、無個人特色的媒介上，是意向與意義、說話與理解之間欺人的陰影。它佔據一個混雜的公共領域，於其中威權被文本「散播」（dissemination）時的變化無常和任性所犧牲。傳統觀念認爲眞理是自行存在且自明的，並可表現在「自然」語言中，書寫，簡單的說，威脅了這個根深蒂固的傳統觀念。（28）

要了解德希達對書寫與言說的區分，很重要的是，要認識書寫這個觀念是和**延異**緊密相關的；因此諾瑞斯將書寫定義爲「意義的無限置換，同時是語言的規則，也將語言置於一個固定、自我證明的知識系統永遠無法靠近的地方。」（29）。德希達的分析削弱並顚覆了二元對立舒服整齊的封閉性。將指意過程的場域打得大開，書寫——文本性（textuality）——承認能指是自由運作的，

106

因此打開了西蘇認爲是父權語言的牢籠。

陰性書寫（Ecriture Féminine）：（1）陽性特質（masculinity）、陰性特質（femininity）、雙性性慾質素（bisexuality）

西蘇的**陰性書寫**（*feminine writing*）觀念和德希達分析書寫爲**延異**有很大關係。對西蘇而言，陰性文本「藉差異運作」，如她曾說過的（RSH, 480），朝差異的方向奮鬥，努力破壞主宰的陽具邏輯中心（phallogocentric）邏輯，剖開二元對立的封閉，倘佯在開放式文本的歡愉之中。

然而，西蘇十分堅持，即使是陰性書寫（*écriture féminine* or feminine writing）一詞都令她憎惡，因爲如「陽性」和「陰性」這類詞彙本身就將我們拘禁在二元邏輯中，侷限在「男人與女人兩性對立的經典視野中」（Conley, 129）。因此她選擇用「一種可謂是陰性的書寫」，或她近來稱爲「一種可被解讀的、情慾性的陰性特質，不管在男性或女性生產的文本中都可以找到」（Conley, 129）。顯然，重點不是作者的實證生理性，而是書寫的種類。西蘇因此警告我們勿混淆作者和他或她所製造的文本的「性」：

> 大部份的女人都像這樣：她們從事別人的——男人的——書寫，且在她們的純眞中維持這種書寫並賦予其聲音，最後她們製造出來的書寫事實上是陽性的。研究陰性書寫時，我們必須萬分小心不受人名所羈絆：簽著女

> 人姓名的文本不一定是陰性書寫。其很有可能是陽性書
> 寫，或反過來說，一篇簽著男人姓名的書寫也有可能是
> 具陰性特質的。這種情況不多，但有時候你可以在男人
> 署名的書寫中看到陰性特質：這種情況確實發生過。
> （〈要被閹〉，52）

的確，西蘇如此堅持去除陽性與陰性的舊式對立，甚至男性與女　107
性這些詞彙，因為她強烈信仰所有人的內在本性應是雙性
（bisexual）的。在〈梅杜莎之笑〉（也在《JN》——有關這些題
目的段落在這兩個文本中重複出現），她首先攻擊「古典雙性觀」
泯滅差異，因為其已「被閹割恐懼的標記壓碎，並有『完整』
（雖然是由兩半組成）人類的幻想」（〈梅杜莎〉，254/46，
《JN》，155）。這種具同質性的雙性觀是為迎合男人對他者（男
人）的恐懼所設計的，因其讓男人得以想像性差異是無可避免
的。為反對這種觀念，西蘇提出她稱為**另類雙性性慾質素**（*the
other bisexuality*）的觀念，它是多元的、富於變化並永遠處於變
動中，「不排除任何差異或任何一性」。其特色之一是「在我和
另一個身體的每個部份有銘刻多重慾望的效果，事實上，這種**另
類雙性性慾質素**並不取消差異，反而招惹、追逐並增生差異」
（〈梅杜莎〉，254/46，《JN》，155）。

今日，根據西蘇，「為了歷史與文化因素……女人開始擁抱
這種逍遙的雙性性慾質素並從中獲益」，或如她所說：「就某一方
面而言，『女人』是雙性的；男人——這不是什麼秘密——被設
定為要保衛眼前光榮的陽性單性意識」（〈梅杜莎〉，254/46，
《JN》，156-7）。西蘇拒絕任何定義女性主義書寫實踐的可能
性：

> 因爲這種實踐永遠無法被理論化、被封閉、被編碼——
> 這並不代表其不存在。但它將會超越規範陽性中心系統
> 的論述；它也將會發生在那些不受哲學——理論主宰的
> 範疇。（〈梅杜莎〉，253/45）

然而，西蘇的確提供了一個定義，其不僅令人聯想到德希達的書
寫觀，似乎也和她自己的「另類雙性性慾質素」觀一樣：

108

> 要承認書寫正是在中間地帶（in-between）運作，是檢
> 視相同和差異的過程，沒有這些，沒有事物能生存，因
> 此也是消解死亡的行爲——要承認此點首先必須要有二
> 元，以及雙元，是一元與另一元的組合，這雙元之間沒
> 有固定的抗爭、排斥或其他死亡形式之次序，只有充滿
> 無限動力，不斷地從一個主體轉換到另一個的過程。
> （〈梅杜莎〉，254/46）

這裡西蘇似乎認爲這種書寫也是雙性的。然而，她也論說，至少
在現在，**女人**（這顯然是指生物定義上相對於男性的女性）比男
人更有可能是雙性的。因此**雙性**書寫比較可能是**女人的**書寫，雖
然某些特別例外的男人有可能突破他們「光榮的單性意識」而達
到雙性意識。採這個論述位置顯然是充分合邏輯的。西蘇在〈梅
杜莎之笑〉維持一貫的反本質主義（anti-essentialist）立場，論
稱柯蕾特（Colette），瑪格希特・莒哈絲（Marguerite Duras）和
尚・惹內（Jean Genet）的確夠格稱的上是陰性的（或雙性）作
家。在《新生的女人》中她也指出莎士比亞的埃及豔后
（Cleopatra）和克萊斯特（Kleist）的潘希西莉亞（Penthesilea）

都是陰性情慾系統（feminine libidinal economy）最有力的代表。

至此，西蘇的立場似乎可算是女性主義對德希達理論強而有力的挪用。西蘇反本質主義，也反生物學決定論（anti-biologistic），她在這方面的作品，似乎將整個女性主義對女人與書寫的論辯從強調作者的實證生物性置換到分析文學文本所表達的性慾質素和慾望上。很不幸地，故事真相並非如此。如我們所將見，西蘇的理論充滿謎樣的矛盾：每次她一使用德希達式的觀念，就會為一種在場形上學所籠罩，即使在場形上學是她宣稱自己所欲揭露的。

禮物與佔有

西蘇對禮物（gift）和佔有（proper）的區別，是她脫離德希達式反本質主義的第一個徵兆。雖然她拒絕接受陰性和陽性的二元對立，她卻不斷重複堅持她自己對「陽性」和「陰性」情慾系統的區分。這兩者，分別被標示為**佔有**的領域（Realm of the *Proper*）與**禮物**的領域（Realm of the *Gift*）。陽性特質或陽性價值系統乃根據一種「佔有經濟」（economy of the proper）所構成。佔有（Proper）──佔有物（property）──據為己有（appropriate）：顯示強調自我身分認同、自我膨脹與自我指定主宰的地位，根據西蘇，這些字眼恰當地形容了佔有之邏輯（the logic of the proper）。強調佔有，以及佔有的回報，導致陽性沉迷於分類、系統化和階層化。西蘇對階級的攻擊和無產階級沒什麼關係：

109

有很多事要做來反抗**階級**，反抗區分（categoriza-
tion），反抗分類（classification）。「修課」（Doing
classes）在法國代表服兵役。要做些事來反對服兵役，
反對各級學校，反對普遍的陽性喜判斷、診斷、整理、
命名的衝動⋯⋯他們喜好用字精確並不是爲了詩學上的
理由，而是爲了哲學上的命名／概念化，是種具壓抑性
的文字獄。（〈要被閹〉，51）

換句話說，理論性論述本質上是具壓迫性的，是陽性情慾投注的
結果。即使像「這是什麼？」的問題，都被西蘇拒斥爲一種陽性
衝動，象徵想將現實囚禁在位階結構的慾望：

只要「這是什麼？」的問題一被提出來，從提問的那一
刻起，只要我們試圖尋找一個解答，**我們就已經陷在陽
性式質疑中**。我所謂「陽性式質疑」：意思是就像某人
被警察問案一般。（〈要被閹〉，45）

將佔有的領域與一種「陽性情慾系統」聯結當然是種完美的
反生物決定論。但再將其本質定義爲男性的閹割恐懼（西蘇給的
標籤是「陽性對喪失特徵的恐懼」）卻不是：

110 　我們必須要認識佔有的領域事實上建基於一種典型陽性
的恐懼：恐懼被剝奪（expropriation）、分離和失去特
徵。換句話說：是閹割威脅的影響。（《JN》，147）

在〈要被閹還是被砍頭〉一文中，西蘇進一步闡述佔有觀是男性

專有的：

> 由字源學上來說，所謂「佔有的」（proper）就是指
> 「佔有物」（property），是不能與我分割的一部份。所有
> 物就是近在身旁、鄰近的；我們必須愛護我們的鄰居，
> 那些靠近我們的人，如愛我們自己一樣；我們必須靠鄰
> 近別人才能愛他／她，因為其實我們最愛的是自己。佔
> 有的領域，文化，是靠表現佔領來運作的，其動力是男
> 人害怕看見自己被剝奪的經典恐懼……他拒絕被剝奪，
> 處於分割的狀態，他恐懼失去特權，整個歷史都是他對
> 很多其他恐懼的回應。所有的事物必須回復陽性所有。
> 「回復」：整個陽性系統就是一個講求回報的系統。如果
> 一個男人有所付出或被要求付出，條件是他的權力必須
> 得到回報。（〈要被閹〉，50）

現在這個男性的、佔有的領域看起來像說明德希達「在場的
形上學」的最佳教材（亦見《JN》，146-7）。有人或許因而期待
看到其對手，禮物的領域，來作為一個更具解構性的方法之範例
說明。西蘇區分兩種不同的禮物。第一種是如男人所理解的禮
物。對男性心理而言，接受一份禮物是一件危機的事：

> 在你接受某樣東西時，等於是向對方「敞開」，如果你
> 是個男人，你只會希望一件事，就是趕快把禮物還給對
> 方，中斷這個無盡頭的交換循環……不要成為任何人的
> 孩子，不欠任何人任何東西。（〈要被閹〉，48）

在佔有的領域裡，禮物被認知爲建立一種不平等關係──一種差
異──有威脅性，因爲其似乎開展了一種**權力**的不平衡。因此給
予的行爲變成是一種微妙的侵略工具，將對方置於自己的優越性
之威脅下。然而，女人總是給予而不求回報。**慷慨**（generosity）
算是西蘇的語彙中最具正面意義的字眼之一：

> 如果說有「女人的規矩」，很矛盾地，其正是指她能無
> 私地不佔有（depropriate）。她無窮盡、無牽掛、無主要
> 「部份」的身體……。這並不代表她像沒差異分野的熔
> 漿，而是她並不主宰她的身體或她的慾望……。她的情
> 慾如宇宙般浩瀚，正如她的潛意識如世界般寬廣。她的
> 書寫只能繼續，不銘刻或識別任何界線，不怕與其他人
> 交會時的暈眩，讓他、她或他們短暫激情的停留，她已
> 經居住在這些人裡很久了，因此可以從最近的地方看到
> 他們的潛意識，在他們醒覺的一刻，以最靠近他們的驅
> 力的方式愛他們；更進一步地，透過這些短暫但充滿認
> 同的擁抱，一次又一次，她越來越豐富，漸漸走向並進
> 入無限。只有她膽敢且希望從內在獲得知識，在那裡，
> 她，這個被放逐的人，從不間斷地傾聽前語言（fore-
> language）的回音。她讓另一種語言發聲──一種由千
> 種不知終結也不知死亡的語言組合而成的語言。（〈梅
> 杜莎〉，259-60/50，《JN》，161-2）

從這裡可以清楚看到「陰性」是怎麼滑脫變成「女性」（或「女
人」）的。爲了闡述她的題旨，西蘇繼續說女人給予是因爲她沒
有閹割恐懼（或如西蘇所說，被剝奪的恐懼），這是和男人不一

樣的。儘管其顯明的生物連聯，禮物的領域的確很靠近德希達式的書寫觀；陰性／女性的情慾系統是接納差異的，願意讓「他者僭越」，其特色是主動的慷慨；禮物的領域其實並不是個領域，而是一個解構空間，其中充滿快感以及與他者互動的高潮。無疑地，西蘇顯然試圖以德希達理論包裝她的兩個「情慾系統」的立論。比方說，她警告我們「提防盲目地或自滿地落入本質主義式的意識形態詮釋」（《JN》，148），且拒絕接受任何企圖解釋權力和性差異來源的理論。然而，她的努力不僅被她的生物主義傾向削弱一部份：在她提及一種女性專屬的書寫時，她似乎又有意積極提倡一種完全屬於形上學的思考觀點。

112

陰性書寫（Écriture Féminine）：（2）起源和發聲

在《新生的女人》中，西蘇首先重申她拒絕論述書寫和陰性特質，但這只代表她仍願意開放討論這個話題。她所謂的試探性評語，最後變成一段抒情文字，歌詠陰性書寫和母親之間的自然聯繫。對西蘇來說，所有女性的文本中都聽得到一個聲音，母親正是這個聲音的源頭。要辨識書寫裡的陰性特質，可視一個文本如何強調**聲音**（voice）：「**書寫與聲音**……交織在一起」（《JN》，170）。會發言的女人就是她的聲音：「她以身體具體化她的思想；她以身體來指意」（〈梅杜莎〉，251/44，《JN》，170）。換句話說，女人，完全且具體地存在於她的聲音中──且書寫不過就是延伸這個自我等同的發話行為。此外，每個女人的聲音，其實不只是她自己的，而是從她心理最深的層次中湧出：她個人的話語是她聽過的原始歌聲之回音，她的聲音再現了「愛最初的聲音，

這是所有女人企圖保存的……每個女人都唱著最初的無名的愛」
（《JN》，172）。簡而言之，那是母親的聲音，那個佔據著前伊底
帕斯期的嬰兒幻想的全能人物：「那聲音，是律法出現前的一首
歌，在氣息（le souffle）被象徵秩序分裂、被挪用進入語言前，
最深沉、最古老又最可愛的來訪」（《JN》，172）。

　　源自律法出現以前，這個聲音是無名的：它被置於前伊底帕
斯期，在小孩習得語言、有能力為自己和週遭事物命名前。這個
聲音就是母親和母親的身體：「聲音：源源不絕的奶水。她再度
被找到。遺失的母親。永恆：混合著奶水的聲音」（《JN》，
173）。說話／書寫的女人位於一個沒有時間的空間（永恆），一
個不需要名字也不要句法的空間。在她題為〈女人時代〉的文章
中，克莉斯蒂娃論說句法形成我們縱時觀念，因為一個句子中字
詞的順序標示了一個時間開展的順序：既然主詞、動詞和受詞不
能同時被說出，它們的出現必定會切斷永恆的連續時間。西蘇因
此將這個無名的、充滿母親的奶與蜜的前伊底帕斯空間，當作女
性書寫中那首反覆迴想之歌的來源。

　　女人「與這個聲音間有獨特關係」，這是因為她們相對說來
比較沒有防衛機制：「沒有女人會像男人一樣，堆起那麼多防衛
來抵擋她們的情慾趨力」（《JN》，173）。男人壓抑母親，女人卻
不用（或很少這麼做）：她總是很貼近她的母親，視母親為善的
來源。西蘇的母親形象顯然是米蘭妮‧克萊恩（Melanie Klein）
所謂的好母親：全能且慷慨地提供愛、滋養及各式豐盛滿足。因
此書寫的女人力量無限強大：她的**女性權力**（*puissance féminine*）
直接源自母親，母親的付出總是充滿力量：「妳擁有的越多，能
給予的也越多，妳也變得越豐盛，妳給予的越多擁有的也越多」
（《JN》，230）。

西蘇談巴西作家克拉瑞絲・李斯貝特（Clarice Lispector）的文章，是最能清楚描述在聲音符號（the sigh of the voice）下女性書寫的實際範例。西蘇同時強調李斯貝特的開放性和慷慨（〈腳步〉，410, n. 7），並在一非常不像德希達論調的段落裡，說李斯貝特能賦予文字最基本的意義：

> 海中幾乎什麼都不剩，只有一個乾枯的字：因爲我們已經翻譯了文字，淘空了它們的語言，搾乾、簡化且爲他們上了防腐劑，它們不再能提醒我們它們自事物中浮現的方式，作爲它們的笑聲之回音……但克拉瑞絲的聲音只要說：海，海，我的船底就裂開了，海正在召喚我，海！召喚著我，海水！（〈腳步〉，4[12]）

在一篇談瑪格希特・苔哈絲與西蘇的文章中，克麗絲蒂安・馬妶德（Christiane Makward）將西蘇的小說 LA 分成十二種不同風格：七種在詩學層次、五種在敘述層次。這七個在詩學層次中的五個，在某些方面可說是如聖經語言般，具儀式性或神話性質。這些具高度詩意的語言也出現在西蘇較理論性的書寫。〈邁向書寫〉第一句即以聖經語言開場：「太初之始我愛」（VE, 9）。在這個文本中，以及許多其他文本，西蘇賦予她自己各種角色，如果不是女神，至少也是個女先知──那在外拯救她的子民的悲傷母親，一個陰性的摩西，也是法老的女兒：

114

> 每晚我流的淚！世上的水由我的眼中逸出，我在絕望中，清洗我的子民，我浸泡他們，以我的愛舔舐他們，我到尼羅河畔拾起這些被棄置在竹籃中的人們；爲了仍

> 存活的人的命運，我有母親永不疲憊的愛，所以我無處
> 不在，我的腹部如宇宙般浩瀚，我運用我如世界般寬闊
> 的潛意識，我將死亡逐出，如果它再回來，我們再重頭
> 開始，我孕育著各種起始。（VE, 53）

號稱擁有各種可能的主體位置，這個發言主體的確可以驕傲地宣
佈她是「多元陰性的」（VE, 53），透過閱讀與書寫分享了神聖的
永恆：

> 這本書——我可以靠記憶與遺忘不斷重讀。重新再開
> 始。從另一個視野，再從另一個，然後再另一個。閱
> 讀，我發現書寫是永不止息的。恆長久遠。永恆。書寫
> 或上帝。上帝書寫。書寫上帝。（VE, 30）

　　西蘇對舊約的偏愛由此明顯可見，但她也頗喜歡鑒賞古典希
羅世界：梅杜莎，伊萊特拉（Electra），安蒂岡妮（Antigone），
黛朵（Dido），克萊奧派特拉（Cleopatra）——在她的想像中，
她也曾是她們每一個人。事實上，她宣稱，「我自己就是大地，
每件事都發生在我的身上，所有活在我那裡的各種生命都是我的
不同形體」（VE, 52-3）：如此反覆回歸聖經與神話意象顯示西蘇
對神話世界興趣濃厚，如童話般的遙遠國度，一個處處充滿意義
的世界，有結局也有一致性。神話或宗教論述呈現了一個宇宙，
在其中所有的差異、掙扎與不合，最終都能完滿解決。她引用神
話或聖經時都常伴有——或散佈著——「海」水的意象，令人想
起多形變的小孩無盡的樂趣：

115

> 我們自己就是海、沙、珊瑚、海草、海灘、海浪，泅泳
> 者，小孩，水波……。異質的，的確。為了快樂，她十
> 分敏感；她對異質物體特別敏感：空中飛行的游泳者，
> 她不緊抓著自我；她能四處飛散、驚人、令人暈眩、讓
> 人渴望、還會其他很多，能成為她想變成的另一個女
> 人，變成她不是的女人，成為他，成為你。（〈梅杜
> 莎〉，260/51）

對西蘇，與其他眾多神話而言，水是極度陰性的元素：神話世界
的封閉，涵蓋也反應了母親子宮的舒適與安全。正是在這樣的空
間裡，西蘇的發言主體才能從一個主體位置移到另一個，或與世
界深深合一。她對女性書寫的這個看法，因此可謂牢固地位於拉
康所謂的想像層中：一個泯滅所有差異的空間。

　　對想像層的強調說明了為什麼在西蘇的世界中，書寫的女人
有超凡的自由。在想像層中，母親與小孩是基本聯合體：他們是
合一的。有全能強力的好母親做保護，書寫的女人不論到何處總
覺得非常安全，遠離危險：沒有任何事物可以傷害她，距離和分
別永遠無法打敗她。莎士比亞的克萊奧派特拉就是個勝利的陰性
特質之例：

> 克萊奧派特拉的聰明、力量特別顯現在她完成的工作中
> ——愛的作品——不論距離、隔閡與分別：她只是為了
> 要將雙方的隔閡填到滿逸才會勾起它，她從不忍心任何
> 可能傷害她愛人的身體的離別。（《JN》，235）

安東尼與克萊奧派特拉能成就各種事業，因為他們總會互相保護

彼此不受傷害：自我是可以拋棄的，因爲它總會被救回來。如果西蘇的詩意論述在提及童年的天堂時有種儡人的美，這絕不是因爲她拒絕接受已經喪失這塊寶土的事實。母親的聲音，她的乳房、奶、蜜與女性的液體都被當成是圍繞著她和她的讀者永恆存在的空間之一部份。

　　然而，這個想像層的世界，並非都是同質、完美的。我們已經看到女性的禮物領域是對差異敞開的，雖然西蘇多以母親聲音的永恆存在來描述女性書寫，她也視這個聲音是沒有感情、分裂且破碎的（《新生的女人》，174-5）。在《邁向書寫》中，書寫的慾望首先是被當作一種她無法用意識控制的力量：她的身體包含「另一無限的空間」（VE, 17），它要她給它一個書寫下來的形式。雖然她抗拒這個力量——沒有任何威脅可以使她屈服——然而她秘密地對這個有力的**氣息**（*souffle*）感到著迷：

> 它是如此強壯也如此猛烈，我又愛又害怕這個氣息。在某個早上它會將我舉起，從地上攫起，拋入空中。它會令我意外。發現自己從未期待這種可能。如老鼠般睡去，卻如老鷹般醒來！令人多麼欣喜！多麼恐懼！我和這氣息一點關係都沒有，但我身不由己。（VE, 18）

　　這個段落，特別是在法文中，從頭到尾都用陽性代名詞 il 來指稱**氣息**（*souffle*），讀起來有點像是從某段知名陰性強暴幻想中截取過來的：他（il），橫掃過一個女人，令她雙腿發軟；既害怕又欣喜，她屈服於他的襲擊。之後她感覺更強壯也更有力（如隻**鷹**般），彷彿在過程中她吸收了陽具的力量。如所有的強暴幻想一樣，愉悅與**快感**（*jouissance*）都來自女人的無辜：她並不

想要，所以她沒有令她感到罪惡的淫念。（當然，這段敘述是種強暴**幻想**，與現實生活中被強暴完全是兩碼子事。）這樣解釋以陽具為中心的象徵秩序裡女人與語言之關係，非常聰明：假使一個女人要書寫，她會因她想控制語言的慾望而感到罪惡，除非她幻想自己不用對這個說不出口的慾望負責。但西蘇視文本有如強暴的說法，也成為她視文本為好母親的背景說明：「我吃這些文本，我吸吮、舔舐、親吻他們，我是為數眾多的他們數不盡的小孩」（VE, 19）。克萊恩分析母親的乳頭為前伊底帕斯期的陰莖形象，或許可說明西蘇與她所讀文本間明顯的口腔式關係──畢竟，這些文本也是她帶著罪惡感，希望某天能寫出的：「書寫？我渴望為愛創作，賦予書寫她曾給過我的東西。多大的野心！多麼不可能的幸福。餵養我自己的母親。換我給她我的乳汁？瘋狂的輕率行為」（VE, 20）。在一連串快速的轉換過程中，如母親的文本變成如強暴的文本：

> 我說，「寫法文」。寫**進去**。插入。門。進來前先敲門。絕對禁止……。我怎能不曾慾望書寫？當書本抓住我的注意力，帶領我進入其世界，穿透我靈魂深處，讓我感覺它們漠然的生殖能力？……當我的存在被殖民，我的身體被踐踏和受孕，我怎能繼續將自己封閉在沉默中？（VE, 20-1）

母親─文本，強暴─文本；把臣服於語言的陽具式統治當成差異，當作一個有隔閡與缺陷的結構，讚頌書寫為全能母親的領域，西蘇總能融合差異、並置矛盾、消解隔閡與分別、填補縫隙至滿溢，快樂地結合陰莖與乳房。

想像層的矛盾

　　西蘇關於書寫與陰性特質的理論基本上是矛盾的，她在兩種觀點間擺盪，一邊是德希達式強調差異爲文本的特性，另一邊則是一種視書寫爲聲音、存在和起源的形上論述。西蘇在一九八四年接受專訪時，表示她自己完全知道她的這些矛盾：

118

　　　　如果我是個哲學家，我永遠不會讓我自己使用如在場、
　　　　本質等或其他詞彙。我可以提出一套哲學論述，但我不
　　　　願這麼做。我讓詩的文字引領我。（Conley, 151-2）

在提及德希達的《書寫學》（*Of Grammatology*）時，她解釋了德希達與她的觀念之間（有或沒有）的關係：

　　　　在《書寫學》裡，他探討的是廣義的書寫，廣義的文
　　　　本。當我討論書寫時，這並不是我所要討論的。我們必
　　　　須先離開哲學系統一下；我並沒有用德希達分析書寫的
　　　　方式來做討論。我以比較唯心的方式來談。我容許我自
　　　　己這麼做；我將自己從哲學論述的義務與修正中抽離，
　　　　但這不表示我不在乎它們。（Conley, 150-1）

　　即使西蘇的理論——詩意風格企圖打破兩者間的界線，她基本上仍是有意識的區分「詩」與「哲學」（這個區分可能是德希達非常想解構的）。因此，我們要如何闡述西蘇對矛盾的喜好呢？有些人或許會說西蘇就是用這些狡猾的策略來證明她的論

點：她拒絕亞理斯多德認爲 A 絕不能成爲非 A 的邏輯，熟練地以她自己的方式解構父權邏輯。然而，這種說法似乎假設西蘇的論點確是以解構爲目的，忽視了西蘇的許多段落都顯現一個徹底的形上位置。用精神分析的眼光看來，西蘇的文本策略似乎是爲了創造一個空間，讓象徵秩序中的**延異**（*différance*）能與想像層的封閉以及認同和平並存。然而，這種並存僅能解釋西蘇看法裡的**一個**層面：也就是以解構詞彙描述女性本質的層次，比如前述禮物的領域，或那些談「新式的雙性慾質素」之異質多重性的段落。可是我們也看到，即使是在談給予的女人（Giving Woman）所擁有的開放特質，或雙性書寫的多元性時，它們都充滿聖經、神話或各種基本元素意象，將我們的注意力帶回想像層。因此，西蘇想談的差異與多樣性，似乎比較靠近前伊底帕斯期兒童的多變形態，而不是象徵秩序中慾望以轉喻方式不停地置換（metonymic displacements）。「新式的雙性慾質素」的觀念最後看起來尤其有想像層的封閉特質，因此主體才能不費力地在陰性與陽性主體位置間轉換。西蘇論述中的矛盾，最終看來，可以說是位在想像層安全的庇護所中，也在那裡得以解決。她對「父權」邏輯的不在乎，畢竟不像巴特那種對讀者的自由之關注，雖然乍看之下，巴特對讀者之**快感**（readerly *jouissance*）的敘述，似乎能恰當形容我們閱讀西蘇的文本之經驗：

119

> 想像有個人〔有點像提斯特（Teste）先生的相反〕，他移除自身所有的障礙、分級、限制，不是靠融合，只是簡單地拋棄舊思維：是有**邏輯的矛盾**；他混合所有的語言，即使是那些所謂互不相容的；他沉默地接受別人控訴他沒有邏輯；在蘇格拉底式的反諷（蘇格拉底最後總

> 是引領他的對話者到無限羞辱的地步；**自我矛盾**）與律
> 法的恐怖主義（受多少處份乃視一個人心理的一致性而
> 定）前，他保持消極……。現在這個反英雄（anti-hero）
> 是存在了：他是一個在閱讀時，享受自己的樂趣的讀
> 者。〔《文之悅》（*The Pleasure of the Text*），3〕

巴特式讀者的快感與西蘇的文本之**快感**，差異在於前者顯示的是
一種絕對的失落，主體在此空間內完全褪入虛無，但後者最後總
是將其矛盾放入豐饒的想像層中。

權力、意識形態與政治

　　西蘇視陰性／女性書寫讓女性得以重建她的身體與其**快感**間
的自然關係，以實證角度看來，這個對女性創造力的看法，必須
在一真正無壓迫及無性別歧視的烏托邦社會才會實現。的確，烏
托邦式書寫常強調想像層的成份。比如，在一九七二年克希絲蒂
安・霍克佛（Christiane Rochefort）出版了一本有力的女性主義
烏托邦小說，《原始混沌或閃爍的花園》（*Archaos ou le jardin
étincelant*），其敘述的模式展現了類似西蘇的觀點，將想像層當
作解決慾望問題的烏托邦場域。

　　烏托邦思想總是女性主義者和社會主義者政治靈感的來源。[7]
烏托邦思想有信心地認爲改變是可能的，也是令人嚮往的。它源
自對自己所處社會的負面分析，以創造能鼓舞反抗壓迫與剝削的
思想或意象。昂韓・紐緒斯（Arnhelm Neusüss），受法蘭克福學
派理論家如恩斯特・布洛赫（Ernst Bloch）與赫柏・馬庫色

120

（Herbert Marcuse）影響所及，說明反烏托邦論點通常是來自右派，且企圖中和或回收烏托邦理想中的革命成份。紐緒斯描述在各種反烏托邦論點中，最普遍也最惡質的就是所謂的「現實」說法。這些對「現實」立場的講究，看起來似乎比較理性，卻低估了人的慾望的政治潛力。持「現實」立場的人也反對許多烏托邦理想的矛盾本質：他們的論調總是說，別當那些理想太認眞，因爲它們是如此地不合邏輯，以至於任何人都看得出在現實生活中，事情永遠不會那樣運作。

紐緒斯反對這種現實立場，他認爲烏托邦理想中的矛盾，正好證明了它們的社會批判是合理的：烏托邦思想中的縫隙與不一致，代表了社會結構的壓迫效果，也因此烏托邦理想才會興起，這些內在矛盾也顯示威權意識形態無所不在的本質，這是烏托邦思想家企圖削弱的。假使紐緒斯是對的，烏托邦計劃將總是帶有衝突與矛盾。因此，如果我們選擇視西蘇爲一個烏托邦女性主義者，則她文本中的矛盾至少可被分析爲是來自父權意識形態與烏托邦思想間的衝突，前者本身即充滿矛盾，後者則企圖將自己從父權掌控下解放。但假使我們也承認，西蘇的矛盾最終都是在想像層的同質化空間內解決，這似乎也形成一種對主宰社會現實的逃離。

赫伯‧馬庫色本身也是個捍衛烏托邦理想的思想家，在他對諾曼‧布朗（Norman Brown）的批判中，他說布朗的烏托邦理想努力「回歸本源與統一整體：結合男人與女人，父親與母親，主體與客體，身體與靈魂——廢除自我，廢除所謂我的與你的之區分，廢除現實原則的所有疆界」（234）。雖然這是種朝向廢除所有既存壓迫結構的積極正面做法，馬庫色卻對布朗類似西蘇式的開發享樂原則做法不甚滿意，因爲一切正是發生在想像期空間

121

中：

> 壓迫之源是真實的，也仍然存在；因此，要消滅壓迫仍
> 是一件實際且必須理性的任務。要被廢除的並不是現實
> 原則；不是所有的東西，而是特別的事物如商業、政
> 治、剝削和貧窮。由於未將現實和理性重新納入考量，
> 布朗的目標終將失敗。（235）

西蘇的烏托邦裡，也不見對阻礙女人書寫的物質因素之分析，這
正是其最大的缺點。在她充滿詩意的神話中，書寫被視為一絕對
的活動，是每個女人都自動參與的。雖然這種看法頗具煽動性和
吸引力，卻對女人作為一社會人（而非神話典型人物）在實際生
活中必須忍受的不平等、損失和侵犯無所檢討。

　　馬庫色在此堅持烏托邦思想必須將理性和現實重新納入考量
是適當的。在她亟力將想像力和享樂原則挪用成女人的力量時，
西蘇似乎有直接落入其所唾棄的父權意識形態之危險。畢竟，堅
持將女人貼上情緒化、靠直覺且愛幻想之標籤，同時又妒忌地將
理性和理性行為歸入純粹男性領域的是父權，而不是女性主義。
烏托邦論述同時在詩學與政治層次上挑戰著我們，但在肯定西蘇
的修辭力量的同時，女性主義者應該檢視其視野的政治意涵，才
能發現、了解到底我們被鼓勵達成的目標是什麼。

　　然而，我們是否有理由強制西蘇的書寫納入為某種政治，特
別是如她所稱的，她比較在乎的是詩而不是政治？

122　　如果我說我是個搞政治的女人，我是在說謊，我其實一
　　　　點都不是。事實上，我只想組合兩個詞，政治與詩。不

騙你，我承認我將重心放在詩上。我這麼做是使政治不
進行壓迫，因爲政治是很殘忍無情又嚴苛眞實的，因此
有時候我覺得我必須流下詩的眼淚才能安慰自己。
（Conley, 139-40）

　　西蘇此處認定在政治與詩間的距離正是女性主義批評不斷企
圖打破的。雖然西蘇似乎是在宣示她的文本的「詩學」地位，這
並不妨礙她直接討論權力與意識形態跟女性主義政治的關係。根
據西蘇，意識形態「是種籠罩一切的廣大薄膜。即使它像張網或
像閉闔的眼皮，我們必定知道這道皮膚的存在」（《JN》，266-
7）。

　　西蘇視意識形態爲一種全面性的封鎖，如凱特・米蕾特認爲
意識形態是巨大單一的整體般，也因此犯了相同的錯誤。[8]如果
意識形態從頭到尾都非常一致，沒有一點矛盾、落差和縫隙引起
我們注意，我們怎麼會發現圍繞在我們身邊的意識形態之本質？
西蘇描述意識形態的意象，再一次複製了一個封閉的神話世界，
在其中她不斷地逃避物質世界裡的矛盾。當凱瑟琳・克雷蒙
（Catherine Clément）批評西蘇在非政治的層次上言說，她直指出
西蘇作品裡的問題：

凱（瑟琳・克雷蒙）：我必須承認你的文句對我來說欠
缺現實，除非我把你所說的當詩來看。給我一個實例
⋯⋯在你描述的層次中，我無法找到任何我覺得是政治
的東西。這並不等於你說的是「虛假的」，當然不是如
此。但你的語言對我來說似乎是屬於神話或詩的層次；
它顯示的是種有慾望、虛構的、整體的主體，一個在自

> 由、革命或不自由，睡與醒間交替龐大的整體……它們
> 不是活在現實中的主體。（《JN》，292-3）

123　　同樣令人困擾的是西蘇對權力的論述。在《人文科學評論》
（*La Revue des sciences humaines*）的一則訪談中，西蘇將權力區
分爲「壞的」與「好的」兩種：

> 我想明顯劃分出一種權力，它是一種朝向霸權的意志，
> 渴望得到個人、自戀式的滿足感。這個權力總想凌駕他
> 人。它可以説是政府、控制或暴君統治。但當我説「女
> 人的權力」時，首先它不再只是一種權力，它是多重
> 的，**總是多於一**（因此沒有極權的問題——極權摧毀與
> 個別事物之間的關係，弭平一切差異），這是**超越個人
> 自我的問題**，換句話説，不是一種靠控制成立的關係，
> 而是基於自由、不受拘束（disponibilité）。（RSH, 483-
> 4）

這兩種權力完全都是個人且具個別性的：對壓迫的反抗似乎只是
差勁地肯定女性力量的異質性〔且此異質性純繫於「女人」
（'woman'）這個單數的字上〕，如此最後好像是宣稱一個強壯的
女人可以做任何她喜歡做的事。在法文中，disponibilité 帶有很
重的資產階級——自由主義傳統包袱，部份是因其在安德列‧
紀德作品中的中心地位。所謂「餘裕」（available）因此暗指一
種以自我爲中心、認爲「自己已準備好面對一切」的慾望，不被
任何社會或人與人之間的義務所束縛。西蘇試圖訴諸普遍的「女
人的眾多權力」（woman's powers），反而掩飾了女人之間眞正的

差異，因此極為反諷地，壓抑了眾女人權力（women's powers）間真正的異質性。

西蘇的詩意眼光視書寫即為解放，而非只是一種工具，也很有個人主義色彩。書寫是一種令人忘神的自我表達，使個體得以完全解放自己，回歸與原初母親的結合。對西蘇來說，女人與彼此之間的關係似乎只有一種兩造（我／你）模式：是母親與女兒，女同志伴侶，或某種教師／學生或先知／弟子的關係。在這個女性主義運動者的作品中，她很少提及較大的女性社群內的關係，也很少談集體組織的形式，這顯示了西蘇基本上無法處理許多社會關係中典型的的非想像層慾望的三角結構。

124

既然西蘇的理論極具個人主義傾向，或許一點都不令人驚訝的是，她的某些學生認為她的政治就是她個人性格的延伸，比如維希娜‧安德瑪特‧康莉（Verena Andermatt Conley）敘述西蘇一次出現在樊尚的巴黎大學時（「這所學校向來以充滿有錢腐敗息氣為名」）：

> 西蘇習慣穿一件光彩奪目的貂皮大衣進校園，其價值可能遠超過教室裡很多人的經濟能力。她的行為舉止顯示壓抑的欺凌性運用。有如巴達耶（Bataille）形容阿茲特克人的儀式般，她由教室的便宜水泥構造間突出。她變成剩餘價值，一個零點，她是一個裝飾華麗，倍受寵愛的身體之統治中心，她的政治在那裡散裂成那些古老的場景，在其中國王令他的太太們圍繞著他。（Conley, 80）

貂皮大衣作為一種解放：第三世界的女人可能要很久很久才有辦

法使用西蘇這種衣著解放策略。

　　對一個浸淫在英美研究方法的讀者而言，伊蓮娜‧西蘇的作品代表了一種戲劇性的新出發點。儘管，書寫對她來說，在某種程度上總是一種情慾式客體或行為。讓女性主義批評逃脫以作者為中心的、侷限性的經驗論，結合性慾質素和文本性，她打開了一個全新的女性主義研究領域，探討語言中慾望的表現，不僅是在女人書寫的文本裡，也在男人的文本中。

　　如我們所見，細讀她的作品時必須面對其複雜的矛盾與衝突網路，於其中解構式的文本觀受到挑戰，且其力量為西蘇熱情地視書寫為女性本質所削弱。如果這些矛盾最後只能在想像層空間內被解決，這對西蘇的女性主義讀者就產生了一連串的政治問題：西蘇的作品沒有提及任何可辨識的社會結構，也有生物主義的毛病，然而，它們卻賦予女人的想像力無限的烏托邦潛力。

125

註釋

1. 所有出自西蘇作品的英文引文都是從已出版的英文翻譯而來，但碰到沒有英譯的時候，此處提供的是我自己的翻譯。在使用已出版的翻譯時，除了〈要閹割還是要砍頭〉一文是我無法找到法文原版以外，所有的參考資料都是先標英文版頁數，再標法文原版頁數。我使用以下的縮寫：JN —《新生的女人》，VE —《邁向書寫》，和 RSH —《人文科學評論》（*Revue des sciences humaines*）中的訪談。

2. 在《馬刺》（*Eperons*）中，德希達似乎也把「女性主義」當負面字使用。

3. 在她題為〈女性之於男性是否有如自然之於文化？〉（'Is female to male as nature is to culture?'）的文章中，收錄於 Rosaldo 與 Lamphere 合編文選，Sherry Ortner 對男性／女性與文化／自然對立的分析最後結論與西蘇某些觀察非常相似。Ortner 論說在「每一個地方，每一個已知的文化中，女人總是被認為在某些程度上較男人低等」（69），她認為如此「對

女人的普遍貶抑」(71)是無所不在的二元思考邏輯之結果，在這個思考方式中男性／女性的對立被視爲平行於文化／自然，且「自然」總是被視爲代表「較低層次的存在」(72)。

4. 西蘇這裡追隨德希達，稱西方主流思想爲以**語言邏輯爲中心的**（*logocentric*），因爲其持續尊崇**話語**（*Logos*，the Word）爲形上的存在。

5. **陽具中心主義**（*Phallocentrism*）意指一個獨尊陽具爲權力象徵或來源的系統。照德希達，邏輯中心主義（logocentrism）和陽具中心主義通常合起來爲**陽具邏輯中心主義**（*Phallogocentrism*）。

6. 符號層次的運作和在音素層次是一樣的。對索緒爾來說，符號（「字」）包含兩部份：**能指**（*signifier*）與**所指**（*signified*）。能指是符號（聲音或拼字）的物質面，所指則是「意義」或意念化的再現（ideational representation）。所指並**不是**這世上「實存的東西」，索緒爾將其標爲指**涉**（*referent*）。對索緒爾來說，能指與所指是無法分開的，就像一張紙有兩面般，但在後結構主義裡，特別是拉康的理論，質疑了符號的封閉性，並說明了能指如何相對於所指滑動。

7. 見 Barbara Taylor 對十九世紀社會主義與女性主義中烏托邦思想的精彩敘述。

8. 見第一章中對米蕾特的討論，頁 28-37 頁。

第七章
反思父權
呂絲‧伊希嘉荷（Luce Irigaray）的魔鏡

　　呂絲‧伊希嘉荷重量級的博士論文《另一個女人的窺視鏡》　　126
（*Spéculum de l'autre femme*，英譯為 *Speculum of the other woman,*
1974）使她被逐出拉康在樊尚（Vincennes）的弗洛伊德學院
（École freudienne）。要說這段戲劇性的父權執行過程能為這本書
的女性主義價值佐證是很誘人的：任何使父執輩們困擾到這種程
度的文本，絕對值得女性主義者的支持和掌聲。但《窺視鏡》總
是受主流拉康學者批評，[1] 它也是許多尖銳刻薄的女性主義論辯
的標靶，令人有時候不免覺得彷彿伊希嘉荷的各路批評家只同意
一件事，就是這本書十分值得他們投入大量注意力。[2]
　　伊希嘉荷的第一本書《癡呆的語言》（*Le Langage des
déments*，英譯為 *The Language of dementia,* 1973）是研究老年癡
呆症病患語言崩潰的模式：這個領域乍看之下似乎和《窺視鏡》
中的女性主義沒什麼關係。然而，對讀過後者的人而言，《癡呆
的語言》的結論聽起來很耳熟：「癡呆的人被語言說而不是說語
言，被迫發話而不是主動發話，因此他不再是主動的發言主體
……他只是先前說過話語可能的代言人」（351）。癡呆病患與語　　127
言結構的關係是被動的、模仿式的（mimetic），根據《窺視

鏡》，這相當類似女人與父權論述的關係。

一九七七年，在《窺視鏡》之後，伊希嘉荷出版了一本文集題爲《此性非一》（Ce sexe qui n'en est pas un，英譯爲 This sex which is not one）。這本書雖較短，在某些方面也比《窺視鏡》易讀，但它本身並無法完整且正確地呈現伊希嘉荷的理論。一方面它只是重覆《窺視鏡》的內容：許多部份是由半理論性的文本組成，部份是關於傳統理論的片段，甚至還包含關於《窺視鏡》的研討會討論記錄，《此性非一》繼續發展了許多《窺視鏡》中首先提出的中心議題，因此需要一些對《窺視鏡》的知識才能了解。

從一九七七年起，伊希嘉荷出版了兩篇較短的文本探討母親與女兒之間的關係：《兩個銅板才會響》（Et l'une ne bouge pas sans l'autre，英譯爲 And the one doesn't stir without the other, 1979）以及《緊緊擁抱母親》（Le Corps-à-corps avec la mère，英譯爲 Clasped with the mother, 1981）。

繼續她在《窺視鏡》中對西方哲學傳統的批評，伊希嘉荷也出版了《費德里希・尼采的水中情愛》（Amante marine de Friedrich Nietzsche，英譯爲 Friedrich Nietzsche's marine lover, 1980），以頗具詩意與理論性的閱讀討論尼采作品中水的意象。伊希嘉荷論說，水是尼采最陌生的元素，因此包含最能「解構」他的論述的潛力。《單純的激情》（Passions élémentaires，英譯 Elementary passions, 1982）代表伊希嘉荷又回歸到《窺視鏡》與《此性非一》的基本主題，這次採用的形式是一極具詩意的獨白，其中的發言主體，一個女人，吟誦著她徜徉在自然元素中的歡愉，以及她對她的男性愛人之激情。《遺忘空氣的馬丁・海德格》（L'Oubli de l'air chez Martin Heidegger，英譯爲 Forgetting *the air: the case of Martin Heidegger,* 1983）根據海德格對空氣意象的壓抑，提出對海德格的批判，伊希嘉荷隨後又從海德格的論述出發，將空氣意象視為女性元素來分析，以解構男性思維化約式的區分方式。《一樣的信仰》（*La Croyance même*，英譯為 *Even belief / The same belief / The belief in the Same,* 1983），談論弗洛伊德分析**消失—出現**遊戲（*fort-da* game）的演講稿，其中伊希嘉荷論稱弗洛伊德忽略了小孩與空氣的重要關係，因為空氣是唯一能幫助小孩應付喪失胎盤和母體的元素。概述完伊希嘉荷的各種著作後，以下我對伊希嘉荷的討論也將集中在她的兩個主要女性主義文本：首先是最重要的《另一個女人的窺視鏡》，以及《此性非一》。[3]

128

窺視鏡

　　基於伊希嘉荷的心理語言學背景以及其職業為精神分析師，伊希嘉荷在高度菁英且學術要求嚴苛的法國學院裡，選擇了哲學作為她的博士論文的領域似乎是有點奇怪的。對伊希嘉荷本人來說，選擇哲學的原因是明顯的：在我們的文化中，哲學向來擁有「主宰論述」（master discourse）的地位，如伊希嘉荷所說：「我們必須質疑且叨擾的正是哲學，因為哲學制定了所有其他事物的規則，也因為它是論述中的論述」（《窺視鏡》，72）。《窺視鏡》的第一部份包含了對弗洛伊德的陰性特質理論的嚴苛批判，這個批判要顯示的，就關於陰性特質的部份來說，乃是弗洛伊德原本可能極具革命性的理論如何附屬於西方哲學厭惡女人的傳統之下。但與凱特‧米蕾特不同的是，伊希嘉荷無意拒斥精神分析為

沒用或是本質上反動的理論：

> 比較要緊的問題是如何顯示精神分析中一些深藏不變的
> 意涵。我們可以說弗洛伊德的理論給了我們一些能夠動
> 搖整個哲學論述秩序的東西，但矛盾的是，一談到性差
> 異，其理論還是臣服於後者。（《此性非一》，70）

《另一個女人的窺視鏡》分成三個主要部份：第一部份，
〈舊式對稱夢想之盲點〉（'La tache aveugle d'un vieux rêve de
symétrie，英譯爲 The blindspot of an old dream of symmetry'），[4]
對弗洛伊德關於陰性特質的敘述有極細膩的解讀，主要的文本是
弗洛伊德在《精神分析新論》（*New Introductory Lectures on
Psychoanalysis*）中演講到陰性特質的部份，還有弗洛伊德其他
探討女性性心理發展與性差異的文本。第二部份〈窺視鏡〉
（Spéculum）包含一系列對西方哲學家從柏拉圖到黑格爾的閱
讀，以及一些說明伊希嘉荷自己的理論位置的章節。第三部份，
〈柏拉圖的洞穴〉〔'L'$\mu\sigma\tau\epsilon\rho\alpha$ de Platon'，英譯作 Plato's hustera
（cave）〕，則是在先前批判西方哲學的脈絡下，細讀柏拉圖的洞
穴寓言。

129 　　雖然這最後一部份將不是以下討論的重心，值得一提的是，
這部份是女性主義對父權論述一高度複雜的批判或解構，爲許多
尋找新的文學和哲學政治性閱讀模式的女人提供了很多的靈感。
　　然而，《窺視鏡》的寫作組織過程遠比以上的描述複雜多
了。根據《牛津英文辭典》，speculum 這個字有許多意義：

1.（解剖學）放大人體腔穴以利檢查的儀器。 2. 鏡子，

通常是磨光的金屬製成，如金屬鏡（銅錫合金，尤其是
用在反視望遠鏡中。）

這個字原本在拉丁文中之意思是鏡子，由 *specere* ，「看」而
來。如我們將見，此字本身已經囊括伊希嘉荷分析中的幾個主
題。但這本書的結構也試圖模仿窺視鏡的結構。伊希嘉荷始於弗
洛伊德，終於柏拉圖，反轉了正常的歷史順序，這個動作有如凹
面鏡照射的效果，像婦產科醫生檢查女性身體「腔穴」時用窺視
鏡一樣。為了說明這一點，伊希嘉荷引用柏拉圖來描述凹面鏡：
「拿凹面鏡照臉，鏡中凹面會顯示顛倒的臉的形象」（《窺視鏡》，
183）。[5] 但這個凹面鏡也有聚焦效果，可以集中光線「照亮洞穴
的秘密」並「穿透女人生理性之神秘」。窺視鏡是一種進一步侵
入女人的男性器具，但它的表面也是陷落的，如其欲探索的對象
一樣。一個進入並照亮女人陰道的窺視鏡是因為其中間陷落的凹
面才能達成任務；但矛盾的是，要看到這個塌陷中的物體，窺視
鏡自己也必須先模仿這個物體，在中間有塌陷。

　　伊希嘉荷的《另一個女人的窺視鏡》，其結構就如窺視鏡／
陰道陷落的表面一樣。書中間題為「窺視鏡」的部份，分別為探
討弗洛伊德和柏拉圖的兩大部份框住；仿彿中間這個比較破碎的
部份陷落在兩大思想家的份量間。即使在這中間部份內，伊希嘉
荷再度重複使用這種框架技巧也做了些反轉：在其中第一和最後
一章中伊希嘉荷提出自己的論述，如此架住中間七個處理從柏拉
圖到海德格各男性哲學家的章節。這個架構與書的大架構是一樣
的，但反轉了大架構中男性包夾女性的關係。就在這中間七章
中，似乎也還有另一個框架手法：前兩章強力批判柏拉圖和亞理
斯多德後，第三章探討普羅提諾（Plotinus），但卻是完全節錄普

130

氏的《九章集》(*Enneads*)。在此脈絡下〔context，或更合適的說法是，陰道文本中(*con-texte*)——*con* 在法文中也指陰道(cunt)〕，這個看似直接的引文卻減弱了普羅提諾論述的力量：畢竟，這些文字已經不再屬於普羅提諾了，而是伊希嘉荷專家式(逐字逐句)的模仿。她完美的學舌模仿微妙地暴露出普式自戀的陽具中心主義。

這個模仿章節後即是一以傳統方式分析笛卡兒的章節，其後一章則對女性神秘主義思想家有精彩的解讀，題為〈神秘的女人〉(La mystérique)。最後一章前各有兩章分別談康德(Kant)與黑格爾(Hegel)，最後又回到伊希嘉荷自己的論述。由於談笛卡兒的章節剛好是在〈窺視鏡〉這一部份(以及全書)的最中間，又創造了另一個框架效果。在被題為〈冰╱鏡的母親╱海〉('La mère de glace'，英譯為 'The ice/mirror mother/ocean')關於普羅提諾的章節，與題為〈神秘的女人〉('La mystérique'，英譯為 'The mystic/hysterical/mysterious woman')的章節中間，笛卡兒陷入書中最深的地方：在一個陽性、操作儀器的動作中，窺視鏡照亮了笛卡兒，但同時又指出他其實處於一陰性的位置，似乎呈現了伊希嘉荷認為女人形成了一個沉默的地基，於其上父權思想家得以建立其論述。笛卡兒，作為一個提出身╱心二元論的理性主義理論家，至今仍深深影響法國知識界，伊希嘉荷選擇用這種方式來包裝他，或許並非偶然。

觀想（窺視）與摹仿論
（Specul[ariz]ation and mimeticism）

伊希嘉荷的寫作風格頗受解構批評技巧和觀念影響。由於她 131
在《窺視鏡》中的主要論點都是順手捻來的引言，再加上她自己
的評語，最好表現她書寫風格的方式，就是如她引用弗洛伊德般
大量引用她的文字。在以下的介紹中，為了強調她的方法學和集
中討論一些比較有問題的地方，我選擇討論她的兩個重點：對弗
洛伊德的批判，以及對女性神秘主義的分析。

弗洛伊德

弗洛伊德對陰性特質的分析始於女人的神秘感。為了用科學
之光來照亮陰性特質的黑暗大陸，弗洛伊德一開始就問「何謂女
人？」。伊希嘉荷論說，佛氏使用光明／黑暗的意象，已經透露
他屈服於最古老的「陽具統治」（phallocratic）哲學傳統。弗洛
伊德對性差異的理論乃基於**視見**的差異（*visibility* of difference）：
由**眼睛**決定何謂真理而何又不是。[6]因此對弗洛伊德來說，性差
異的基本事實就是男性有明顯可見的性器官──陰莖，而女性沒
有；當弗洛伊德觀察女人的時候，顯然他什麼都看不到。因此女
性的性差異是以男性為標準而被理解成所謂沒有男性特徵的，或
非男性的（an absence or negation of the male norm）。

這點對伊希嘉荷的論點很重要：在我們的文化中，女人是處
於再現系統之外：「陰性特質被視為禁止的事物（*interdit*），因此
必須在符號之間，被實現的意義之間，和字裡行間如此解讀出
來」（《窺視鏡》，20）。如伊希嘉荷宣稱，在男性主體「窺視」

（‘specularization’）的過程中，女人是其必要的負面（negation）
對照。「窺視」不僅有鏡像之義，如窺視鏡看透陰道內部；也暗
指西方哲學傳統的基本假設：一個主體必須有**反思**（*reflecting*）
自身存在的能力。伊希嘉荷辯稱，只有當一個觀看主體沉思自身
存在時，才會產生哲學性的後設論述；哲學家的**觀想**
（*speculations*）基本上是十分自戀的。將對己身的觀想包裝成對
全人類普遍情境的反思，哲學家的思考過程有賴於其窺視性效果
（其自我反思）；超過這個反思循環的事物，就變成是**不可思考的**
（*unthinkable*）。當伊希嘉荷辯稱西方哲學論述無法以別的方式再
現陰性特質／女人，只會視其為自身的負面時，她心中所想的正
是這種觀想（窺視）行為導致的後果。

　　根據伊希嘉荷，這種**同一邏輯**（the logic of the *same*），可追
溯回弗洛伊德對性差異發展的敘述。對弗洛伊德來說，在前伊底
帕斯期並沒有性差異：經過口腔期、肛門期和性器期（phallic）
後，小女孩和小男孩並沒什麼差別。小女孩是在伊底帕斯危機發
生時才開始有重大轉變：此時小男孩繼續視母親為其愛戀對象，
但小女孩則脫離前伊底帕斯期對母親的依戀，轉而視父親為愛戀
對象。這個轉變不僅難以解釋，也很難完全達成：弗洛伊德甚至
坦白承認，大部份的女人是否真正放棄了她們對母親的前伊底帕
斯依戀，發展至完全「成熟」的陰性特質，仍是令人十分懷疑
的。[7] 伊希嘉荷的論點是，弗洛伊德是因不智地向基於視覺的同
一邏輯低頭，才被迫發展出這種不一致、矛盾且歧視陰性特質的
理論。他的理論等於是視小女孩基本上和小男孩是一樣的：伊希
嘉荷尖銳地指出，小女孩並不被看做小女孩，而是小男人。弗洛
伊德認為小女孩在性器期時，將陰蒂看做劣等的陰莖，因此巧妙
地在他的反思過程中壓抑了小女孩和小男孩的差異。弗洛伊德備

132

受爭議的陰莖欣羨理論，背後的基本假設正是以小男孩為對照標準，小女孩認為自己看起來有缺陷。

伊希嘉荷在此處令人回想起凱特・米蕾特，她論說，認為女人先將自己的陰蒂看成小號的陰莖，然後以為自己已經被閹割了，此種論調是一種男性閹割**恐懼**的投射：只要想像女人會羨慕男人有陰莖，男人就可安心地確認自己的確還有陰莖。換句話說，女性陰莖欣羨理論正是拿來鞏固男性心理的。伊希嘉荷論道（《此性非一》，64）：「說一個女人被閹割了，等於是以同一的慾望的律法來銘刻她，即慾望。男人在思考時，不僅將他希望複製自己（和對其己身反思）的慾望投射到女人身上；根據伊希嘉荷，他還無法以視覺之外的方式**思考**。因此女性閹割情結是男性同一邏輯的產物。女人不僅是他者，如西蒙・波娃所發現，更特別是男人的異己。這就是為什麼伊希嘉荷認為父權論述將女人置於再現系統**之外**：她是不在場的、負面的，如黑暗大陸般，了不起不過是個劣等的男人。在父權文化裡，此種陰性特質（或不管可能是哪一種，後面會再討論此主題）是被壓抑的；只有在被當作男人窺視的異己時，才自以其「能被接受」的形式回返。

弗洛伊德自己的文本，特別是在〈詭異〉（'The uncanny'）一文中，認為**凝視**（*gaze*）是一種陽具式權力活動，和肛門期喜以虐待方式掌控物體之慾望有關。[8] 觀想（窺視）中的哲學家主宰自己的洞見；如伊底帕斯的故事所顯示，恐懼失明就是恐懼被閹割。只要主人的觀看癖（scopophilia，意即喜好觀看）得到滿足，他就會覺得自己的統治是穩固的。無怪乎對男性性學理論家來說，小女孩沒有能被看見的東西（*rien à voir*, "nothing to be seen"）十分具威脅性。如珍・蓋洛普（Jane Gallop）提醒我們，希臘文中 *theoria* 來自 *theoros*，「觀者」，從 *thea*，「看」而來

（Gallop, 58）。如果我們的大理論家曾經把陰性特質當作陰性特質思考過的話，他或許會發現自己從他陽具式的燈塔位置掉下來，落入黑暗大陸的冥沌中。

伊希嘉荷以她貫常的風格說明了觀看（或凝視）在弗洛伊德理論中的重要性：像一個敢於挑戰父親威權的小女孩般，她逐漸地拆解他的理論建構過程。當她引用弗洛伊德對小女孩生動的描述——小女孩渴望擁有陰莖、而非她自己次等的陰蒂時，伊希嘉荷開始反覆沉思其意涵：

> 還蠻戲劇化的。我們或許可以想像，或夢想弗洛伊德這個精神分析師在他的談話室裡理解到這點的各種情景。外觀、眼睛和性差異之間關係的問題應該被提出來，因為弗洛伊德告訴我們事情應該眼見為憑。如此要重新檢視（review, *revoir*）一件事，我們應該遮住眼睛不看（not see, *ne pas voir*）才行？或許吧……難道所有的權力和差異（？）都被轉移到觀看的問題上了？如此弗洛伊德才有辦法看別人，而自己不被看見？或不被看見他正在觀看？因此他的凝視的力量就不會被質疑？為什麼這個全能視野、這個知識令人羨慕？是凌駕性器／女人／性（*le sexe*）的權力。令人欣羨的是陰莖——眼睛，陽具式的觀看？他會看到我沒有那個東西，一眨眼間答案就會揭曉。我卻無法看到他有沒有。或者他有的比我有的多？但他會讓我知道。這是錯置的閹割？從一開始觀看就是重點。我們不該忘記在弗洛伊德的理論中，閹割或關於閹割的知識都和觀看有關。觀看一直是其中的重點……。

> 但小女孩，女人，並沒有任何東西可以給人看。她暴
> 露、顯示了沒東西給人看的可能。（《窺視鏡》，59）

女人，對弗洛伊德來說，以及對其他的西方哲學家而言，都是他們自身陽性特質的投射。伊希嘉荷結語說，我們社會裡的再現系統，也就是社會和文化結構，基本上都是一種她認為是相同（男人）的性慾質素（*hom[m]osexualité*）的產物。此間法文的雙關語是在 *homo*（相同的）與 *homme*（男人）上：即男性對相同之慾望。女人則被剝奪能再現自我的樂趣，或她對相同之慾望：任何她特有的可能的樂趣都被切斷了。

　　陷在父權的視覺邏輯中，女人可以選擇沉默，生產別人聽不懂的胡言亂語（所有在同一邏輯之外的發言都被定義成是男性主宰論述無法理解的），或是可以選擇將自己**再現**為次等的男人。後面這個選擇，採用模仿方式（mimic）的女人，根據伊希嘉荷，是種歇斯底里（hysteria）。歇斯底里的人以陽性模式**噤聲演出**（*mimes*）她自己的性慾質素，因為這是她唯一能挽救自己部份慾望的辦法。歇斯底里者將自己戲劇化〔或上演（*mise en scène*）〕正是因她被父權論述排除。無怪乎陽性統治系統視歇斯底里的症狀是沒原創性地模仿一齣和男性有關的原版戲劇（她渴望引誘她的父親）。也無怪乎當弗洛伊德治療小漢斯（little Hans）時，分析師和他的小翻版間展現了極大程度的認同，但當他治療朵拉（Dora）時，到處充滿害怕自己失去控制，會向朵拉的歇斯底里所展現的沒有能被看見的東西（the *rien à voir*）投降之恐懼。[9]

神秘主義

　　《窺視鏡》中間部份的第一章，始於檢視主體的觀念：「所有
關於主體的理論在過去總是被『陽性』佔據。如果女人向它們低
頭，她不智地放棄了自己與想像層特有的關係」（《窺視鏡》，
165）。伊希嘉荷宣稱，女人被否認有主體性，她的被排除在外保
證了對（窺視）主體而言，其所面臨客體之組成是穩定的。假設
我們想像女人有想像力，（觀想的）客體就會失去其穩定性，因
而打擾到主體。如果女人無法代表大地，土壤，被佔有或壓抑的
靜止不明物體，主體要如何安於其位呢？伊希嘉荷宣稱，如果沒
有一個非主體的基礎，主體根本無法建構自己。因此女人總是思
想大師論述中的盲點：被放逐於再現系統之外，女人組成理論家
得以豎立其視覺建構的基礎，但因此她也總是位於他的建設消失
的那一點。

　　　假如，如伊希嘉荷論說，神秘經驗正是經歷主體性的喪失，
以及主／客體之間分野的消失，這會對女人特別有吸引力，因為
女人的主體性總是被父權論述否認和壓抑。雖然並非所有的神秘
主義者都是女人，神秘主義似乎在父權制度下形成一要求高度心
靈力量的領域，於其中女人通常能超越男人。對伊希嘉荷而言，
神秘主義論述是「西方歷史中女人唯一能公開發言行動的地方」
（《窺視鏡》，238）。神秘意象強調靈魂如黑夜之處：意識的不明
與混淆，主體地位的喪失。神秘主義者為神聖之光所觸及，其靈
魂被轉變成如流水般，消溶所有的差異。這種高潮經驗能避開父
權邏輯的視覺理性：殘虐的眼睛／我必須閉起；如果哲學家要發
現神秘主義者的樂趣，他必須先從他自己的哲學脫逃，「閉起眼
睛逃離哲學封閉的房間，逃離觀想的陣式，在其中為了清楚思考

136

所有的事物，他封閉了他自己」（《窺視鏡》，239）。出神
（ecstatic）的幻覺（從希臘文的 *ex*，「外面」，和 *histēmi*，「地
方」）是一似乎能逃脫觀視活動的地方。如果女人尋求且到達出
神狀態（如伊希嘉荷的拼法 *ex-stase*），這是因為她們本來就外於
視覺再現系統；神秘主義者在神聖力量前的無知，她全然的卑
下，正是陰性情境的一部份，女人本來就是這樣被教養長大的：
「（在此種系統中）最不科學和最無知的人常有最豐富動人的預
言。在過去多是女人。或者至少是有『陰性特質』的人」（《窺視
鏡》，239）。

　　但是，萬一在這個無底深淵中心藏有一面鏡子／窺視鏡怎麼
辦？畢竟神秘主義者經常使用**燃燒之鏡**（*miroir ardent*）的意象
來描述他們的某些經驗。雖然燃燒之鏡似乎無法反射任何事物，
這個詞卻象徵對神秘經驗的窺視過程靠近了一步。伊希嘉荷論稱
這是因為神秘主義神學化的結果。神學，為神秘主義提供了一個
（陽性的）客體，讓神秘主義變成有終極目的性的（teleological）：
神秘經驗**反映**的是上帝在他完整的榮光裡，如此神秘經驗也成為
男性窺視的另一個範例，只是上帝對其子的（或反之）的相同
（男人）的性慾質素交流慾望在神秘主義者的心中被反映成虛
無。但如伊希嘉荷所指出，男性想收回神秘主義這塊領域的努力
反而可能適得其反：上帝，即使是在神學中，是超越所有再現形
式的；其子的人身是「所有男人中最具陰性特質的」（《窺視
鏡》，249）。耶穌基督消解了窺視邏輯，而神秘主義者的自我凌
辱則重演耶穌受難的場景：在所有深淵的最深處得到勝利。神秘
主義者的自我呈現逃脫了父權強加在她身上的非再現窺視邏輯。
以受難的耶穌之形象為模範，神秘主義者的自甘卑微，矛盾地打
開了一個開展她的快感的空間。雖然仍受父權論述包圍，這個空

間對她來說卻已經夠寬廣，能讓她覺得自己不再被放逐。

頑固的同一邏輯

137　　　伊希嘉荷對神秘主義的讚揚可能會令許多女性主義者意外。
畢竟她的論點說的是在神秘經驗中，是透過深深接受父權下的屈
從才得以發現陰性特質。且神秘主義也是少數的特別經驗。或許
伊希嘉荷並無宣稱每個女人在內心深處都是神秘主義者的意思，
而只是說在父權制度下，神秘主義者（如幾個世紀後的歇斯底里
病患）提供女人一個實際但有限的可能性，讓她們得以發現一些
自己特有的性驅力帶來的歡愉。但我們又如何能知道什麼是，或
可能是所謂「女人的歡愉」？假設窺視邏輯已經主宰了所有的西
方理論論述，那伊希嘉荷的博士論文又如何能逃過其惡毒的影
響？如果她對神秘主義者的研究讓她愉悅地浸淫在女人模仿耶穌
受難的意象裡，難道她不也是陷在一種令她製造一種關於女人的
意象的邏輯，與父權邏輯對陰性特質的視覺建構沒兩樣？在一極
具洞察力的段落中，索莎娜‧費爾曼提出了幾個中肯的問題，直
指伊希嘉荷作為一個女性理論家或談論女人的理論家所面臨的問
題：

> 如果「女人」對任何可以想到的西方理論發言位置來說
> 都是他者，那如此的女人如何能在這本書中發言呢？這
> 裡是誰在發言，又是誰斷論了女人的他者性質？假使，
> 如伊希嘉荷所說，女人的沉默，或對她發言能力的壓
> 抑，組成了哲學和理論性論述，呂絲‧伊希嘉荷自己又
> 是從什麼樣的理論位置發言，來發展她自己對女人的理

論性論述呢？她是以自己**身為**女人，或是**代替**（沉默的）女人，**為了**女人，還是**以女人之名**發言呢？是否**身為女人**就算有足夠資格以女人身分**發言**？「以女人身分發言」是由什麼決定的，是某些生理**條件**，或是一種策略、理論性的**位置**，是生理還是文化？如果「以女人身分發言」並不是一個簡單「自然」的事實，不是天經地義的該怎麼辦？（Felman, 3）

雖然伊希嘉荷從未眞正承認過這點，她對男性窺視邏輯的分析深受德希達批判西方哲學傳統的影響。如果說《窺視鏡》裡的文本分析可謂反父權批評的極佳範例，這是因爲伊希嘉荷知道如何暴露陽具中心論述的謬誤與不一致之處。當高雅翠·史碧娃克稱讚某些法國女性主義對處理統治論述極有辦法時，她心中想到的正是伊希嘉荷的作品：

> 終究來說，法國女性給我們最有用的訓練就是，當我們試圖做一政治化且具批判性的「癥兆式閱讀」（'Symptomatic reading'）、但又要避免使用直接反轉——置換的技巧時，她們提供我們極佳的解構閱讀範例。那些能有效稱讚前衛藝術的理論，在處理統治論述時常有許多衝突。（史碧娃克，177）

但假使我們仍生活在形上學的統治下，如德希達所論，則要生產不爲在場形上學沾染的新觀念是不可能的。這就是爲什麼他視解構爲一種活動，而不是一套新「理論」。換句話說，解構方法正是承認自己寄居在其企圖顚覆的形上學論述中。於是，任何企圖

提出關於陰性特質的綜論無可避免地也是形上的。這正是伊希嘉荷的兩難：她說明了迄今陰性特質都是依同一邏輯所產生，但她自己也掉入自己生產一關於陰性特質的實證性理論之誘惑中。如我們所見，企圖定義「女人」就等於是要將女人本質化（essentialize）。

　　伊希嘉荷自己也意識到這個問題，並努力避免掉進本質主義的陷阱。因此，在書裡其中一處，她公開拒絕任何嘗試定義「女人」的企圖。她寫道，女人不應企圖追求與男人平等：

> 她們必須不去假裝可以與他們平等，不去建構一套陰性的邏輯，如此做法等於是重蹈本體──神學的模式。她們必須嘗試將問題和語言邏輯系統分開。因此她們必須不去問「女人是什麼？」。透過重複──詮釋陰性特質在論述中發現自身被決定的方式（如被當作缺乏、缺陷或者是對主體的模仿及性倒錯的再生產），她們必須顯示就陰性這一方面，踰越和擾亂這種邏輯是可能的。（《此性非一》，75-6）

因此瓦解父權邏輯的一個辦法是透過模仿（mimeticism），或諧擬男性論述。我們已經看到伊希嘉荷自己如何成功地在她關於普羅提諾的章節中使用這種策略。回應索莎娜‧費爾曼的問題，或許我們可以說在《窺視鏡》中，伊希嘉荷是以諧擬男性論述的方式來作為女人的發言方式。如此，《窺視鏡》裡殘留的某些博士論文學術機制痕跡，可能是種反諷的姿態：做為一個要提出這些論點的女人，她最完美的策略就是將自己的理論性論述置換、重新定位成是對父權論述模式的諧擬。假使，作為一個活在父權制

度下的女人，根據伊希嘉荷的分析，則她並沒有自己的語言，（最多）只能模仿男性論述，伊希嘉荷自己的書寫當然也無法例外。她不能假裝自己是在某種父權之外、乾淨的女性主義領土書寫：如果她要使自己的論述不被當作難以理解的胡言亂語，她必須模仿男性論述。因此，陰性特質只能在她的諧擬（mimicry）字裡行間的空白之處被閱讀到。

　　假使事實如此，伊希嘉荷在《窺視鏡》中的諧擬，變成是有意識地扮演父權配置給所有女人的歇斯底里（模仿性）位置。既然女人的話語無論如何都無可避免地會被視作一種諧擬，伊希嘉荷接受了這點，且她還要加倍奉還，將本來的寄生狀態提升爲另一種權力。她提出的是將男人所謂女人的模仿再一次戲劇化演出：模仿女人對男人的模仿，伊希嘉荷提出微妙的視覺策略（她的諧擬反映所有女人對男人的**模仿**），企圖以**過猶不及**的方式**破解**父權論述的策略。她這本質十分矛盾的策略反映了神秘主義者的策略：如果神秘主義者的卑屈成爲了她片刻的解放，則伊希嘉荷過度模仿父權論述來削弱父權，不失爲脫離陽具中心主義的束縛之一途。

　　然而，問題是，這種策略實際上到底有沒有效，還是又要在哪種情況下才眞會有效？要研究伊希嘉荷文中諧擬策略效果的方式之一是——看她如何使用類比或比較性論點。在《窺視鏡》140中，她視類比閱讀模式爲男性喜好求同的標準表現：

> 解夢的人本身只有一種慾望：就是求同。放諸四海皆準。這當然是很顯著的。然而，從那一刻起，難道詮釋不也陷在這個求相同、相等、類比、同構、對稱、相似和摹擬等等的夢中嗎？（《窺視鏡》，27）

我們或許會期待伊希嘉荷用等同和對應的方式諧擬此種思考方式，以達破除其穩定階層分級效果。但是事實不一定總是如此發展。在伊希嘉荷題爲〈市場上的女人〉（'Le marché des femmes'，英譯爲'Women on the market'，《此性非一》，165-68）的文章裡，她宣稱「馬克思認爲商品爲資本家財富之基本形式，這可被當成對所謂父權社會中婦女階級問題的一種詮釋」（《此性非一》，169）。根據伊希嘉荷，女人可被當成使用價值（use value）與交換價值（exchange value）解讀：她「自然」（使用價值），因此仰賴人工（human labour）轉換爲交換價值。由於她是交換價值，所以她可以被當作市場上的商品來分析：她的價值並不在於她本身存在，而在於某種超驗的等同標準（錢，陽具）。在一重要的註腳內，伊希嘉荷爲她在這篇文章內廣泛使用類比思考辯護：

> 根據馬克思，亞理斯多德是個「思想巨人」，他不也是
> 透過男性與女性之間的關係來決定形式與物質之間的關
> 係嗎？要重返性差異問題，因此是要重新踏上
> （retraversée）類比思考之路。（《此性非一》，170）

　　換句話說：當伊希嘉荷作爲女人時，她使用一種特殊的修辭策略，並立刻把它放在一個新的（非男性？）的脈絡下以達不同的政治效果。因此女性的模仿在政治上是否有效，似乎要視女人諧擬時所創造的新脈絡而定。如果說伊希嘉荷對付普羅提諾的策略非常成功，這是因爲在「關於」普羅提諾的章節前，有反性別歧視的分析。但是在馬克思的章節中，我們便很難看出諧擬的策略如何削弱了馬克思的論述。

看起來伊希嘉荷使用馬克思分析的方式反而是非常的傳統：顯然在她高興地發現等同之處後，她繼續使用類比來闡述其中意義，而非拿來暴露馬克思可能也是以陽具為中心的論述。她這篇文章讀起來比較像是為馬克思的洞見平反，而非批判他的窺視邏輯。另一篇題為〈液體力學〉（'La "méchanique" des fluids'，英譯為 'The "mechanics" of fluids'，《此性非一》，103-16）的文章中，整個諧擬類比策略拿來作為一種政治手段的效果似乎是完全失敗。此處是以陰性特質與陽性特質類比液體與固體。伊希嘉荷宣稱，就像陽性統治科學無法解釋液體流動一般，其亦無法解釋女人。因此她說，女人的語言運作，就像男性物理學家蔑視的液體般：

> 它是不間斷、可壓縮、會膨脹、有黏性、傳導性和擴散性的……它永不止息，透過抵抗有形物體，它同時是有力也是無力的，它很容易受壓力折磨，但也欣喜於其中，它的形體會改變——比如，在容量上或力量上——根據受熱的程度，它的物理現實由兩個無限鄰近力量之間的摩擦所決定——一種鄰近共存、而非佔有的動力場域。（《此性非一》，109-10）

此處她諧擬父權等同女人與液體（女人如賦予生命的海洋、血、奶和羊水的來源……）只成功地再次加強父權論述而已。這個失敗是因為她視流動性（fluidity）為一種**正面選項**，外於父老窺視性的貶抑性建構。諧擬在此處失敗正是因其不再按父老的眼光認知：因此失去了嘲諷男性之荒謬的能力，反而完美地複製了等同邏輯。原用來標示意義變異的引號，在此失去了功用，伊希嘉荷

落入了她一開始即企圖避免定義女人的本質主義陷阱。

我們顯然無法完全拒斥諧擬或扮演，認爲其毫無女性主義價值，但它也不是如伊希嘉荷有時以爲的萬靈藥。一個關於女性諧擬男性論述的理論還是無法完全回答索莎娜‧費爾曼的問題（到底伊希嘉荷是以**作為**女人身分發言？亦或**為**女人發言？還是**代替**女人發言）。費爾曼堅持的是立場（positionality）的問題。到底伊希嘉荷是從什麼（政治）立場發言？伊希嘉荷的盲點正是在於她無法面對這個問題。她似乎無法看到，有時女人模仿男性論述就是女人學習用男人的方式發言：瑪格麗特‧柴契爾就是最好的例子。伊希嘉荷提出來的諧擬策略是否能成功，正是視其政治脈絡決定。

女人間的話語： 婦人之愚見？

我們已經看到伊希嘉荷在企圖建立一套關於陰性特質、且又要逃脫父權觀想（窺視）的理論過程中，無可避免地掉入某種形式的本質主義。她想爲女人提出「一個大膽呈現自己的性」的努力（《窺視鏡》，130），也一樣註定重蹈同一邏輯覆轍。有趣的現象是，儘管一些歧異，伊希嘉荷對陰性特質與陰性語言的觀點幾乎與西蘇沒有分別。伊希嘉荷對「女人」的理論基本上假設女性心理可等同於她的「組織形態」（morphology, *morphē* 在希臘文中乃「形狀」之意），她含糊地以爲後者有別於女性的生理。父權陽具中心主義總是壓抑女人的身體，有系統地不讓女人得到她的快樂：女性的**快感**是窺視邏輯無法理解的。伊希嘉荷宣稱，男性的快感，是被視爲單一且統一的，如陽具般，且他們將此種模

式強加在女人的身上。伊希嘉荷在〈此性非一〉的文章中論說，[10] 女人的性不只是一：她的性器官是由很多不同部位組成（陰唇、陰道、陰蒂、子宮頸、子宮、乳房），因此她的性快感也是多重的、不統一的和無限的：

> 由於她的性器是由兩片持續擁抱的唇所組成，一個女人總是不斷「自我觸摸」，沒有人能禁止她這麼做。因此，在她的體內，她已經是二，是相互激盪的複數——而無法簡單分做幾個一。（MC, 100 ，《此性非一》，24）

143

因此女人不重視視覺，反而是觸覺：

> 女性的情慾不講究凝視、分辨形體或將形體個別化。女人在觸摸中比在觀看時得到較多樂趣，而當她進入主宰視覺系統時，她再一次成為被動的象徵：她永遠都會是個漂亮的物體……。在這個再現和慾望系統中，陰道是種缺陷，是再現時被觀看物體裡的一個洞。古希臘的雕像就已經排除這個「沒東西給人看」的地方，踢出此再現場景外。女人的性器在這個場景中缺席：她們被掩飾偽裝，而她的「裂口」也被縫了起來。（MC, 101 ，《此性非一》， 25-6）

　　伊希嘉荷認為陰性特質是多元且多種的：女人的系統不照視覺運作，因其不使用「非此即彼」（either/or）的模式。她的性慾質素有包容性：畢竟她不必在陰蒂或陰道高潮中擇一，可以兩者

兼有，和弗洛伊德的假設不同。和西蘇一樣，伊希嘉荷認為女人
位在「佔有」(property) 領域之外：

> 佔有與所有物無疑地對女性都是陌生的。至少性方面是
> 這樣的。然而，**鄰近性**（*nearness*）對女人卻不陌生，
> 這是種幾近與他人認同的鄰近性，因此不可能以任何形
> 式佔有。女人喜歡靠別人很近，近到她無法佔有，更甚
> 於喜歡佔有她自己。（MC, 104-5，《此性非一》，30）

伊希嘉荷對陰性特質的分析與她對一種女人專有的語言的概
念緊緊相關，她稱這種女人專有的語言為「女人間的話語」('le
parler femme'，或'womanspeak')。「女人間的話語」在女人
一起說話時浮現，但在男人在場時就消失。因此，伊希嘉荷視純
女人團體為邁向解放的必要步驟，雖然她警告這些團體不要簡單
直接反轉現存秩序：「如果她們的目標只是反轉現存秩序──即使
這是可能的──歷史也會自己重蹈、返回陽性統治，到時女人的
性、她們的想像，或她們的語言都不再會存在」（MC, 106，
《此性非一》，32）。另外，**關於**「女人間的話語」的第一件事就
是「女人間的話語」是無法被形容言說的：「我就是無法向您敘
述『女人間的話語』：它只能自己說，不能以後設方式被說」
（《此性非一》，141），伊希嘉荷一次在一研討會中如此說。然而
她卻提出了一個關於女人的**風格**之定義，就其近似液體之流動性
和觸覺而言，

> 這種「風格」不尊崇凝視，而是把所有的形體帶回它們
> 的**觸覺**起源。在那裡，她重新碰觸自己卻不曾形成自

我，或形成另一種整體。**並存性**（simultaneity）是她「專屬的特性」。這個專屬性格永不固定已身，變成一個可能的自我或其他形式。總是**流動的**，不遺忘那十分難以被意念化的液體特質：這個在兩個無限靠近的勢力間的摩擦，創造了它們的力湯。她的「風格」拒斥並爆破所有根深蒂固的既定形式，物體，思想，觀念。（《此性非一》，76）

〈此性非一〉文中最有名，也是最聲名狼籍的段落就是當伊希嘉荷回到女人和其語言的問題，以顯示女人如何**逃脫**父權邏輯之處。這裡產生的問題是，伊希嘉荷提供的答案是否適得其反，使得「女人」一樣還是父權邏輯的**產物**：

「她」永遠是她自身的它者。無疑地這就是爲什麼她被說成是情緒化、難以理解、很煩、善變的——更別說在她的語言中，「她」的意思往各個方向去，但「他」卻無法察覺任何意義的一致性。矛盾的話語對理性邏輯來說似乎有點瘋狂，對已經有預設立場的他，當然是聽不到的。在她的陳述中——至少她還有勇氣發言——女人不斷重新碰觸自己。她只是不太將自己和一些絮聒、讚嘆、只說一半的秘密，以及講到一半的語句分開——當她返回那裡，只是又重新從另一個愉悦或痛苦的地方出發。

我們必須用不同的方式來聆聽她，才能聽到一個「**其他的意義**」，這個意義總是不斷編織自己，同時也不停下來擁抱話語，並將話語拋開，以避免被固定住、不再能

145

移動。因為，當「她」說某樣東西時，那已經與她的本意不一樣了。再者，她的陳述也從未類似任何事物。其特色就是鄰近性。互相碰觸。當它們離這鄰近性過遠時，她停下來，再從「零」重新出發：她的身體──性器官。

因此要女人把她的意思說確實，要她們重複（自己），讓意義更清楚，都是沒用的。每當你意外地認為自己抓住她的意思時，它們早就不知道在論述機制哪裡去了。它們經驗的領域和你的並不同，你可能誤以為與它們分享同領域。所謂「它們自身中」的意思就是**在沉默、多重、散漫，觸摸的私領域中**。如果你堅持問她們在想什麼，她們只會回答：沒什麼。什麼都想。（MC, 103，《此性非一》，28-9）

索珊娜・費爾曼對伊希嘉荷立場的質疑又再次浮上心頭。到底這是誰在說話？誰是這個與陽性（？）的「你」對話的發言主體，將「女人」化約成她的論述中那無名的物體？（「它們經驗的領域和你的並不同」。）這個發言主體是個女人嗎？如果是的話，她又怎麼能說出除了「矛盾的話語對理性邏輯來說似乎有點瘋狂」以外的東西呢？至少，對孟妮克・普拉莎（Monique Plaza）而言，答案是很清楚的：伊希嘉荷是隻批著羊皮的父權之狼：

伊希嘉荷追隨她的建構，快樂地從她的「形態學」中指定女人的社會和知識存在方式……她的方法仍是非常自然主義式的，且完全處於父權意識形態影響之下。畢竟我們無法不受意識形態中介來描述形態，仿佛這些現象

是直接被察覺的。伊希嘉荷的建構有種實證主義，說得
上是種聲名狼籍的經驗論……。每一種被意識形態歸咎
是女人存在的模式，都變成永恆的陰性特質的一部份，
雖然伊希嘉荷有一陣子似乎認為陰性特質是父權壓迫的
結果，但現在陰性特質卻變成女人的本質，女人的存
在。什麼算「是」女人最後都還是取決於她總是自我碰
觸的生理性。可憐的女人。（普拉莎，31-2）

觀念論和反歷史主義

孟妮克‧普拉莎在為西蒙‧波娃創辦的《女性主義議題》執
筆時，從物質的角度批判伊希嘉荷。閱讀《窺視鏡》時，很容易
讓人相信權力只是一種哲學上的問題。但，如莎所論，對女人的
壓迫絕對不只是單單透過意識形態或論述而已：

「女人」的觀念是包含在生存的物質性中的：女人被**關
閉**在家庭範圍中，**免費**無酬工作。父權的秩序不僅是在
意識形態層次上，也不只簡單地在「價值」的領域中；
父權形成一種特殊的物質壓迫。要顯示其存在、並暴露
其運作過程，我們有必要縮小「女人」這個觀念的內
容，也就是說，不讓性的區別變成廣大世界裡眾多壓迫
目的的藉口。（普拉莎，26）

在伊希嘉荷的《窺視鏡》中，家庭經濟的重要性並不如觀想與視
像系統般重要：女人受壓迫的物質條件赫然在伊希嘉荷的作品中

缺席。但一個女性主義若欠缺一關於物質層面的分析，其對權力的看法就很難超出男性權力壓倒無助女性的範疇，這個問題是暗藏在伊希嘉荷理論之下的。她位置的矛盾就在於，當她一面維護女人是多樣、去中心、且無法定義的，她對父權的簡單看法使得她一樣把「女人」看成一個簡單不變的群體，總是在對抗同一種巨大單一的父權壓迫。對伊希嘉荷而言，父權制度似乎是種單面、沒有內在矛盾的勢力，阻止女人表現她們眞正的本質。此外，伊希嘉荷把權力看成只是一種男性的迷戀，也使得她無法將她認爲女人是多元的理論帶入實踐層次。對她來說，女人是**反對**權力的：「我個人拒絕把婦女解放運動當成一個團體，並在其中保持沉默。特別因爲這就有如掉入企求權力的陷阱中般」（《此性非一》，161）。然而，對於權力，女人並不一定完全是受害者。女性主義不是簡單拒絕權力就好了，反而是要改變既存的權力結構——並在這個過程中，改變權力這個觀念本身的定義。「反對」權力並不等於擺出一九六八年後的自由派時髦姿態說要廢除權力，而應該是要談權力移轉的問題。

　　《窺視鏡》因欠缺對權力的物質分析而顯得欠缺歷史眼光。這並不是說這本書中沒有歷史——相反地，它顯示了從柏拉圖到弗洛伊德間的某些父權論述一直是十分一致的。再者，這等於說在西方世界中，某些對女人的壓迫也是數千年不變的，伊希嘉荷的確盡職地暴露出一些反覆出現的父權策略。然而，《窺視鏡》之所以欠缺歷史性就在於其認爲父權邏輯全部就是這樣了。伊希嘉荷顯然沒有去研究歷史上父權以各種不同方式壓迫女人的層面。因此《窺視鏡》無法回答關於歷史**特殊性**的問題：比如，是什麼原因使得後弗洛伊德時代的女人與柏拉圖的母親和姐妹擁有不同的生活方式？如果說宰制論述幾乎很少改變，那爲什麼今日

我們不是仍舊侷限在閨房中？

伊希嘉荷不考慮父權權力的歷史和經濟特殊面，以及父權在意識形態和物質上的矛盾，使得她自己對女人一樣提出了她宣稱必須避免的形上定義。她分析「女人」所佔據的唯心主義類別，就和那些她唾棄的男性哲學家沒兩樣。因此她對父權思想的絕佳批判被她想爲陰性特質**命名**的企圖所削弱。假使，如我先前所提出的，任何企圖定義「女人」的努力註定都會落入本質主義，看起來女性主義理論或許能取得更佳的進展，如果她暫時拋開陰性特質和女性特徵的地雷區，由另一個角度探討壓迫和解放的問題。而這正是朱莉亞‧克莉斯蒂娃所試圖做的。但矛盾的也是，這也導致克莉斯蒂娃，相對於西蘇和伊希嘉荷，嚴格上來說，並不能被稱爲一個純粹的**女性主義**理論家。

148

註釋

1. 見 Lemoine-Luccioni 在《精神》(*Esprit*) 的書評。

2. 此後《另一個女人的窺視鏡》將以《窺視鏡》簡稱。(《窺視鏡》, 130) 代表《另一個女人的窺視鏡》第 130 頁；(《此性》, 76) 代表《此性非一》第 76 頁。《此性非一》中的兩篇文章之英譯收錄在 Marks 與 Courtivron 合編文集。從此處而來的引言將會被標示爲「MC」，之後才是法文原版的頁數，比如 (MC100, 《此性》, 24)。所有的翻譯除標有「MC」出處之外的都是我的翻譯。

3. 對伊希嘉荷其他簡介，或討論她提出的部份問題，見 Burke，〈導讀伊希嘉荷〉('Introduction to Luce Irigaray')，〈當我們的雙唇一起說話〉('When our lips speak together') 和〈魔鏡下的伊希嘉荷〉('Irigaray through the looking glass')；還有 Wenzel，〈導讀伊希嘉荷的《兩個銅板才會響》〉('Introduction to Luce Irigaray's "And the one doesn't stir without the other"') 以及 Brown and Adams，〈陰性身體與女性主義政治〉('The feminine body and the feminist politics')。

4. 見 Gallop 對這個標題的討論，在其題爲〈父親的引誘〉（'The father's seduction'）之章節（Gallop ，56-79）。

5. 伊希嘉荷的引文出處通常很難辨識。在《窺視鏡》的後記，她陳述她通常喜歡完全不標示引言出處。伊希嘉荷辯稱，既然女人是被理論排除的，她不必照此理論規定的方式來使用它。

6. 關於進一步討論弗洛伊德理論裡視覺證據的重要性，見 Heath 。

7. 關於一個由弗洛伊德迄今的女性性意識理論概論，見 Jannine Chasseguet-Smirgel 在其所編文選中的導論，或（法文的）伊希嘉荷在《此性非一》中十分清晰，題爲〈重新檢視精神分析理論〉（"Retour sur la théorie psychanalytique"）的章節，35-65 頁。關於女性主義可能如何挪用這些理論的討論，見 Mitchell ，《精神分析與女性主義與女人：最長的革命》（*Psychoanalysis and Feminism and Women: The Longest Revolution*），Mitchell 與 Rose 在其合編文選中的導讀，和(也是法文的) Kofman 對弗洛伊德精彩的重新閱讀，她的閱讀在很多方面可謂是對伊希嘉荷的批判性回應。 Lemoine-Luccioni 的《女人的天賦》（*Partage des femmes*），和 Montrelay 都將討論帶到較屬於拉康理論的領域。

8. 粗略說來，弗洛伊德將觀視行爲與肛門活動做連結，他認爲兩者都表達想控制或以權力凌駕個人的（情慾）對象的慾望，此慾望是日後（性器期和伊底帕斯期）對陽具（陽性）權力的幻想的基礎。因此凝視是倫窺者的虐待慾之表現，在其中被凝視客體成爲被動、被虐、陰性的受害者。

9. 見 Moi 對弗洛伊德治療朵拉時的焦慮之進一步分析。

10. 由 Claudia Reeder 譯，收錄於 Marks 與 Couvtivron 合編文選，99-106 頁。

11. Rachel Bowlby 也批評伊希嘉荷（以及 Montrelay 與 Cixous），因她「欠缺一致的社會理論」（Bowlby ，67）。

第八章
邊緣與顛覆
朱莉亞・克莉斯蒂娃（Julia Kristeva）

異鄉人

　　一九七〇年，羅蘭・巴特在爲克莉斯蒂娃早期作品做書評 149
時，他選擇將題目定爲 L'étrangère，大致上可翻譯成「陌生人，
或外國女人」。如此顯然直指克莉斯蒂娃的保加利亞籍（她於一
九六六年初抵巴黎），巴特以此標題捕捉他在克莉斯蒂娃作品中
看到的動搖不定的（unsettling）面向。「朱莉亞・克莉斯蒂娃改
變了事物的地位」巴特寫道，「她總是摧毀最新的成見，那些令
我們感到安慰、令我們驕傲的念頭……她顛覆了權威，單一邏輯
的科學權威」（19）。[1] 巴特的意思是，克莉斯蒂娃的異種（alien）
論述破壞了我們最珍惜的信念，因其將自己置於我們的空間之
外，沿著我們論述的邊界，有意識地將自己安插進來。無怪乎克
莉斯蒂娃在《符號學》（Séméiotiké）開頭第一句，就叛逆地採取
了一個擾人的位置：「要研究語言，研究一個社會溝通與理解工
具的物質面（materiality），不就是宣稱自己是語言的陌生人？」 150
[2] 無怪乎我自己，在這個陌生的國家和陌生的語言裡，我在克莉
斯蒂娃這另一個異鄉人的作品中，找到我自己思索女性主義時最

富挑戰性的起點。

在本書導論中，我已利用克莉斯蒂娃的觀念來批判英美女性
主義理論中的幾個潮流，在此我想再重複先前的策略運用，再從
克莉斯蒂娃的符號學角度來檢視英美女性主義語言學。這麼做使
我可用大家比較熟悉的理論來解釋異鄉人這個觀念，但卻也可能
爲了令讀者熟稔而馴化了異鄉、域外的（alien）的觀念。因此，
很重要的是，必須了解克莉斯蒂娃的理論和我選擇稱爲英美女性
主義語言學的領域（儘管後者深受澳洲理論的影響）只有部份、
片段類似之處。應該清楚說明的是，就我所知克莉斯蒂娃本人從
未就這個領域發表任何評論文字。因此，接下來的部份，只是我
自己試圖由一個「克莉斯蒂娃式」角度出發，來檢視女性主義語
言學提出的幾個議題。[3]

克莉斯蒂娃和英美女性主義語言學

根據雀瑞思・克拉瑪（Cheris Kramer）、貝瑞・宋恩（Barrie
Thorn）與南西・韓麗（Nancy Henley），英美女性主義語言學主
要的關心點在於：

> （1）兩性使用語言、説話和非口語溝通方式時的差異與
> 相似處；（2）語言裡的性別歧視，特別是在語言的結構
> 和内容中；（3）語言結構與使用語言的關係（這兩個議
> 題通常被分開處理）；（4）改變的努力與方向。（630）

這個列表令人憂心之處，在於其未對何謂「語言」有所探討：似

乎這個領域或這個研究對象（「語言」）對這些研究者來說毫無問
題。另一方面，克莉斯蒂娃則花許多時間討論「語言」的問題。
打從頭，她即敏銳地意識到對語言學家而言，「語言」的定義乃
隨他們選擇如何看待他們的研究客體而定。在一篇題為〈語言學
的倫理〉（'The ethics of linguistics'）的文章中，她挑戰現代語
言學，質問他們「語言」觀背後的倫理與政治意涵為何。她譴責
「一位有名望的現代語言學家」是雙面人，指出「在他的語言學
理論中，他為發言主體提供一個具邏輯性與規範性的基礎，但在
政治上，他卻號稱是個無政府主義者」（23）。對她而言，當代語
言學仍

> 沐浴在其發軔時盛行的**系統學**之光輝中。它企圖探討哪
> 些規則規範了我們基本社會生活的一致性：語言，既不
> 是一個符號系統，也不是轉換邏輯順序的策略。（24）

克莉斯蒂娃視現代語言學的意識形態和哲學基礎基本上是獨
裁且具壓迫性的：

> 語言學維護壓抑並合理化最深層的社會契約（論述），
> 它將斯多葛派 Stoic）禁慾傳統（發揚到極致。語言學
> 隱含的認識論與其隨後在認知方面的演進（比如說，結
> 構主義），即使能避免非理性的毀滅與社會學式思考的
> 教條主義，在面對當代主體與社會的變異時，似乎十分
> 無助、且不合時宜。（24）

克莉斯蒂娃論說，走出這個困境的方法在於離開索緒爾的**語言**系

151

統（*langue*），朝向重新建立以**發言主體**（*speaking subject*）爲語
言學的研究對象。如此會使語言學不再執迷於視語言爲單一、同
質性的結構，而是一個異質性的過程。然而，這只在我們不再將
「發言主體」界定爲任何種類的超驗或笛卡兒式自我時才有可
能。取而代之的是，我們應將發言主體建構在馬克思、弗洛伊德
和尼采後的思想脈絡下。沒有這些思想家提出一個分裂、去中
心、多重決定與充滿差異性的主體觀，克莉斯蒂娃的符號學簡直
難以想像。[4]對克莉斯蒂娃來說，發言主體是一個「位置，不僅
在結構和其重複轉變中，也特別在結構的喪失、消耗中」（24）。
因此語言對她而言，是個複雜的指意**過程**（signifying *process*），
而非單一**系統**。她寫道，如果語言學家讀詩的話，他們就會改變
他們的語言觀，開始「懷疑指意過程並不受限於語言系統之規
則，除此之外還有言說、論述，且在它們之中，有一非語言的因
果關係：一種異質的、毀滅性的因果關係」（27）。

語言運用時的性差異

回到前述英美女性主義語言學的目標之一，我們現在可以開
始集中討論「兩性使用語言、說話和非口語溝通方式時的差異與
相似處」。我們不需借助很多理論也能看出這種研究很快就會走
進死角。比如，克拉瑪、宋恩和韓麗不快地說，「值得注意的
是，很少預期中的性差異已被實際語言的實證研究穩固證實」
（640）。她們說，做這種研究又有進一步的困難，因爲「同樣的
話，由女性和男性來說，會被以不同方式認知，（比如男生的
『憤怒』相對於女生的『恐懼』），也會被以不同方式評價」（640-
1）。宋恩與韓麗在另一個脈絡下更強烈地說明此點，她們寫道：

「一大堆關於對話時誰打斷誰的研究，顯示權力與地位的差異比單單性別一點更顯著」（641）。除了這些困難之外，假使我們再加入海倫·畢翠伊（Helen Petrie）的觀察，在她的研究中，話題（*topic*）遠比性更容易造成言說時的差異，[5] 如此看來，我們確有立場來質疑這些研究計劃下對差異的基本假設為何。

探討語言中的性差異似乎不只在理論上不可能，在政治上也是種錯誤。理論上，差異的觀念是很微妙的，因為它代表一種不在場狀態，或一個縫隙，而不是任何在場的指意元素。差異，如德希達所說，不是一種**觀念**。[6] 我們或許可說，差異總是將我們帶到**其他的地方**（*elsewhere*），把我們捲入意義置換及延宕的豐富網路中。將差異視為二元對立中兩造之間的隔閡（比如說在陽性特質與陰性特質之間），等於是任意封閉意義的差異場域。

這正是許多關於語言中的性差異之研究所做的，理論上也料想得到結果如何：陽性特質和陰性特質都被斷論為穩定不變的本質、有固定意義的兩極存在，其間有難以捉摸的差異。這不等於說這些研究者相信**生物性**本質；相反地，他們通常運用人類學理論，視女人為一「被噤聲的群體」，[7] 意思是在一社會權力關係中，從屬階級不同的社會經驗形成他們與語言間的不同關係。然而，這理論本質上仍有壓迫性：一旦「女人」被視為永遠的從屬階級而「男人」總是擁有無限的權力，這些族群的語言結構就被理解為僵硬不變的。因此這個領域的研究者發現，他們必須不斷地找尋阻礙女人發展語言的方式。他們最後總是垂頭喪氣地承認**欠缺**證據確認他們的假設，這種誠實或許是他們的科學方法之最佳證明。就政治上而言，這些對男性或女性本質毫無反省的投射，對女性主義者來說總是危險的：任何能被發現的性差異，都有可能（且一定會）用來反對我們，大多數時候，都是用來證明

153

某些不愉快的事對女人來說都是「自然的」，對男人來說都是陌生的。這種二元對立模式的差異觀，把差異封閉並囚禁在陽性特質與陰性特質兩個極點間，令我們看不見那些拒絕被納入僵硬結構中的成份。

　　克莉斯蒂娃視語言爲發言主體間的異質指意過程提供了另一種思考模式：研究特定情境中的特定語言策略。但這種研究勢必無法普及化我們的發現。事實上，如此會使我們朝向將語言當作特定**論述**（*discourse*）研究，而非普遍的**語言系統**（*langue*）。假使我們追隨克莉斯蒂娃的例子，並轉向蘇俄語言學家瓦洛辛諾夫（V. N. Vološinov）與其出版於一九二九年的著作《馬克思主義與語言哲學》（*Marxism and the Philosophy of Language*），我們可以看到如此研究帶來的影響。爲了專心研究論述，語言學家必須超越迄今仍被視爲神聖的語句層次。五十多年前，瓦洛辛諾夫對結構主義者或系統導向的語言學發出攻擊，他稱其爲「抽象客觀主義」：

> 語言學只思考組成個別發話（utterance）的基本單位。一個複合句（完整句）的結構──就是語言學的最大限度。語言學將整體表達結構留給其它學科──修辭或詩學。語言學欠缺研究組成整體形式的方法。因此，在單一表達的基本語言形式與整體表達的形式間並無直接的承續關係，的確，一點關係都沒有！只有跳出句法學，我們才能看到整體組成的問題。（78-9）

換句話說，瓦洛辛諾夫與克莉斯蒂娃都試圖消解──解構──在語言學、修辭學與詩學間的舊式學科分野，以建立一個新領域：

符號學（*semiotics*）或**文本理論**（*textual theory*）。

假使，如瓦洛辛諾夫所建議，所有的意義都視其語境而定，研究每個表達的語境就非常重要。然而，這並不代表「語境」（context）可以被理解為一個單一現象，可被獨立出來、且是決定語義的唯一因素。在他的題為《馬刺》（*Eperons*，英譯為 *Spurs*）的書中，賈克・德希達顯示了一個文本可以有任意數個語境。將一個文本鑲嵌（inscribe）進某個語境中並不等於一下子全部封閉或固定住文本的意義：總有可能將文本重新鑲嵌進其他語境，[9] 原則上這種可能性是無限的，且是任何語言**結構**必然的一部份。就語言內的性差異研究而言，分析文學中任何獨立的片段（句子），如維吉妮亞・吳爾芙常被引用的「女人的句子」（woman's sentence）理論，並無法保證能得到任何特定結論，一樣的語句結構也可以在男作家的作品中找到（比如普魯斯特，或其他現代主義作家）。唯一能從文學文本中得到有趣結果之方式是，把整體表達（整個文本）當成研究對象，意即研究其提出的意識形態、政治與精神分析觀，其與社會、心理──不只如此──及其他文本間之關係。事實上，克莉斯蒂娃組合**互文性**（*intertextuality*）這個觀念來說明一個或多個符號系統如何在彼此間互相轉換。李昂・魯迪茲（Léon Roudiez）寫道：「任何指意實踐都是一種場域（意即各力量互相穿越的空間），在其中各種指意系統都經過轉換變位」（15）。當克莉斯蒂娃強調「建立**詩語言**為語言學注意力之對象」時（〈語言學之倫理〉，25），這就是她心中想法之一，她繼續說明：

> 定義語言和社交（sociability）之疆界，能帶來劇變、
> 毀滅與變革。將我們的論述置於這些疆界的邊緣，或許

155

能使我們影響當代的倫理。簡單地說，語言學能發現多
少倫理，可視它先前將多少詩納入考量來衡量。（25）

語言中的性別歧視

現在讓我們轉向探討英美女性主義語言學中第二大項，也就
是研究語言中的性別歧視現象。很明顯的是，我們會遇到許多假
設是與前面研究性差異時一樣的。雪麗思‧庫拉瑪萊（Cheris
Kramarae）定義語言中的性別歧視為（此處「語言」似乎是指英
語）如「英語辭彙是以榮耀男性，忽略、貶損、瑣碎化女性組織
結構而成」（42）。在《男人創造語言》（Man Made Language）中
黛爾‧史班德（Dale Spender）辯稱：

> 英語確是由男人所創造的……且大部份仍在男性掌控中
> ……。如此壟斷語言是男性確保他們優勢的方法之一，
> 並以此確保女性是隱形的、或她們的「其它」本質，只
> 要女人繼續使用這個繼承而來的語言，不改變它，這個
> 優勢就會繼續維持下去。（12）

156

這個研究計劃顯然喜歡將語言視為系統或結構，但也因此容易掉
入克莉斯蒂娃所譴責的威權式語言學中。這不「只」是理論上的
問題而已：即使我們承認這個尋找語言裡的性別歧視現象是個可
行的計劃（畢竟，如我們將所見，連克莉斯蒂娃都承認，語言**也
是**某種結構），我們立刻會遭遇到一些問題。假使我們同意瓦洛
辛諾夫與克莉斯蒂娃所說，**所有的**意義都與其語境有關，結果就

是，所有單字或基本句法結構都不會有意義，除非我們爲它們提供一個語境。如此怎麼能定義單字或句法本身有性別歧視還是沒有性別歧視呢？（**字典**當然也是一個含特定明顯意識形態的語境。）倘若如此，如宋恩與韓麗所論，一樣的話由男人和女人說出，會被以非常不同的方式理解，可見一個字或詞本身當然是沒有任何永恆不變的內在特質是帶性別歧視意涵的。此種粗糙的陰謀論，視語言是「男人創造的」，或是一種男性欺壓女性的計謀，等於是斷論語言有個起源（男人的計謀），相當於一種非語言式的超驗意符，這種說法是不可能找到任何理論證據支持的。因此，我將試圖用另一個方式來解釋語言中證據確鑿的性別歧視現象。

性別歧視的問題基本上是兩性間權力關係的問題。在父權制度下，這個權力鬥爭關係當然是所有表達語境的一部份。然而，這並不代表在所有的個案中，陰性的表達者都居於劣勢。如米雪兒・貝雷寫道：「一個老將女人看成父權下無辜、被動的受害者之性別意識形態分析，顯然是不足的」（《今日對女人的壓迫》，110）。如果我們學瓦洛辛諾夫分析階級鬥爭與語言之間的關係，我們將可以看見女性主義如何能夠挪用他的分析。「階級」，瓦洛辛諾夫寫道，

並不與使用符號的社群重疊，所謂社群，是指用同一套符號做意識形態溝通的使用者整體。因此不同的階級會用同一個相同的語言。結果是，各種導向不同的腔調在每一個意識形態符號中交錯。符號變成階級鬥爭的場域。（23）

157

這點對女性主義欲建立一個非本質主義式的語言分析非常重要。它指出一件事，就是雖然我們都使用同一個語言，但我們有不同的取向（interests）——此處取向必須被視為交錯於符號中、攸關政治和權力的取向。符號的**意義**因而被打開——符號變成「多義的」（polysemic）而非「單義的」（univocal）——雖然權力統治階級確實可在任何時候宰制互文（intertextual）的意義生產，但這不等於說對立的一邊就被化約成絕對的沉默。權力鬥爭在符號內**交戰**。

克莉斯蒂娃視符號的**生產力**（productivity）本身就是種女性主義論述，如此嚴格說來，黛爾·史班德的模式簡直是不可能的。如果語言本身具生產力（相對於只是**反應**社會關係），就解釋了為何我們能從語言中取得力量。用實用的角度來說，這表示我們可以全心全意接受所有顯示英語（或所有其他語言）內性別歧視現象的實證研究。只是說，這些結果不一定與語言內部結構有關，更別提會有任何故意的陰謀。這些語言現象是兩性間權力關係產生的效果（effect）。現實生活中，女性主義者已經有辦法反擊，很多人已覺得用「他」或「人」（man）來作泛稱有些不妥，一些字如「主席」（chairman）或「發言人」（spokesman）也已遭到質疑，另一些字如「女巫」（witch）與「悍婦」（shrew）則得到平反，這都證明了我們的論點：英語中並沒有具性別歧視的內在本質，已有證據顯示，語義本身是可以經由鬥爭而被挪用做女性主義用途。假使我們已經贏過父權制度和性別歧視，符號仍繼續會是性別與其他鬥爭的場域，只是這時，權力的平衡已被改變，因此我們表達的語境也與先前非常不同。語言中性別歧視現象研究顯露的是兩性間過去與現在的社會權力關係之結算。

關於語言中性別歧視研究的一個特定論點就是**命名**（naming）

的問題。女性主義者已持續論說「有權為世界命名的人，就有權改變現實」（Kramarae, 165）。女性向來被認為缺乏這種權力，因此，許多女人沒有名字。雪麗思·庫拉瑪萊仔細地討論其中一個個案：

> 參加討論的女人們分享著一些沒有標籤難以名狀的共同經驗，並為這些沒有標籤的事物、關係與經驗列出一張清單。比方說，有個女人提到她需要為她生活中一件常發生的事取個名字。她和她的先生都是全職在外上班，下班後兩人通常同時到家。她很希望他能分擔準備晚餐的責任，但最後總是她一個人在做所有的工作。有時候他會說，「我很願意做晚餐。可是妳做得比我好多了。」剛開始她很高興聽到這種讚美，但當她發現每次都是她在廚房工作時，她理解到那只是他的一種口頭策略罷了。對於這種策略她感到無言以對，因此很難說出問題所在，以喚起他的意識。她告訴研討會裡的人，「我必須告訴你們整個故事，才能向你們解釋他如何利用諂媚將我固定在女性的位置上」。她說她需要一個字來定義這種策略，或是描述使用這種策略的人，一個可以同時讓女人和男人都了解的字。然後，等他再企圖使用這個策略時，她就可以向他解釋她的感覺，告訴他，「你是⋯⋯」或「你現在對我做的叫做⋯⋯」。（7-8）

對我來說，這個女人似乎能完美地傳達發生在她婚姻中的事，即使沒有一個「標籤」，且這個對「標籤」的慾望，乃基於一種想將意義固定下來的期望，並利用此封閉意義作為一種侵略

工具：拿來做一種不一定有答案的威權式表白。當然，向壓迫者
回擊絕對是正確無誤的，但我們或許會想問，使用別人的武器，
到底我們能走多遠。能為事物下定義當然是有建設性的。但是
──而這正是此類論點所忽略的──標籤也可能有限制性。如我
們所見，許多法國女性主義者拒絕標籤和名字，特別是「某某主
義」（isms）──即使是「女性主義」（feminism）與「性別歧視
主義」（sexism）──因為她們認為貼標籤行為顯示陽具邏輯中心
式趨力企圖穩定、組織和理性化我們對世界的概念。她們辯稱陽
性理性行為總是獨尊理性、秩序、統一整體和清晰度，且是靠壓
抑與排除代表陰性特質的非理性、混亂與破碎所致。我個人的看
法是，這些概念名詞雖然在政治上有立即的重要性，但終究是十
分形上的：因此有必要同時解構傳統認定為「陽性」與「陰性」
的價值，且檢討這些類別區分的政治力量與現實。我們的目標是
到達一個不再將邏輯、概念化過程與理性行為劃成屬於「陽性」
範疇的社會，而不是一個把這些好事全當成「非陰性」而排除的
社會。

　　因此，命名不但是種權力行為，也實踐了尼采所謂的「求知
的意志」（will-to-knowledge）；它也透露出一種想根據清楚定義
的分類方式來規範、組織現實的慾望。如果有時對女性主義者來
說，這是有效的反制策略，我們也必須提防沉溺於各種名詞中。
相對於聖奧古斯丁（St. Augustine）的信仰，語言並非由一系列
名字和名詞所構成，我們學會說話的方式也和他提出的方法不
同：「當他們（我的長輩）稱呼一件物品，並向這個物品靠近
時，我看見他們這麼做，並理解到這件物品的名字就是如他們指
著它時發出的聲音」。[10] 但如維根斯坦尖銳地反駁：「就算是一
個十分顯明的定義也可以多種詮釋」（§28）。想固定意義的企

圖，總是註定會在某處失敗，因意義的本質就是其總是已經位於它處。如布萊希特在《人之為人》（*Mann ist Mann*）中所說，「當你稱自己為自己的時候，你也總是在稱呼另一人」。這並不是說，我們可以或應當避免命名──只是指出事情往往比看起來複雜，我們應提防落入盲目戀字（fetishization）的危險。即使是「性別歧視」這個非常有用的字也顯出被兩性間的鬥爭動搖的現象，就像瓦洛辛諾夫預言的一樣：現在有些男人聽到這個字也會點頭贊成，也同意大家都討厭也輕視性別歧視，不過他們這麼做只是想在後來說「我不是性別歧視者，我有理性」。性別歧視變成好像只是其他比較不開化的男人才會做的。換句話說，標籤並無法保護焦慮的女性主義者；如史碧娃克曾質疑過的，在聖薩爾瓦多叢林裡草莽陽剛的游擊隊戰士，與懂得使用政治正確的語言說「他或她」的標準石油公司副總裁間，我們怎麼知道誰比較不沙豬？

160

語言、陰性特質和革命

語言的學習

我們已經看到克莉斯蒂娃強調邊緣和異質性的符號學如何顛覆了傳統語言學的中心架構。為了說明克莉斯蒂娃視語言同時有結構但也包含異質性，且為何此觀點必須強調語言是種論述，乃由某發言主體所發出，我們有必要研究她對語言學習的理論，如她闡述於她那一九七四年在巴黎出版的重量級博士論文《詩語言之革命》（*La Révolution du langage poétique*）。菲利浦‧路易斯（Philip E. Lewis）曾指出，克莉斯蒂娃在一九七四年前的所有作

品，都企圖定義或理解她所謂的能指過程（*procès de signifiance*，或 signifying process）（Lewis, 30）。爲解出這個問題，她將拉康對想像層（Imaginary）和象徵秩序（Symbolic Order）的區分置換爲符號層（the *semiotic*）與象徵層（the *symbolic*）。[11]這兩方的互動就構成了能指過程。

符號層與前伊底帕斯的初始過程（primary processes）有關，克莉斯蒂娃視此時的基本律動主要是在肛門與口腔；它們同時是二元的〔生相對於死，排出（expulsion）相對於內攝（introjection）〕與異質的。律動的無盡流動聚集在**玄窩**（*chora*，由希臘文而來，指封閉的空間，子宮），柏拉圖在《迪美吾斯》（*Timaeus*）中將其定義爲「一看不見且無形的存在，其接納所有事物，神秘地帶有幾分可知性，但大部份是無法理解的」（Roudiez, 6）。克莉斯蒂娃挪用且重新定義柏拉圖的概念，並結論說**玄窩**並非一個符號，也不是一種位置，而是「一完全臨時性的顯現，它基本上是不斷變動的，形成行動以及短暫的歇止⋯⋯。它不是一種範式，也不是一種模仿，它先於譬喻的形成（figuration）也構成其基礎，它因此也先於觀想行爲，只能與聲音和動態的律動做類比」（《詩語言之革命》，24）。[12]

對克莉斯蒂娃來說，**能指**（*significance*）是個定位（positioning）的問題。如果要產生任何指意過程的話，符號層的連續體（the semiotic continuum）必須被分裂。符號層**玄窩**中的**斷層**（*coupure*）肇始一切〔*thetic* phase，由「母題」（thesis）而來〕，它使得主體能分辨原先玄窩中的各種異質元素的差異並因此引起能指過程。克莉斯蒂娃追隨拉康，認爲鏡像期是第一步，「各種客體開始形成，並從此刻起，脫離符號層的玄窩」（《詩語言之革命》，44），伊底帕斯期的閹割威脅爲完全達成分離或分

裂的時刻。一旦主體進入象徵秩序，玄窩將多少被成功地壓抑，且被理解爲向象徵語言施壓的脈動：是象徵語言中矛盾、無意義、破裂、沉默與缺席的部份。玄窩帶來律動性的脈衝，而非一種新語言。換句話說，它形成語言中異質、破裂的面向，那些永遠無法被封閉的傳統語言學解釋的部份。

克莉斯蒂娃敏銳地察覺到在試圖將無法被理論化的玄窩理論化時的矛盾，這個矛盾位於整個符號學理論中心。她寫道：

> 因其有後設語言的解釋能力，符號學能推動社會向心力。每個社會都提供自己一些令人安心的意象，當它試圖理解每件事，甚至到願意拓展自己的程度。符號學促進這些令人安心意象的形成。（'System', 53）

假設克莉斯蒂娃論稱應以符號學替代語言學，這是因爲她相信即使這個新科學已經陷進各種互相衝突的意識形態網路中，它依然能擾亂這些框架：

> **符號分析**（*Semanalysis*）持續帶來符號學上的發現……它爲要求系統化、溝通與交換的社會律法服務。但如果其要如此做，它必須遵守另一個更進一步、更現代的要求——才能夠沖淡「純科學」的魅影：符號學後設語言的主體必須質疑自己，不管有多短暫，必須從邏輯系統中一個超驗自我的保護罩中脫身而出，並恢復自己與否定性（negativity）的關係——讓趨力主導，但同時具社會性，政治性與歷史性——同時撕裂也維新社會規則。（'System', 54-5）

162

此處已可見克莉斯蒂娃語言學理論中的革命主題。然而，在我們討論這個問題前，我們應該再仔細研究她如何看待語言與陰性特質間之關係。

陰性特質作為一種邊緣性

　　克莉斯蒂娃斷然拒絕為「女人」下定義：「要相信一個人『是個女人』就像要相信一個人『是個男人』般荒謬且欠缺分析」，她在一九七四年接受「精神分析與政治」女性成員的訪談中如此陳述（'La femme', 20）。雖然政治上的現實（父權定義女人並因此壓抑她們的事實）仍使我們必須以女人為名來從事運動，很重要的一點是要認清，在這個抗爭中，女人並不存在：她仿彿只能以否定的方式存在，經由否定那些先驗的條件：「我因此了解『女人』就是」，她繼續說，「那些不能被再現的，不能被言說的，永遠位於命名與意識形態之外的」（'La femme', 21）。雖然這個說法令人回想起伊希嘉荷勾勒的女人形象，與伊希嘉荷不同的是，克莉斯蒂娃視她提出的定義完全是具相關性和策略性的。她企圖尋找「女人」位於邊緣特有的否定性與反對力量，來削弱先將女人定義為邊緣的陽具邏輯中心秩序。克莉斯蒂娃語言學理論中的顛覆倫理學也影響了她的女性主義。她對「身分認同」的深刻質疑〔當新的理論與科學已經挑戰了「身分認同」的觀念，「身分認同」，甚至「性身分認同」到底是指什麼？（Wonanis time, 34）〕[13] 讓她拒斥任何關於**陰性書寫**或**女性語言**這種假設任何陰性或女性本質的觀念，在一九七七年出版的訪談中如此表示（'A partir de', 496），「在女人過去或現在的出版品中，似乎沒有什麼可以讓我們確定有所謂的陰性書寫」。克莉斯

蒂娃承認，的確有可能找出女人書寫中各種重複出現的特殊風格與主題；但不可能說這些特點有「真實的陰性特性、社會文化邊緣性，或簡單地說，某種結構（比如歇斯底里）是現在的市場所偏好，並從整體陰性潛力中選擇出來的」（'A partir de', 496）。

就某方面而言，克莉斯蒂娃並沒有一個關於「陰性特質」（femininity）的理論，更遑論關於「女性特性」（femaleness）。她的理論是談邊緣、顛覆與異議。[14] 既然女人被父權定義為邊緣，她們的抗爭因此可與其他對抗中央集權結構的抗爭相提並論。因此克莉斯蒂娃用同樣的詞彙來描述異議知識分子、某種**前衛派**作家以及勞工階級，

> 一個解放運動只要尚未分析其與權力之關係，尚未放棄對其身分認同的信仰，它（包括女性主義）都有可能被那個權力收編，向一種世俗化或宗教性的神聖性屈服。答案？……誰知道？總之，它將穿越那些被論述和生產關係壓抑的部份。稱其為「女人」或「受社會壓迫階級」，都是同一場抗爭，絕非個別的單打獨鬥。（'La femme', 24）

此看法的優點是其毫不妥協的反本質主義；主要的弱點是它多少有點草率地同質化個別不同的抗爭，這個問題會在本章最後一部份進一步探討。

克莉斯蒂娃的反本質主義也被帶入她的性差異理論。到現在，我們已經看到她的主體構成和能指過程理論主要與前伊底帕斯期的階級有關，在那時，性差異還不存在（**玄窩**是前伊底帕斯期現象）。差異的問題只在進入象徵秩序時才變得有關係。克莉

164　斯蒂娃在《關於中國女人》（*Des Chinoises*，英譯為 *About Chinese Women*，與《詩語言之革命》同年在法國出版））中討論小女孩在這個時刻的處境。她指出，既然符號層的**玄窩**屬前伊底帕斯期，它是與母親相連的，而象徵層，如我們所知，為父的律法所統治。小女孩面臨此種處境，她必須做出一個選擇：「要不就是認同母親，或將自己提升到父親的象徵層。第一個選擇會加強前伊底帕斯期（口腔與肛門情慾）的經驗」（*Chinese*, 28）。如果小女孩選擇認同父親，「她進入由象徵層進行宰制的那種方式將監控前伊底帕斯期經驗，並泯滅對母親身體最後的依賴」（29）。

　　因此克莉斯蒂娃為女人勾勒出兩種不同的選擇：認同母親，此舉加強了女人心理前伊底帕斯期的成份，使得她位居象徵秩序邊緣；或者，認同父親，這會創造出一個由象徵秩序獲得身分認同的女人。由這些段落看來，克莉斯蒂娃並不將陰性特質定義為具前伊底帕斯與革命性本質。相反地，對克莉斯蒂娃來說，陰性特質是一系列選擇的結果，且小男孩也有這些選擇。這就是為什麼在《關於中國女人》起始，她不斷重複她的論點，認為「**女人本身**並不存在」（16）。

　　馬克思主義女性主義文學研究群（30）以及貝佛麗·布朗（Beverly Brown）與帕文·亞當斯（Parveen Adams）宣稱克莉斯蒂娃認為符號層與陰性特質有關，這基本上是一種誤讀。符號層的液態流動的確與前伊底帕斯期有關，因此也與前伊底帕斯母親有關，但克莉斯蒂娃清楚說明了她同意弗洛伊德與克萊恩，將前伊底帕斯母親視為一個同時具陽性特質與陰性特質的人物。這個幻想人物，對男嬰與女嬰一樣隱現，如布朗與亞當斯意識到的（40），不能被化約成「陰性特質」的範例，原因簡單地說，陰性

與陽性的對立在前伊底帕斯期並不存在。克莉斯蒂娃與每個人一樣都知道這一點。因此，強化沒有性差異的符號層，而非傳統「陰性特質」觀，必定會令傳統的性別區分勢微。這就是為什麼克莉斯蒂娃如此強力堅持必須拒絕任何基於絕對的身分認同之理論或政治。但是，陰性特質與符號層的確有一共通點：就是它們都有邊緣性。如陰性特質被父權定義為邊緣般，符號層也是語言的邊緣。這就是為什麼克莉斯蒂娃在她的作品中將這兩個類別，以及其他形式的「異議」理論化的方式大致相同。

165

我們因此很難說克莉斯蒂娃的陰性特質觀是種本質主義或甚至是生物決定論。[15] 的確，她與弗洛伊德都相信身體是構成主體的物質基礎。但這完全不應導致簡單地將慾望（desire）等同於生理需求（needs），如尚·拉普蘭許（Jean Laplanche）所論。拉普蘭許認為，「口腔」與「肛門」趨力（drive）之所以被稱為「口腔」與「肛門」，正是因為它們是在滿足純粹的口腔或肛門生理需求時產生的週邊效益〔如附加物（anaclitic）〕，所以它們完全不能被化約為或等同於生理需求。

如果「陰性特質」在克莉斯蒂娃的用語中有任何定義，如我們所見，其只代表「被父權象徵秩序邊緣化的事物」。這種視關係而定的「定義」，就與父權本身的多樣化一樣善變，克莉斯蒂娃因此也能辯稱象徵秩序一樣可以將男人建構成邊緣，如她對男性前衛藝術家〔喬依斯、塞萊恩（Céline）、阿陶、馬拉美、勞特阿蒙〕的分析顯示。比如說，在《詩語言之革命中》，她宣稱在眾作家中，阿陶十分強調藝術家的性認同是流動的，在他的陳述中，「作者」可以同時是他的「父親」、「母親」、和「他自己」（606）。

克莉斯蒂娃強調陰性特質是種父權建構，使得女性主義者可

以抵擋陽具邏輯中心主義捍衛者的各式生物論攻擊。正因為父權設定所有的女人必定是陰性、而男人必定是陽性，它才得以將所有的**女人**（而非陰性特質）定義在象徵秩序和社會的邊緣。如果，如西蘇與伊希嘉荷所說，陰性特質的定義是欠缺、否定性、意義的不在場、非理性、混亂、黑暗——簡單地說，不存在（non-Being）——克莉斯蒂娃強調邊緣性可以令我們將對陰性特質的壓迫看成是**定位性**（*positionality*）的問題，而非是其本質使然：父權視女人佔據象徵秩序內的邊緣位置，因此以她們作為這個秩序的界限或邊界。由陽具邏輯中心主義觀點來看，女人代表男人與混沌間的界限；但因她們的邊緣性，她們似乎總是退回或融入混沌的區域。換句話說，把女人視為象徵秩序的邊界，她們就好像擁有**所有**邊疆地區那些惱人的特質：她們不全位於境內，也不完全處於境外，不完全屬於已知，也不完全是未知。正是這個位置使得男性文化有時詆毀女人為黑暗與混亂的代表，如莉莉斯（Lilith）與巴比倫的妓女一般，有時又提升她們為高貴純潔的象徵，尊她們為處女或聖母。在第一種情況中，女人的邊緣位置被當作蠻荒混沌域外的部份，但在後者，這個位置又被算做是境內的：是保護象徵秩序不落入想像層混沌的部份。不必多說的是，這兩個位置都與任何女人的本質不符，不管父權勢力多希望我們相信女人皆如此。

女性主義、馬克思主義與無政府主義

克莉斯蒂娃的作品很難被說成是以女性主義為主：其方法甚至不完全具政治性。她在一九六〇年晚期以語言學家身分起家，到一九七四年才開始談論關於女人與女性主義的議題，大約是在

她開始受訓成爲精神分析師時起。由一九七○年起，她的作品顯現她對精神分析議題越來越有興趣，討論常集中在性慾質素、陰性特質與愛的問題上。女性主義者則在她對母性（motherhood）的討論裡找到許多價值。早在《詩語言之革命》裡，克莉斯蒂娃就宣稱在父權社會裡被壓抑的不是**女人**本身，而是**母性**（453）。這不只是女人的**快感**（*jouissance*）的問題而已，如拉康在《補遺》（*Encore*）裡面所述，而是在生育（reproduction）與**快感**間的關係：

> 如果今日女人在社會秩序裡的位置有問題，這並不完全
> 是因爲神秘的陰性**快感**的問題……而是更深層的，更具　　167
> 社會性與象徵意涵的生育與快感的問題。（《詩語言》，
> 462）

　　此觀點爲女性主義者打開一個有趣的探詢領域，克莉斯蒂娃自己也提供了幾個有趣的分析探討西方文化以及西方圖像藝術如何呈現母性，特別是對聖母的探討〔Madonna，在〈愛的邪說〉（Héréthique de l'amour）與〈喬瓦尼‧貝里尼的母親〉（Motherhood according to Giovanni Bellini）二文中〕。她對聖母象徵的注意是《詩語言之革命》中主要的發展，因其透過意識形態與精神分析探討女性被壓迫的物質基礎問題，並以此質疑女人在象徵秩序裡的角色。同樣地，許多她最近的作品，如《恐怖的力量》（*Pouvoirs de l'horreur* 1980，英譯爲 *Powers of Horror*，1982），以及《愛的故事》（*Histoires d'amour*，英譯 *Love stories*，1983）都對女性主義極富參考價值，可被她們挪用。

　　眾所皆知的是，克莉斯蒂娃對政治參與的懷疑乃來自其早期

對馬克思主義的信仰，加上受到一些來自毛思想與無政府主義的影響。一九七〇年代後期，她放棄了早期對毛澤東之中國的憧憬，突然對美式晚期資本主義的解放可能產生興趣。[16] 她對美式資本主義醜陋面的毫不在意，令她大多數左派的讀者非常困擾。她全盤放棄政治，視政治爲一種該被迅速拋開的新正統霸權，更加深這些讀者的不安：「我對團體沒有興趣。我只對個人有興趣」，她最近在倫敦的一場辯論裡如此宣示。她忠於自己的理論，以個人緣由解釋自己對政治的遠離：「這和個人歷史有關。我想，在這個房間裡的每個人，都有不同的歷史，對政治現實的看法也都不同」（ICA, 24-5）。她對馬克思主義和女性主義的遠離其實並不如乍看下那麼令人訝異。克莉斯蒂娃早期的馬克思或女性主義作品，在其強調邊緣位置的時候，就已經顯露強烈的無政府主義傾向，且認爲在自由主義與放任主義間之鴻溝並不難填補。在以下簡短討論她的位置時，我將試圖說明克莉斯蒂娃最有價值的洞見，很多時候都來自高度引人爭議的主觀化的政治形式。

　　即使在她早期較具女性主義意識的作品，克莉斯蒂娃從未企圖由「陰性」位置發言，或爲「陰性」發言。對她而言，「以女人立場說話」總是無意義的，因爲，如我們所知，她論稱「女人本身並不存在」。她不強調發話者的性別，建議分析那些構成個體的各種論述（包括性慾質素和性別）：

　　　　在分析她與她的母親間困難的關係，以及她自己覺得與
　　　　別人（不論男女）間的差異，一個女人才能面對何謂
　　　　「陰性」的謎題。我偏好將陰性特質理解做多元的，就
　　　　像世界上有各種女人一樣，陰性特質也有很多種。

（'A partir de', 499）

如此拋棄泛論陰性特質的理論，甚至政治參與，克莉斯蒂娃提升了個別主體的特殊性。她後來的個人主義（對「團體」的拒斥）顯然可以在這些說法中找到線索。

許多女人反對克莉斯蒂娃這種高級知識分子風格的論述，因作爲一個女人以及一個致力於批判各種權力系統的女性主義者，她不該讓自己看起來像另一個「思想大師」。[17] 就某方面來說，這種控訴似乎有點不公平：從某個角度來看似乎是邊緣的事物，從另一個角度看來或許是非常中心的（不可能有所謂絕對的邊緣），而對於自己是位知識分子的那番指控，倘若我們不同時坦然以對，我們就不能合乎邏輯地開始顛覆宰制性的知識分子論述（如克莉斯蒂娃所作的那般）。然而，從另一個角度看來，克莉斯蒂娃擁有語言學領域的指定大學講座，和職業精神分析診所，她的確是位於傳統左岸知識權力結構的中心。

如果克莉斯蒂娃式的主體總是已經被安插在象徵秩序內了，那麼要如何打破這個無情的威權、陽具中心結構呢？顯然這無法經由直接**拒絕**象徵秩序來達成，因爲如此等於是無法進入人與人之間的關係，由拉康的術語來說，這使人變成精神病患。我們必須接受我們已經位於一個先於我們的秩序之中，且沒有可以逃脫的地方。我們無法從**其他的地方**發言：假使我們要說話的話，我們當然是在象徵語言的範疇內才能說話。

革命性的主體，不管是陽性或是陰性的，是比較能讓符號層流動的**快感**突破森嚴的象徵秩序之主體。這種「革命性」活動的**最佳**範例可以在十九世紀末的**前衛**作家如勞特阿蒙及馬拉美，或現代主義作家如喬伊斯的書寫中找到。由於符號層永遠無法佔領

169

象徵層，可能有人會問怎樣才感覺到這種突破。克莉斯蒂娃對這點的答案是，唯一可將部份符號層律動釋入象徵層的方式，主要是透過肛門式（也有口腔式）的**排出**（*expulsion*）或拒斥（*rejection*）活動。就文本上而言，這變成一種**否定性**（negativity），以隱藏住死亡趨力，而死亡趨力是克莉斯蒂娃認為最基本符號層律動力量。詩人的否定性可以在一系列的斷裂、缺席與中斷中被分析出來，但這也可能與他或她關注的主題有關。關於此種「革命性」主體說法的問題就是，其撇過革命性的施為（revolutionary agency）的問題不談。是誰或什麼力量在執行克莉斯蒂娃的顛覆計劃？在實際政治的脈絡下，克莉斯蒂娃強調潛意識符號層的力量，也排除了對有意識決策過程的分析，這卻是任何**集體性**的革命計劃不可或缺的。強調否定性與斷裂，而非組織與合作，使得克莉斯蒂娃實際上是個無政府主義者且站在主觀政治之位置。對於這點，我同意馬克思主義女性主義文學研究群指責她的詩學在「政治上令人不滿意」（30）。阿隆・懷特（Allon White）也指控克莉斯蒂娃的政治沒有效力，宣稱她的政治是「一種純化的無政府主義，永遠處於自我分崩離析的狀態」（16-17）。

170　　　克莉斯蒂娃最終無法解釋主體與社會之間的關係。雖然她在《詩語言之革命》中，非常標準地討論她選讀的詩人所處的社會與政治情境，但不清楚的仍是**為什麼**對她而言，指出特定文學實踐能打破語言結構是那麼重要，雖然它們除此之外，似乎沒有打破其他什麼。她似乎是在辯稱，主體的分裂（the disruption of the subject），即這些文本中顯現的非議中的主體（爭訟中的之主體）（*suject en procès*），預示了或平行於社會革命帶來的分裂。但她唯一用來支持此論點的方式是彆腳地做比較或平行類比。她

並沒有給我們一個實際的社會或政治結構分析，是可以說明主體
與社會之間平行類比關係的。

　　同樣值得注意的是，克莉斯蒂娃的「邊緣」觀欠缺對社會關
係的物質分析，她只認爲各種邊緣與反對團體有潛力顛覆社會秩
序。在她的文章〈一種新型知識分子：異議分析〉（'Un nouveau
type d'intellectuel: le dissident'，英譯爲 'A new kind of
intellectual: the dissident'，1977），她重述馬克思的話並呼喊「有
個幽靈在歐洲糾纏：異議分子的幽靈」（4），她方便地選擇忽視
她列出的各種「異議」團體之間的差異：反對人士（其攻擊政治
權力），精神分析師，**前衛**藝術家和女人。如我們已看到的，她
在別的地方將女人的抗爭等同爲勞工階級抗爭。但在馬克思的系
統中，這些團體基本上非常不同，因爲他們在生產模式中佔據不
同的位置。勞工階級有革命潛力，因爲他們是資本主義經濟不可
或缺的一部份，而非因他們位於其邊緣。同理，女人是生育過程
的中心——而非邊緣。統治階級如果不持續壓迫與剝削這些團
體，他們便無法維持現狀，也正因爲如此，他們才企圖掩飾這些
團體的中心經濟位置，將其在文化、意識形態與政治上邊緣化。
女人與勞工階級的矛盾位置正是因爲他們同時位於中心和邊緣。
就知識階級而言，不管是**前衛**藝術家或精神分析師，可以說他們
在晚期資本主義中的角色是邊緣的，因爲他們在經濟秩序中沒有
什麼重要的功能，如布萊希特在他的《三便士歌劇》中理想化的
最底層的無產階級（*lumpenproletariat*）。克莉斯蒂娃過於誇張**前
衛**藝術家的政治重要性，正是因爲她誤識了其政治與經濟位置，
以及女人與勞工階級。如早期的布萊希特般，克莉斯蒂娃浪漫化
所謂的邊緣，這是種反資產階級的自由主義，但不見得一定是反
資本主義的。

171

　　此處對克莉斯蒂娃之政治批評不應掩蓋她作品中正面的部份。她致力探索邊緣與顛覆問題的理論，她極端地解構主體的身分認同，她經常思索她研究的藝術作品之物質與歷史條件，都爲更進一步的女性主義探索帶來新視野。她關於語言與其分裂的主體（爭訟中的主體）〔disrupted subject（*suject en procès*）〕的理論使得我們能從一反人文主義、反本質主義的觀點來檢視女人與男人的書寫。克莉斯蒂娃的理想不見得完全是或本質上屬於女性主義，但在其中，意義與語言的封閉階層已被意符的自由運作打開。將此應用到性身分認同與差異的領域中，這變成女性主義的理想社會，在其中性意符可以自由移動；在那裡生做男人或女人不再能決定主體與權力間的關係，在 那裡，權力的本質得以改變。

　　賈克‧德希達曾問：「在一個性符碼不再具辨識功能的地方，我們要如何思考與他者之間的關係？」（'Choreographies'，76）。我想以他的回應作結，其有如許多烏托邦話語般，同時具預言性與暗示性：

　　　（與他者的）關係不會是無性的，相反地，反而會更具
　　　各種不同的性：超越統治一切符碼的二元差異模式，超
　　　越陰性／陽性的對立，超越同性戀與異性戀。我期盼利
　　　用回答這個問題的機會説，我願意相信標示著多元的性
　　　的眾多聲音。我願意相信大眾（masses），數不清的混
　　　合的聲音，各種不必辨識的性標記組成的活動，其舞出
172　的圖案可以背負、分割、豐富每個「個體」的身體，不
　　　論根據其實用條件，他被歸類成「男人」或是「女
　　　人」。（76）

註釋

1. 這段引言的第一部份是由 Roudiez 所譯（1），第二部份才是我譯的。

2. 照巴特之引文，一九七〇年第二十冊。我的翻譯。

3. 另一個介紹克莉斯蒂娃的英文導讀，見 Coward 和 Euis ，以及 Féral, 1978 。

4. 關於對這個去中心主體觀念的進一步討論，見我在第五章對拉康的簡介，英文頁碼 99-101 。

5. 在她的演講〈語言中的性差異：一種心理學研究方法〉（'Sex differences in language: a psychological approach'），發表於牛津大學女性研究委員會主辦的「女性與語言」系列演講，一九八三年五月十日。

6. 關於德希達如何使用**延異**（différance）一字，見 105-7 頁簡短的介紹。

7. 見 Ardener 。關於女性主義語言學和「無聲族群」理論之關係，見 Kramarae ，第一章，1-32 頁。

8. Vološinov 這個名字現在都被當成蘇俄文學理論家米蓋爾‧巴克汀（Mikhail Bakhtin）的化名。

9. 在題為〈我忘了我的雨傘〉（'J'ai oublié mon parapluie'）的文中，《馬刺》（Eperons），103-13 頁。

10. 如維根斯坦所引，第一節。

11. 對拉康這些觀念的介紹，見第五章，英文頁碼 99-101 。

12. 本章中的引言，若出自書目中不見英譯版的克莉斯蒂娃作品，都是我譯的。

13. 關於克理斯托理論之政治意涵的進一步討論，見我的導論，英文頁碼 12-13 。

14. 見她談論異議的文章，〈新型知識分子〉（'Un nouveau type d'intellectuel'）。

15. 見 Pajaczkowska 從另一角度對這個問題的討論。

16. 克莉斯蒂娃對發現美國的討論，見〈為何是美利堅合眾國？〉（'Pourquoi les Etats-Unis?'）。

17. 女性主義對克莉斯蒂娃失望且不滿的例子，見 Stone 。

第二版後記
理論與政治，過去與現在

從「文學理論」到「理論」

　　《性／文本政治》寫於一九八二至八四年，出版於一九八五　　173
年九月。這次再版並沒有做任何改變。在我看來，《性／文本政
治》是無法更新的。它是一本深植於其出版年代和當時歷史時刻
之書，是一九八〇年代早期英國經歷「理論革命」時的產物。到
了一九九〇年代後期，要談女性主義理論，我發現我必須寫一本
非常不一樣的書，《何謂女人》（*What Is a Woman?*, 1999）於焉
誕生。[1]

　　然而許多讀者仍持續發現《性／文本政治》很有幫助。我
猜，這表示當初此書提出的問題在今日仍與女性主義理論十分相
關，這若不是因為我們仍在思考這些問題，就是因為這些問題被
視為要瞭解女性主義理論後續發展時必要的起始點。只要仍有人
感到這些需要，這本書就還算有實用目的。然而，隨著時移事
往，這本書如今與當初的實用目的已有所不同。一九八〇年代早
期，女性主義理論在我當時生活的英國和挪威學院裡，仍是個邊
緣且多少受人質疑的知識活動。現在，女性主義已是學院建制裡
的一部份，特別是在我現在所居住的美國。《性／文本政治》的　　174
本質，隨著文化脈絡的轉變也有所改變：在一九八五年，它是在

一個具顛覆性的領域做一種惹人爭議、先鋒的介入；在二〇〇二年，它已經變成一本教科書。

　　我寫《性／文本政治》時，心中有兩個目的：首先，我想對當代女性主義理論的重要議題做一番認眞且清明的分析。基本上，我企圖寫一本我在一九七〇年代晚期寫關於女性主義的博士論文時遍尋不著的書。另外則是，我當時住在牛津，是個待業中的博士，我想參與並介入身邊的女性主義論辯。就哲學上而言，整本書中強調的反本質主義論點完全來自西蒙・波娃的名言：「女人不是天生的，而是逐漸變成的」。政治上，此書也是我對當時週遭各種熱烈討論話題的回應。當時有兩件特別重要的歷史事件：福克蘭群島之役（Falklands War），以及女人和平陣營進駐格林南社（Greenham Common）。

　　一九八二年四月二日，阿根廷入侵福克蘭群島。當時的英國首相柴契爾夫人立即派遣一支皇家海軍特戰隊至南大西洋。英國的國族主義和軍國主義徹底暴發。當貝爾格蘭諾鑑（*Belgrano*）被擊沉，導致數百人喪生時，極力挺柴契爾夫人的英國小報《太陽報》刊出了「逮到你了！」這樣敗德的頭條。[2]到了一九八二年七月中旬戰爭結束時，英軍死亡兩百五十五人，阿根廷損失六百五十二人。柴契爾的支持度在英國國內達到新高。但早在一九八一年八月，即有一批女人首次在距牛津兩小時車程、靠近紐伯里（Newbury）的空軍基地格林南社外搭起帳蓬。她們抗議北大西洋公約組織決定在英國部署巡弋飛彈。她們的抗議引起了一番激烈辯論，關於到底女人的本性爲何、她們跟戰爭與和平的關係以及男人與女性主義的關係又是什麼等。（在歷經許多爭議後，到了一九八二年，這個示威營地變成只限女人進入。）在一九八二年十二月十二日，超過兩萬名，甚至或許有三萬名女人集結在

格林南社，手牽著手一起「環抱空軍基地」。³

有些女性主義者聲稱，格林南社事件證明了女人比男人更愛好和平。倘若如此，那又要如何解釋柴契爾夫人顯然樂於打福克蘭之役呢？這使得任何關於女人與和平之間簡單的假設都難以成立。有些人告訴我，不，柴契爾不算數，因為她不是個「真正的女人」，她「認同男性」，算是男人俱樂部的「榮譽會員」。當時，甚至到現在，我都還這麼覺得，任何企圖定義某些女人是「真女人」、而其她人都是「偏差」（deviant）、「欠缺陰性特質」（unfeminine）或是「陽性化」的女性主義理論註定會失敗。⁴女性主義必須承認女人之間有明顯且相當驚人的差異。這些差異包括（但不只有）種族和性取向。《性／文本政治》的基礎概念就是，任何企圖定義女人本質或本性的理論對女性主義最終的目的來說都是不利的：女性主義的目標應是求取女人的自由與平等。

格林南社事件的餘波讓許多在牛津的女性主義者覺得，跟女性主義運動實務相比，學院裡理論性的女性主義顯得十分無謂。《性／文本政治》是個熱忱的企圖，想說服這些女性主義者，即使是非常抽象的理論都有其政治論點。因此，在導論（〈誰怕維吉妮亞・吳爾芙？〉）中，我一開始即為理論說項，向那些自以為與理論沒關係的女性主義者顯示她們弄錯了。我聲稱，她們並非沒有理論，她們其實還是在某種理論的掌握中，只是她們沒有認出那個理論是什麼而已。如果我們（女性主義者）能在理論思考上更細膩，我們就會對政治更敏銳，更能意識到我們自己的位置又隱涵什麼視野。我如此做法的背後有些精神分析上的考量：我認為那些未被辯認出的理論信仰往往比那些我們能叫出名字、能思索檢討的還根深蒂固、難以改變。

當時我計畫寫《性／文本政治》，並不是要把它當成一本對

175

女性主義理論與批評的簡介，而是想提出一有力的論證來支持理論。然而，在書中，理論這個詞有兩種很不同的意義。（我在當時並沒有看出來。）有時候，「理論」代表「文學理論」；有時候，這個詞代表「女性主義、後結構與馬克思理論」。在當時，我以爲第一種用法十分不證自明。我在柏根大學（University of Bergen）受過很紮實的傳統文學理論訓練。我修過的課包括敘事學（narratology）、新批評、俄國與捷克形式主義、格瑞瑪斯（Greimas）與惹內特（Genette）的結構主義，以及施萊爾馬赫（Schleiermacher）與高達美（Gadamer）的詮釋學。在一九七〇年代末期的柏根，研究精神分析文學理論等於是費心以精神分析理論詮釋文本，而不是探討主體性發展的問題。同理，那時的馬克思主義文學理論課堂上討論的是寫實主義與文學形式，不是意識形態與生產模式。到了一九八〇年，文學理論對我來說，仍是指研究文本與讀者、文本與作者、和文本與社會之間關係的理論。

　　《性／文本政治》，與在一九八〇年代同期出版的一些關於「理論」的書，一起改變了「理論」這個詞的意義。因此，《性／文本政治》本身對「理論」的概念可謂夾雜在新與舊之間。它剛開始討論的是「文學理論」，但到後來結論時「理論」這個詞的意義已有我們今日提到理論時所代表的意涵，也就是指馬克思主義、後結構主義、後殖民主義、精神分析理論、同志論述、女性主義或各種關於廣義的主體性、意義、意識形態與文化的後現代思想。本書第一部份的焦點爲傳統的「文學理論」。其標題「英美女性主義批評」即想指出當時引領風騷的美國女性主義批評家，是多麼受到一般泛稱爲「英美新批評」傳統的影響。當時的這種關聯性，我懷疑，在今日已不復存在。在書中第一部份，

我唯一使用的後結構理論是後結構主義對文本的理論，也就是在引用羅蘭‧巴特著名的〈作者之死〉一文來反駁作者意圖爲唯一決定文本意義之要素時。

　　傳統的「文學理論」通常都被認爲是沒有政治性的。當時我想說明這些理論還是有其政治意涵。我主要的論點是，一向反權威的女性主義者去支持那些將（女性）作者視爲有上帝般權威的理論是種自相矛盾。女性主義者應該能自由地去質疑所有的權威，甚至包括那些屬於女人的。《性／文本政治》從頭到尾都支持讀者的自由甚於作者的權威。當時本書第一部份的目的，就是要追溯這個在傳統文學理論（美學）與女性主義政治之間的關係。

　　本書的第二部份題爲「法國女性主義」。在這後半部分，「理論」這個詞的意義已經開始改變。在一九八〇年代早期，要標示並定義這個從「文學理論」到「理論」的轉變並不容易。克理絲蒂娃、西蘇和伊希嘉荷都可被認定爲傳統的文學理論家——畢竟，她們寫得東西都是關於女性的創造力，關於書寫、文本和語言。然而，重要的是，她們最能啓發女性主義者且最重要的作品都不是，或者說不完全是，關於文學批評的部分。即使西蘇顯然是個非常「文學性」的思想家，而多才多藝的克理絲蒂娃也是個小說理論家和語言學家，她們吸引女性主義者的地方主要是她們對文化裡陰性特質、主體性、與意義的探討。由第一部份轉變到第二部份，從蕭華特和吉伯與古芭到西蘇、伊希嘉荷與克莉斯蒂娃，這本書探討的問題從文學變成哲學與精神分析。雖然關於文本與意義的理論持續爲全書的興趣焦點，到書末，這個從「文學理論」過渡到「理論」的過程可謂完全達成。

177

失聲？女人，主體性與表演性質（Performativity）

《性／文本政治》極度質疑同質性、沒有矛盾、沒有衝突的主體模式。相對於浪漫主義的意向性（intentionality）理論，本書提議以精神分析觀點來理解主體。克理絲蒂娃的具體化的「發話主體」之概念是本書的基礎。（如今與過去）我個人的觀點是，總是有某個實際個體在說話、行動、思考與書寫。[5] 這個實際個體不一定要被想像成具完全在場、沒有矛盾的意向性。在《性／文本政治》中，主體是分裂、去中心的、脆弱、且總是有隨時分崩離析的可能。但同時，這個分裂且去中心的主體有能力行動和做選擇。雖然，這些選擇和行動總是經由多元決定（overdetermined）而成，也就是說同時深受潛意識的意識形態信仰、感情投注與幻想，以及有意識的動機影響。

當我寫《性／文本政治》當時，我從未懷疑女人存在於這個世界中，且女人具施為能力（agency），也能為她們的行動負責。對我來說，《性／文本政治》的寫作和我研究西蒙・波娃作為一個女知識分子的第二本書之間，並無矛盾。[6] 我當時並不認為（現在也仍不認為）女人只是性別論述製造出來的效果，或只是性歧視情境下的受害者，我也不認為有需要貶抑「女人」這個詞。對我而言，如同對西蒙・波娃和大部份的人來說，女人就是個有其生理與解剖學上性特徵的人類。[7] 反對本質主義的目的，是要遏止對這種形態的人做有性歧視的泛論，而不是要否認這種形態的人存在的事實。

我在一九八五年沒有料到的是，後起一波批判「女人」這個詞的理論很快就崛起。早在一九八九年，戴安娜・法絲（Diana

Fuss）即宣稱，「女人」這個詞，不管做單數或複數用，都有種壓迫性的同質性，泯滅了女人之間的差異〔見《就本質而言》（Essentially Speaking），特別是第 3-4 頁〕。至一九九〇年，朱蒂斯·巴特勒（Judith Butler）出版了影響深遠的《性別難題》（*Gender Trouble*），其中她挑釁地宣稱性（sex）和性別（gender）一樣，乃是建構出來的，且性別有種「表演性質」（performative）。[8] 她在《不一樣的身體》（*Bodies That Matter*, 1993）中繼續先前的論點，宣稱物質（matter）本身（形成身體的物質）什麼都不是，只是「一種物質化過程的結果，我們稱為物質的東西只是在製造分野、固定性與表面性時長期累積下的效果」（《身體》，9）。我在《何謂女人》一書中花了些篇幅討論這些理論（尤其是在第 30-59 頁），在此就不再覆述那些分析。我只想說，在許多後結構主義的性別理論中，當然也包括巴特勒的理論，「女人」一詞為「性別」一詞所取代，或者說：「女人」與「性別」二詞作當做同義詞使用。但同時「性別」則被視為「性」的相反詞。結果就是，女人的身體不再被相提並論，且「女人」變成了只是論述和表演的效果。如此盤根錯雜的觀點令人很難看出有什麼優點。

　　要避免本質主義和生物決定論，我們只需否認生理不該變成社會行為標準即可。我們不需宣稱女人不存在，或是「女人」這個類別本身在意識形態上有問題。這並不等於否認性歧視者企圖將各種意識形態強加在「女人」這個詞上的事實。而是，要否認他們的做法總是能成功地達成他們的目的。即使經濟、社會、政治與意識形態壓迫存在，也即使這些壓迫剝奪了女人的自由，我們還是沒有理由結論說女人無能努力達成改變，去說我們的壓迫是如此完整且全面，說女性的心理已完全內化了外在的權力結

構，因此我們永遠無法逃脫性歧視的眼光以獲取自由。當然也更
179 不需要去預設唯一可行的反抗策略只能是學舌或諧擬（mimicry
or parody）。[9]

隨著後結構理論對主體的廣泛批判，主體性的理論從精神分
析或現象學的主體觀轉變成關於性、性別、「規範論述」與「表
演性質」，一種不談行動力的觀念。對主體的批判原先的目的是
批判極度形而上學的、浪漫主義式的意向性理論。[10]但大部份
後結構性別理論總是很快讓人覺得，他們似乎認為任何提到行動
力、主體性與責任的理論一定是種浪漫主義形上學。不用說，這
未免反應過度。後結構主義不喜談行動力，想否認「每件行為背
後都有個成事者」，想像說話者和作家什麼都不是，只是一個大
論述機器裡的小齒輪。這裡有個特別關於說話與寫作的哲學圖像
在底下運作：這個圖像勾勒了一種處境，在其中說話者和作家覺
得她的話語不是她自己的；是別人透過她來發話；她想表達的跟
她說的不一樣，或者她說不出她想表達的。她的話語對她很陌
生，她對它們也是。如此的發話者將一直覺得自己是孤立的，寂
寞的，且總是被誤解。

在對各式現代懷疑論的一公允分析中，史丹利・卡維爾
（Stanley Cavell）提到有一種「幻想，或者恐懼，怕說不出話，
因為我不為人知，或者我無法使自己被識，要不就是怕自己表達
的東西超出自己的控制之外」（《宣稱》，351）。這種幻想在我探
討的兩個文化場域中都存在：後結構理論和十九世紀通俗劇
（melodrama）。這也是女性主義者十分熟稔的：史達爾夫人
（Madame de Staël）的柯琳（Corinne）也受同樣的苦。然而，這
種認為自己無法為人瞭解，無力向別人表現自己是誰的幻想，不
僅會發生在受壓迫的女人身上，另一方面來說也對女性主義非常

不利。柯琳最後孤寂抑鬱以終，深信這個世界配不上她。女性主義理論必須了解爲什麼我們常會走上如通俗劇般的路線，但也必須知道要如何找到回歸普通與日常生活的出路，畢竟那裡才是我們實際的政治戰場。後結構主義理論如通俗劇般的情結是女性主義傳統裡無可避免的一部分：但那不該是我們唯一傳承到的部分。

「理論之政治」： 通俗劇與尋常的事物

如我們所見，《性／文本政治》參與了從「文學理論」轉變成「理論」的革命。在其成書之時與地，那時各方人士（理論家和反理論者）都將理論，特別是女性主義理論，認知爲一種對學院體制的顛覆。在當時，「理論之政治」一詞之義似乎很明顯、自然。現在，「理論」已安坐學院領導意見寶座。很多事都變得理所當然。我們已經不太可能相信理論只是爲了搞政治，或繼續追求完美的理論，以姜納森・卡勒（Jonathan Culler）的話來說，「一種能保證激進政治，或理想上，有政治效用的理論」（218）。而到了二○○二年，該是重新看待政治與理論之間關係的時候了。

事實上關於「理論之政治」的問題，大部分都是後結構主義者提出來的，他們的理論必須處理語言、論述與主體性的議題。但「理論之政治」是個太廣泛的題目。到處都有各種理論，爲各種不同的人在各種不同的脈絡下使用。一個談論眞理與論述的理論，跟一個關於全球資本主義或女性受壓迫的理論，兩者與政治之間關係一定不太一樣。同理，「政治」一詞在不同的時間，不

180

同的處境下也代表不同的東西。在一九三〇年，一齣政治劇談論
的可能是階級問題，或法西斯主義。現在的政治劇可能是談論愛
滋病、種族或性別，或性慾質素。

　　對於「理論是否具政治性」這個問題，我們只能回答「視情
況而定」。我們無法提供一種「保證」。我們必須想像哪種關於政
治與理論之間關係的圖像，才能看起來好像能「保證」有激進效
果（或者說激進的意圖）？對我而言，談這種「保證」的想法似
乎有些形上，有些如通俗劇般陳腐，令人想起史丹利・卡維爾對
懷疑論以及其「對絕對之要求」（demand for absoluteness）的分
析：

　　　我們強行要求（……）一個觀念要有某種絕對性，然後
　　　發現我們尋常使用這個觀念的方式無法達到我們的要
181　　求，於是我們企圖儘量湊合這兩者之間的懸殊。常見的
　　　模式就是：我們不眞正去看實際的物質客體，只間接地
　　　看待它們；我們無法確定任何實證性的命題，只能幾乎
　　　確定；我們無法眞正得知另一個人的感受，只能靠推
　　　論。（《美學的問題》，77）

簡而言之，去問「理論之政治」爲何，等於就是強制要求一種不
會有絕對性的人類活動要有某種絕對性。因此，關於這個問題，
任何我們可能想出的答案都會是形而上的，不然就是沒有意義，
或兩者皆是。

　　「理論之政治」不是唯一思考一本知識著作之政治價值的方
法。當代文學理論家對絕對性的要求也不是。爲了說明我的意
思，我將比較沙特和波娃說過的兩句話。一九六四年，沙特的

《文字生涯》（*The Words*）出版的那年，他說：「面對一個瀕臨死亡的兒童，《噁心》（*Nausea*）一點價值都沒有」。[14] 大約在同時，一九六三年，波娃寫道：「我是個知識分子，我認爲文字與眞理都是有價值的」〔《情境之力》（Force of Circumstance），378〕。[15] 這兩句話表達了兩種看待政治與文字的不同態度。現在我想說明爲什麼我認爲沙特的話所傳達的意象不僅是形而上的，也有種通俗劇般的**特質**（*melodramatic*）。相較之下，波娃對知識的執著有種我稱爲**尋常的**（*ordinary*）觀點。（我選擇用「尋常」這個字是要顯示史丹利‧卡維爾對我的啓發，並經由卡維爾，回溯到維根斯坦。[16]）

在當時，很多人認爲沙特這句話代表他認爲文學在一個飢荒的世界中沒有存在的理由。到底沙特自己眞得這麼想，還是他只想藉說些煽動性的話來質疑書寫的政治效果，事實很難得知。我將以一般普遍對沙特的詮釋來與波娃做比較，因此我在這裡形容的可能不是沙特本人之意，而是當時與現在一般對沙特這句話的詮釋。

在一九六四年，沙特已經五十九歲，視力慢慢消失中，他也受嚴重的高血壓折磨。他也是個世界知名的知識分子，永不倦怠地爲激進運動說項。就他個人的處境而言，他能做的最有政治效用之舉就是持續地寫作。這也正是他當時所做的。然而，一個瀕臨死亡的兒童的意象卻比任何實務考量的力量來的大多了。不管沙特如何能夠正當說明他選擇以寫作作爲他參與政治的方式，這個意象讓沙特的哲學生命顯得不足，甚至冷漠。這個意象告訴我們，沙特十分痛苦地意識到，不管他身爲一個知識分子能做些什麼，那些總是不夠的。

「總是不夠」這個詞顯露了問題的所在。書寫當然是「總是

182

不夠」的。它如何能足夠呢？有什麼人類活動是「總是足夠」的？所謂的足夠又是爲了什麼目的？在這個模糊、大略、沒有明細的一詞「總是不夠」中，形上學——卡維爾說的「對絕對的要求」——浮現了。如果我們眞得面對一個瀕臨死亡的兒童，我們會照料她。我們會餵她、關心她、抱她與盡我們一切可能的力量來提供醫藥和舒適。只有冷血的殺人犯才會背棄這個孩子，然後回到書桌前。

如果實際狀況應是如此，沙特的這個意象事實上完全沒告訴我們知識著作的政治和倫理價值應爲何。我們都知道小說或理論無法餵養飢餓的人，或治癒生病的人。沙特講這句話到底是給誰聽？《噁心》無法解救一個瀕臨死亡的小孩這句話能爲誰帶來啓發？答案很清楚：只有那些強烈希望能靠寫作拯救世界的人。這立刻令人想到沙特年輕時相信文學能帶來救贖，這剛好是《文字生涯》一書主要的觀照。在現今許多過份相信能靠理論之力糾正所有政治的知識分子身上，也可以看到同樣的態度，他們似乎覺得只要我們能提出正確的主體性、論述或眞理的理論，各種壓迫就會消失。

沙特的例子中有種非常誘人的幻想，希望能製造力量強大到足以解救瀕臨死亡兒童的書寫。沙特那句話並沒有妥協的餘地：書寫要不就是能達成一切，不然就是一點用都沒有。我並不是故意要忽視沙特話中的否定句法，當他說《噁心》不能爲一個瀕臨死亡的兒童做很多事時。相反地，這句話本身的句法剛好是在執行一種心靈上的功能，它的任務正是要否定對全能書寫的幻想，而這個幻想正是沙特自己熟練地在《文字生涯》中探索的。弗洛伊德說：「否定是意識到壓抑的一種方式。……下一個否定性的判斷等於是用一種知識來取代壓抑」（235-6）。透過聲明自己的

書寫行爲無法被正當化，沙特得以繼續夢想爲文學辯護，但感情（affect）上他已經有了轉變，從快樂洋溢地慶祝書寫之全能，變成表達對書寫之無能感到失望、愧疚。

183

　　沙特這個強烈的意象強化了也顯現出這個否定性幻想中兩種情感的對照。將瀕臨死亡的小孩與年邁的男知識分子並置在一起，沙特讓無辜的純眞與罪惡感跟老化互相抗衡。把知識分子的責任問題推到極端，他操作純粹的絕對性，使用如通俗劇般全有或全無的邏輯。[17] 藉由這種方式，他讓我們相信政治是書寫唯一的**理由**，且如果書寫無法解救一個瀕臨死亡的兒童，它一點用處都沒有。

　　今日的知識分子中，沙特這種焦慮引起的幻想症狀變成對政治上的失敗或知識分子的無能感到過度困擾和愧疚。其無可避免的另一面就是對理論的力量過於樂觀。一旦我們對理論失去信心，我們就準備掉入沙特的通俗劇情節中。除非我們能找到其他的選擇，不繼續在這些激烈、充滿情感的位置間如坐蹺蹺板般擺盪，我們將會變得充滿怨恨，並對所有知識著作的價值失去信心。此處的反諷是，我們越急於尋求政治正當性，我們最後越會對政治感到不平。

　　我們要如何離開這種蹺蹺板？波娃說「我認爲文字與眞理都是有價值的」，對我來說聽起來比沙特的知識分子與瀕臨死亡兒童之通俗劇情節眞實的多了。比方說，很重要的一點是，波娃只簡單地說「有價值」，而非「有絕對的價值」。在我聽起來，波娃是在邀請我們去考量文字和眞理要在特定處境下才會有某種價值，不多不少，就是如此。波娃的思考方式讓我們能以尋常、日常生活的語言來討論理論與政治的關係，而不是空洞的形上學。

　　對波娃而言，一個知識分子要在何時、何地，又要如何貢獻

她自己是個很具體、個人且實際（相對於抽象、大略和形而上）
的問題：我是否能合理化說明自己的作爲？我做得好不好呢？我
是否有必要的才情和技能去做其他事？我是否能有效地獲得那些
必要的技能？我所相信的運動是要靠一個普通的游擊隊戰士比較
能成事，還是靠一個一流的作家？讓我們說我們眞的想知道知識
分子如何能解救瀕臨死亡的兒童好了。我在報紙上讀到：「聯合
國預估世界上總人口對食物、飲用水、教育和醫藥的基本需求可
以靠徵收（全世界）前兩百二十五名鉅富少於百分之四的累積資
產即可應付」（拉蒙內，1）如此看來最能幫助瀕臨死亡兒童的
人並不是知識分子，而是那前兩百二十五名鉅富。

　　作爲知識分子，我們可以努力散播這個知識。但我們也必須
承認，除非我們是經濟學家或醫生，我們每天的工作將不會具體
地與防範飢荒和死亡有關。因此，人文學科裡的知識分子要問的
問題應該不只是知識分子大體上能做什麼，而是說有什麼是我們
比其他學科的人能做得更好的事，且在那些情境下我們能這樣
做。在一個餓死人的世界裡，研究思想、文化和書寫有什麼用？
這些問題很重要，且它們也的確有答案，只是沒有一個絕對的答
案。

　　波娃的態度之優點是，它讓我們一邊能承認沙特那赤裸裸意
象背後苦難的存在，一邊又不必放棄相信文字與寫作可以有政治
意義的想法。柔順地默許兒童死亡並不是在政治罪惡感與苦惱之
外唯一的選擇。知識分子生涯其中的一部份就是不斷問自己，自
己作品的政治、倫理和存在價值爲何。我這裡想說的是，我們不
一定要有一個絕對的答案來爲所有的知識分子回答這個問題，更
別提會有一個一勞永逸的答案。

　　然而合理辯護的問題仍然存在。我們能合理辯護談論理論之

舉嗎？或者任何事務？即使我們不認為兒童死去是因為我們還在這裡寫作，我們可能為賦予自己表達與寫作的權力感到些許的罪惡，當數百人無法如此做時。這裡是否有種令人難耐的自負？既然我們不比其他人高尚或惡劣，我們有什麼理由可以正當化我們的「為人代言」（'arrogation of voice'）（如史丹利・卡維爾所說的）？[18]

　　我將不客氣地說：答案是沒有理由。我們的發言——即使是最熱忱的政治行動訴求——都無法完全地被正當化，都只是我們想發言的願望：「除了我自己之外，有誰能賦予我為我們代言的權威？」卡維爾這樣寫（《調》，9）。要求一個總體性的正當理由等於是要我們腳下的形上學土壤。要書寫任何事物總是帶些自負和不公的。當百萬人無法書寫時，我怎麼能寫？我要如何正當化自己為別人代言之舉？又有誰能回答這些問題？我們一旦決心要寫，將自己耗在關於寫作的「特權」效果和罪惡感中一點都於事無補。因此，問題應該不是如何正當化寫作的理由，而是我們打算利用自己的書寫達到什麼目標。

　　波娃說寫作是訴諸他人的自由。假使我們追隨其意涵，我們就能理解我們並無法控制自己的書寫之政治效用。讀者大有自由自行決定如何看待我們的訴求，可以從熱心到冷漠、不屑或沉默。要訴諸他人的自由等於就是要接受被他們拒絕的風險。假使我們真得要投入政治，我們所能做的只是說我們必須說的，並為自己的文字負責。簡而言之，我們必須認真看待我們所說的話。[20]

　　說完以上這些，《性／文本政治》本身是否能算做一種政治介入？一九八五年時我一點都不懷疑它是。雖然當時我並不一定總是能精確地說出我的意思，但我很確定我相當認真看待我說過

的話。我在知識上和政治上熱忱地投入女性主義反本質主義，也的確改變了一些人的想法。這本書也使得學術圈更能接納女性主義。《性／文本政治》是我的第一本書；它教導我，任何人——比如說我——都能大聲說話、能發言，能參與女性主義大業。在二○○二年女性主義需要新的視野和新的聲音。我知道這本書已鼓勵了許多學女性主義的學生大聲說話，表達她們熱切的歧見或同意。透過翻譯，這本書影響了也持續影響全世界的讀者。如果《性／文本政治》在未來幾年還能繼續啓發一些討論，那麼它還會是一本有用的書。

於德然慕，北卡羅萊納州（Durham, North Carolina）
二○○二年一月

參考讀物

英美女性主義批評

　　英語世界裡多數學生主要的問題，並不是他們不了解這些文本，而是找不到一個語言能讓他們批評這些文本裡的策略部署，和衡量其背後暗藏的意識形態和理論假設。有鑑於此，凱瑟琳・貝西（Catherine Belsey）的《批評實踐》（*Critical Practice*）會很有幫助。（完整的書目資料可照常在參考書目中找到。）如果要規劃一個閱讀英美批評家的短期課程，我建議可照下列路線閱讀：凱特・米蕾特的《性政治》，蕭華特在《她們自己的文學》中談吳爾芙的章節，蕭華特的〈邁向女性主義詩學〉一文，以及吉爾伯與古芭《閣樓裡的瘋女人》的前一百頁。有興趣的話，這份非常短且受限的書單還可再加入史密斯（Smith）和紀茉曼（Zimmerman）分別談論非裔與女同志女性主義文學批評的文章，和一些概論式的文章——如愛卓恩・瑞奇（Adrienne Rich）的《關於謊言，秘密和沉默》與提莉・歐森的《沉默》（*Silences*）。關於美國自一九六〇年代起的女性主義政治，一本很好的簡介是愛森斯坦（Eisenstein）編，《當代女性主義思想》（*Contemporary Feminist Thought*）。一本比較不一樣的書是瑪麗・艾爾曼的《思索女人》，其幽默風趣無人能敵。肯・陸斯文

（Ruthven, K.K）的《女性主義文學研究》是本有用的英美女性主義批評及其對英國文學研究影響之簡介。

法國女性主義理論

要研究這個主題，沒有關於弗洛伊德、拉康和德希達的一些基本知識很難入門。對於這些東西，我建議學生先讀萊特（Wright）對精神分析批評的簡介，諾瑞斯（Norris）對解構的導讀以及伊格頓對一般文學理論的介紹。這會讓學生比較了解這些領域是什麼樣子，且往哪裡繼續研究。

對法國女性主義的介紹，美國已經有很多本不錯的導讀。一本主要文選（包括簡介）仍是馬可絲（Marks）和柯特馮（Courtivron）編輯的《法國新女性主義》（New French Feminisms）。許多美國的期刊都有關於這個議題的專刊，我建議以下書目：《符號》（Signs），第七卷第一冊，秋季號，一九八一年；《女性主義研究》（Feminist Studies），第七卷第二冊，夏季號，一九八一年；《耶魯法文研究》（Yale French Studies），第 62 冊，一九八一年；以及《鑒賞家》（Diacritics），一九七五年冬季號和一九八二年夏季號。愛森斯坦和賈丹（Jardine）合編之《差異的未來》（The Future of Difference），也包含許多比較英美和法國女性主義差異和相同處的討論，值得參考。對於關心精神分析與女性主義之間關係的學生，可以參考朱莉葉・米契爾（Juliet Mitchell）的《精神分析與女性主義》（Psychoanalysis and Feminism），以及珍・蓋洛普（Jane Gallop）的《女性主義與精神分析》（Feminism and Psychoanalysis），特別是她的導論和討

論米契爾的章節。

　　至於法國理論家本身的作品，只讀英文版的學生可由西蘇的〈梅杜莎之笑〉開始。西蘇的《邁向書寫》（*La Venue a l'ecriture*）和《新生的女人》（*La Jeune Née*），都極具參考價值，但目前仍未有翻譯。研究伊希嘉荷和克莉斯蒂娃理論的學生可以先讀克莉斯蒂娃的文章〈語言學的倫理〉（'The Ethics of Linguistics'）和〈女人的時代〉，以及馬可絲與柯特馮編輯的文選和《符號》中節錄的伊希嘉荷作品，雖然後者所呈現的伊希嘉荷有點不平衡，多集中在她企圖理論化「女人」的部份，而非她對父權論述的批判。對研究克莉斯蒂娃和伊希嘉荷的學生而言，最基本的文本仍是《詩語言之革命》（理論的部份）和《窺視鏡》，這些書現在都由美國的出版社籌備翻譯中。同時，克莉斯蒂娃在《關於中國女人》的導論和收錄在《語言的慾望》裡的文章對女性主義讀者來說可能是最有用的。對精神分析有興趣的讀者，《恐怖的力量》提供了十分有趣的洞見。

馬克思主義女性主義理論

　　米雪列·貝瑞（Michéle Barrett）的《今日對女人的壓迫》對馬克思主義女性主義政治提供了一有價值亦有內容的大致敘述。在沒有馬克思主義女性主義文學理論專書的情況下，有興趣的學生可參考馬克斯主義女性主義研究群的批評作品，以及潘妮·卜美拉（Penny Boumelha）談論湯瑪斯·哈帝小說中之性意識形態之作品。

REFERENCES

Abel, Elizabeth and Abel, Emily (eds) (1983) *The 'Signs' ader: Women, Gender, and Scholarship*. Chicago: University of Chicago Press.

Ardener, Edwin (1975) 'The "problem" revisited', in Ardener, Shirley (ed.), *Perceiving Women*. London: Malaby Press.

Ascher, Carol (1981) *Simone de Beauvoir: A Life of Freedom*. Brighton: Harvester.

Auerbach, Nina (1978) *Communities of Women: An Idea in Fiction*. Cambridge, Mass.: Harvard University Press.

Bakhtin, Mikhail (1968) *Rabelais and His World*. Cambridge, Mass.: MIT Press.

Barrett, Michele (ed.) (1979) *Virginia Woolf: Women and Writing*. London: The Women's Press.

——(1980) *Women's Oppression Today*. London: Verso.

Barthes, Roland (1970) 'L'étrangère', *La quinzaine littéraire*, 94, 1-15 mai, 19-20.

——(1976) *The Pleasure of the Text*, trans. Miller, Richard. London: Jonathan Cape.

——(1977) 'The death of the Author', in Heath, Stephen (ed.) *Image Music Text*. London: Fontana.

Bazin, Nancy Topping (1973) *Virginia Woolf and the Androgynous Vision*.

New Brunswick, N.J.: Rutgers University Press.

Beauvoir, Simone de (1944) *Pyrrhus et Cinéas*. Paris: Gallimard.

——(1949) *Le deuxieme sexe*. Paris: Gallimard. Trans. Parshley, H.M.

——(1972) *The Second Sex*. Harmondsworth: Penguin.

——(1963) *La force des choses*. Paris: Gallimard (Coll. Folio), 2 vols.

——(1984) *Simone de Beauvoir Today. Conversations with Alice Schwartzer 1972-1982*. London: Chatto.

——(1987) *Force of Circumstance*. Trans. Richard Howard. Harmondsworth: Penguin.

Beer, Gillian (1979) 'Beyond determinism: George Eliot and Virginia Woolf, in Jacobus, Mary (ed.), *Women Writing and Writing About Women*. London: Croom Helm, 80-99.

——(1984) 'Hume, Stephen and elegy in To *the Lighthouse'*, *Essays in Criticism*, 34, 33-55.

Beer, Patricia (1974) *Reader, I Married Him: A Study of the Women Characters of Jane Austen, Charlotte Brontë, Elizabeth Gaskell and George Eliot*. London: Macmillan.

Belsey, Catherine (1980) *Critical Practice*. London: Methuen.

Boumelha, Penny (1982) *Thomas Hardy and Women: Sexual Ideology and Narrative Form*. Brighton: Harvester.

Bowlby, Rachel (1983) 'The feminine female', *Social Text, 7*, Spring and Summer, 54-68.

Brooks, Peter (1985) *The Melodramatic Imagination: Balzac, Henry James, Melodrama, and the Mode of Excess (1976)*. New York: Columbia University Press.

Brown, Beverly and Adams, Parveen (1979) *'The feminine body and feminist politics'*, *m/f, 3*, 35-50.

Brown, Cheryl L. and Olson, Karen (eds) (1978) *Feminist Criticism: Essays on Theory, Poetry and Prose*. Metuchen: Scarecrow Press.

Burke, Carolyn (1980) 'Introduction to Luce Irigaray's "When our lips speak together"', *Signs*, 6, 1, Autumn, 66-8.

——(1981) 'Irigaray through the looking glass', *Feminist Studies*, 7, 2 Summer, 288-306.

Butler, Judith (1990) *Gender Trouble: Feminism and the Subversion of Identity*. New York: Routledge.

——(1993) *Bodies That Matter: On the Discursive Limits of 'Sex'*. New York: Routledge.

Cavell, Stanley (1969) 'Aesthetic problems of modern philosophy', *Must We Mean What We Say?* Cambridge: Cambridge University Press, 73-96.

——(t994) *A Pitch of Philosophy: Autobiographical Exercises.* Cambridge, Mass.: Harvard University Press.

——(1996) *Contesting Tears: The Hollywood Melodrama of the Unknown Woman.* Chicago: University of Chicago Press.

——(1999) *The Claim of Reason: Wittgenstein, Skepticism, Morality, and Tragedy.* New York: Oxford University Press. With a new preface.

Chasseguet-Smirgel, Janine (ed.) (1970) *Female Sexuality.* Ann Arbor: University of Michigan Press.

Chodorow, Nancy (1978) *The Reproduction of Mothering. Psychoanalysis and the Sociology of Gender.* Berkeley: University of California Press.

Cixous, Hélène (1968) L'Exil de James Joyce ou l'art du remplacement. Paris: Giasset. Trans. Purcell, Sally (1972) *The Exile of James Joyce or the Art of Replacement.* New York: David Lewis.

——(1974) *Prénoms de personne.* Paris: Seuil.

——(1975) *La Jeune Née* (en collaboration avec Catherine Clément). Paris: UGE, 10/18- An excerpt from 'Sorties' is trans. by Liddle, Ann, in Marks, Elaine and Courtivron, Isabelle de (eds) (1980) *New French Feminisms.* Brighton: Harvester, 90-8.

——(1975) 'Le Rire de la Méduse', *L'Arc*, 61, 39-54. Trans. Cohen, Keith and Cohen, Paula (1976) 'The laugh of the Medusa', Signs, 1, Summer, 875-99. Here quoted from the reprint in Marks, Elaine and Courtivron, Isabelle de (eds) (1980) *New French Feminisms.* Brighton: Harvester, 245-64.

——(1976) *LA.* Paris: Gallimard.

——(1976) 'La Missexualité, où jouis-je?', *Poétique*, 26, 240-9.

——(1976) 'Le Sexe ou la tête?' *Les Cahiers du GRIF*, 13, 5-15. Trans. Kuhn, Annette (1981) 'Castration or decapitation?', *Signs*, 7, i, 41-55.

——(1976) *Portrait de Dora.* Paris: des femmes. Trans. Burd, Sarah (1983) *Portrait of Dora, Diacritics*, 13, 1, Spring, 2-32.

——(1977) 'Entretien avec Françoise van Rossum-Guyon', *Revue des sciences humaines*, 168, octobre-décembre, 479-93.

——(1977) *La Venue a l'écriture* (en collaboration avec Annie Leclerc et Madeleine Gagnon). Paris: UGE, 10/18.

——(1979) "L'Approche de Clarice Lispector', *Poétique*, 40, 408-19.

Conley, Verena Andermatt (1984) *Hélène Cixous: Writing the Feminine.* Lincoln and London: University of Nebraska Press. Includes the appendix 'An exchange with Hélène Cixous', 129-61.

Contat, Michel, and Rybalka, Michel (1970) *Les écrits de Sartre.* Paris: Gallimard.

Coombes. Anna (1979) 'Virginia Woolf's *The Waves:* a materialist reading of an almost disembodied voice', in Barker, Francis et al. (eds), *Proceedings of the Essex Conference on the Sociology of Literature, July 797'S. Vol. i: 7936; The Politics of Modernism.* Colchester: University of Essex, 228-51.

Cornillon, Susan Koppelman (ed.) (1972) *Images of Women in Fiction: Feminist Perspectives.* Bowling Green, Ohio: Bowling Green University Popular Press.

Coward, Rosalind (1983) *Patriarchal Precedents. Sexuality and Social Relations.* London: Routledge & Kegan Paul.

——(1984) *Female Desire. Women's Sexuality Today.* London: Paladin.

—— and Ellis, John (1977) *Language and Materialism.* London: Routledge & Kegan Paul.

Culler, Jonathan (1974) *Flaubert. The Uses of Uncertainty.* London: Paul Elek.

——(1992) 'Literary Theory', in Gibaldi, Joseph (ed.) *Introduction to Scholarship in Modern Languages and Literatures.* 2nd ed. New York: MLA, 201-35.

Dahlerup, Pil (1972) 'Omedvetna attityder hos en recensent', in Berg, Karin Westman (ed.), *Könsdiskriminering förr och nu.* Stockholm: Prisma, 37-45.

Dardigna, Anne-Marie (1981) *Les Châteaux d'Eros ou les infortunes du sexe de sfemmes.* Paris: Maspero.

Delphy, Christine (1984) *Close to Home. A Materialist Analysis of Women's Oppression*, trans. and ed. Leonard, Diana. London: Hutchinson.

Derrida, Jacques (1967) *De la grammatologie.* Paris: Minuit. Trans. Spivak, Cayatri (1976) *Of Grammatology.* Baltimore: Johns Hopkins University Press.

——(1967) *L'Ecriture et la différence.* Paris: Seuil, Trans. Bass, Alan (1978) *Writing and Difference.* Chicago: University of Chicago Press.

——(1975) 'The purveyor of truth', *Yale French Studies,* 52, 31-114.

——(1978) *Eperons. Les styles de Nietzsche.* Paris: Flammarion.

——(1982) 'Choreographies'. Interview with Christie V. McDonald, *Diacritics*, 12, 2, 66-76.

——(1988) 'Signature Event Context'. *Limited Inc*. Evanston, III.: Northwestern University Press, 1-23.

Diacritics (1975) Winter.

——(1982) Summer.

Diamond, Cora (1991) 'Knowing Tornadoes and other things', *New Literary History* 22:1001-15.

Dijkstra, Sandra (1980) 'Simone de Beauvoir and Betty Friedan: the politics of omission', *Feminist Studies*, 6, 2. Summer, 290-303.

Doederlein, Sue Warrick (1982) 'Comment on Jehlen', *Signs*, 8, i, 164-6.

Donovan, Josephine (1972) 'Feminist style criticism', in Cornillon, Susan Koppelman (ed.), *Images of Women in Fiction: Feminist Perspectives*. Bowling Green, Ohio: Bowling Green University Popular Press, 341-54.

——(ed.) (1975) *Feminist Literary Criticism: Explorations in Theory*. Lexington: The University Press of Kentucky.

Eagleton, Terry (1976) *Marxism and Literary Criticism*. Berkeley: University of California Press.

——(1983) *Literary Theory. An Introduction*. Oxford: Blackwell.

Eisenstein, Hester (1984) *Contemporary Feminist Thought*. London: Alien & Unwin.

—— and Jardine, Alice (eds) (1980) *The Future of Difference*. Boston, Mass.: G. K. Hall.

Ellmann, Mary (1968) *Thinking About Women*. New York: Harcourt.

Engelstad, Irene and Øverland, Janneken (1981) Frihet til å skrive. Artikler om *kvinnelitteratur fra Amalie Skram til Cecilie Løveid*. Oslo: Pax.

Faderman, Lillian (1981) *Surpassing the Love of Men: Romantic Friendship and Love Between Women From the Renaissance to the Present*. New York: William Morrow.

Felman, Shoshana (1975) 'The critical phallacy', Diacritics, *Winter*, 2-10.

Felstiner, Mary Lowenthal (1980) 'Seeing The Second Sex through the second wave', *Feminist Studies*. 6, 2, Summer, 247-76.

Feminist Studies (1981) 7, 2, Summer.

Féral, josette (1978) 'Antigone or the irony of the tribe', *Diacritics*, Fall, 2-14.

——(1980) 'The powers of difference', in Eisenstein, Hester and Jardine,

Alice (eds). *The Future of Difference*. Boston, Mass.: G. K. Hall, 88-94.

Freud, Sigmund (1905) 'Dora', in *Case Histories I*. Pelican Freud Library. Vol. 8. Harmondsworth: Penguin (1977).

——(1919) 'The uncanny', in *Standard Edition*. Vol. 17, 219-52.

——(1923) 'Negation', in Strachey, James (trans. and ed.) *The Standard Edition of the Complete Psychological Works*, 24 vols. London: The Hogarth Press, 1953-74. Vol. 19, 233-9.

——(1933) On femininity', in *New Introductory Lectures on Psychoanalysis*, Lecture 33. Pelican Freud Library. Vol. 2. Harmondsworth: Penguin (1971).

Friedan, Betty (1963) *The Feminine Mystique*. New York: Dell.

Fuchs, Jo-Ann P. (1980) 'Female eroticism in *The Second Sex'*, Feminist Studies, 6, 2, Summer, 304-13.

Fuss, Diana (1989) *Essentially Speaking: Feminism, Nature and Difference*. New York: Routledge.

Gallop, jane (1982) *Feminism and Psychoanalysis: The Daughter's Seduction*. London: Macmillan.

—— and Burke, Carolyn G. (1980) 'Psychoanalysis and feminism in France', in Eisenstein, Hester and Jardine, Alice (eds), *The Future of Difference*. Boston, Mass.: G. K. Hall, 106-22.

Gilbert, Sandra M. and Gubar, Susan (1979) *The Madwoman in the Attic: The Woman Writer and the Nineteenth-Century Literary Imagination*. New Haven: Yale University Press.

Greer, Germaine (1970) *The Female Eunuch*. London: MacGibbon & Kee.

Greimas, Algirdas Julien (1966) *Sémantique structural. Recherche de méthode*. Paris: Larousse.

Haukaa, Runa (1982) *Bak Slagordene. Den nye kvinnebevegelsen i Norge*. Oslo: Pax.

Heath, Stephen (1978) 'Difference', *Screen*, 19, 3, Autumn, 51-112.

Heilbrun, Carolyn G. (1973) *Toward Androgyny. Aspects of Male and Female in Literature*. London: Victor Gollancz.

Herrmann, Claudine (1976) *Les Voleuses de langue*. Paris: des femmes.

Holly, Marcia (1975) 'Consciousness and authenticity: towards a feminist aesthetic', in Donovan, Josephine (ed.), *Feminist Literary Criticism. Explorations in Theory*. Lexington: The University Press of Kentucky, 38-47.

Holm, Birgitta (1981) *Fredrika Bremer och den borgerliga romanens födelse. Romonens mödrar I.* Stockholm: Norstedt.

Irigaray, Luce (1973) *Le Langage des déments.* Paris: Mouton.

———(1974) *Spéculum de l'autre femme.* Paris: Minuit.

———(1976) 'Women's Exile'. Interview in *Ideology and Consciousness* (1977) 1, May, 62-76. First published as 'Kvinner i eksil', in Haugsgjerd, Svein and Engelstad, Fredrik (eds) (1976) *Seks samtaler om psykiatri.* Oslo: Pax.

———(1977) *Ce sexe qui n'en est pas un.* Paris: Minuit. Three articles from *Ce sexe* have been translated into English: 'Ce sexe qui n'en est pas un', as 'This sex which is not one', and 'Des marchandises entre elles', as 'When the goods get together', both trans. Reeder, Clau-dia (1980), in Marks, Elaine and Courtivron, Isabelle de (eds), *NewFrench Feminisms*, Brighton: Harvester, 99-106 and 107-10 respectively; and 'Quand nos lèvres se parlent', trans. Burke, Carolyn (1980) 'When our lips speak together', *Signs* 6, 1, Autumn, 69-79.

———(1977) 'Misère de la psychanalyse', *Critique*, 30, 365, octobre, 879-903.

———(1979) *Et l'une ne bouge pas sans l'autre.* Paris: Minuit. Trans. Wenzel, Hélène Vivienne (1981) 'And the one doesn't stir without the other', *Signs*, 7, i, Autumn, 60-7.

———(1980) *Amonte marine de Friedrich Nietzsche.* Paris: Minuit.

———(1981) *Le Corps-à-corps avec la mère.* Montreal: les editions de la pleine lune.

———(1982) *Passions élémentaires.* Paris: Minuit.

———(1983) *La Croyance même.* Paris: Galilee.

———(1983) *L'Oubli de l'air chez Martin Heidegger.* Paris: Minuit.

Jacobus, Mary (1979) 'The buried letter: feminism and romanticism in *Villette*', in jacobus, Mary (ed.), *Women Writing and Writing About Women.* London, Croom Helm, 42-60.

———(ed.) (1979) *Women Writing and Writing About Women.* London: Croom Helm.

———(1981) "Review of *The Madwoman in the Attic*', *Signs*, 6, 3, 517-23.

———(1982) 'Is there a woman in this text?', *New Literary History*, XIV, 1, 117-41.

Jehlen, Myra (1981) 'Archimedes and the paradox of feminist criticism', *Signs*, 6, 4, 575-601.

Jones, Ann Rosalind (1981) 'Writing the body: toward an understanding of l'écriture féminine', *Feminist Studies*, 7, 2, Summer, 247-63.

Kaplan, Cora (1978) 'Introduction'to Elizabeth Barrett Browning, *Aurora Leigh and Other Poems*. London: The Women's Press.

——(1979) 'Radical feminism and literature: rethinking Millett's *Sexual Politics*', *Red Letters*, 9, 4-16.

Katz-Stoker, Fraya (1972) 'The other criticism: feminism vs. formalism', in Cornillon, Susan Koppelman (ed.), *Images of Women in Fiction: Feminist Perspectives*. Bowling Green, Ohio: Bowling Green University Popular Press, 315-27.

Keohane, Nannerl O., Rosaldo, Michelle Z. and Gelpi, Barbara C. (eds) (1982) *Feminist Theory: A Critique of Ideology*. Chicago: The University of Chicago, Press.

Kofman, Sarah (1980) *L'Énigme de la femme: la fermme dans les textes de Freud*. Paris: Galilee.

Kolodny, Annette (1975) "Some notes on defining a "feminist literary criticism" ', *Critical Inquiry*, 2, 1, 75-92. Reprinted in Brown, Cheryl L. and Olson, Karen (eds) (1978) *Feminist Criticism: Essays on Theory, Poetry and Prose*. Metuchen: Scarecrow Press, 37-58.

——(1980) 'Dancing through the minefield: some observations on the theory, practice and politics of a feminist literary criticism', *Feminist Studies*, 6, i, 1-25.

——(1981) 'Turning the lens on "The Panther Captivity": a feminist exercise in practical criticism', *Critical Inquiry*. 8, 2, 329-45. I quote from the reprint in Abel, Elizabeth (ed.) (1982) *Writing and Sexual Difference*. Chicago: The University of Chicago Press, 159-75.

Kramarae, Cheris (1981) *Women and Men Speaking. Frameworks for Analysis*. Rowley, Mass.: Newbury House.

Kramer, Cheris, Thorne, Barrie and Henley, Nancy (1978) 'Perspectives on language and communication', *Signs*, 3, 3, 638-51.

Kristeva, Julia (1969) *Séméiotiké. Recherches pour une sémanalyse*. Paris: Seuil.

——(1974) *Des Chinoises*. Paris: des femmes. Trans. Barrows, Anita (1977) *About Chinese Women*. London: Boyars.

——(1974) "La femmne, ce n'est jamais ça', *Tel Quel*, 59, Automne, 19-24.

——(1974) *La Révolution du langage poetique*. Paris: Seuil.

——(1975) 'The system and the speaking subject', in Sebeok, Thomas A. (ed.), *The Tell-Tale Sign. A Survey of Semiotics*. Lisse, Netherlands: The

Peter de Ridder Press, 47-55.

——(1977) 'A partir de Polylogue'. Interview with Françoise van Rossum-Guyon in *Revue des sciences humaines*, 168, décembre, 495-501.

——(1977) 'Hérèthique de l'amour', *Tel Quel*, 74, Hiver, 30-49. Reprinted as 'Stabat mater', in Kristeva, Julia (1983) *Histoires d'amour.* Paris: Denoel, 225-47.

——(1977) *Polylogue.* Paris: Seuil.

——(1977) 'Pourquoi les Etats-Unis?'(avec Marcelin Pleynet, Philippe Sellers), *Tel Quel*, 71/73, Automne, 3-19. (1978) "The U.S. now: a conversation', October, 6, Fall, 3-17.

——(1977) 'Un nouveau type d'intellectuel: le dissident', *Tel Quel*, 74, Hiver, 3-8.

——(1980) *Desire in Language: A Semiotic Approach to Literature and Art.* Ed. Roudiez, Léon S., trans. Jardine, Alice, Gora, Thomas and Roudiez, Léon. Oxford: Blackwell.

——(1980) 'Motherhood according to Giovanni Bellini', in Kristeva, Julia, *Desire in Language: A Semiotic Approach to Literature.* Oxford: Blackwell, 237-70. The first part of this essay is also translated under the title 'The maternal body', trans. Pajaczkowska, Claire (1981), *m/f*, 5 and 6, 158-63.

——(1980) *Pouvoirs de l'horreur.* Paris: Seuil. Trans. Leon Roudiez (1982) *Powers of Horror.* New York: Columbia University Press.

——(1980) 'The ethics of linguistics', in Kristeva, Julia, *Desire in Language: A Semiotic Approach to Literature.* Oxford: Blackwell, 23-35.

——(1981) 'Women's time', Trans. Jardine, Alice and Blake, Harry, *Signs*, 7, 1.13-35.

——(1983) *Histoires d'amour.* Paris: Denoel.

——(1984) 'Julia Kristeva in Conversation with Rosalind Coward', in Appignanesi, Lisa (ed.) *Desire.* London: ICA Documents, 22-7.

——(1984) *Revolution in Poetic Language*, trans. Waller, Margaret. New York: Columbia University Press.

——(1986) *The Kristeva Reader.* Moi, Toril (ed.). Oxford: Blackwell.

Kuhn, Annette and Wolpe, Ann Mane (eds) (1978) *Feminism and Materialism: Women and Modes of Production.* London: Routledge & Kegan Paul.

Lacan, Jacques (1966) *Ecrits.* Paris: Seuil. A selection trans. Sheridan, Alan

(1977) *Ecrits.* London: Tavistock.

——(1975) *Encore. Le séminaire livre XX.* Paris: Seuil.

Laplanche, jean (1976) *Life and Death in Psychoanalysis, trans.* Mehlman, Jeffrey. Baltimore: Johns Hopkins University Press.

Leclerc, Annie (1974) *Parole de femme.* Paris: Grasset.

Le Doeuff, Michèle (1980) 'Simone de Beauvoir and existentialism', *Feminist Studies,* 6, 2, Summer, 277-89.

Lemaire, Anika (1977) *Jacques Lacan.* London: Routledge & Kegan Paul.

Lemoine-Luccioni, Eugénie (1975) 'Review of Spéculum', *Esprit,* 43, 3, 466-9.

——(1976) *Partage des femmes.* Paris: Seuil.

Levy, Jette Lundboe (1980) *Dobbeltblikke. Om at beskrive kvinder. Ideologi og aestetik i Victoria Benedictssons forfatterskab.* København: Tiderne Skifter.

Lewis, Philip E. (1974) 'Revolutionary semiotics', *Diacritics,* 4, 3, Fall, 28-32.

Lovell, Terry (1982) *Pictures of Reality. Aesthetics, Politics and Pleasure.* London: British Film Institute.

Lukacs, Georg (1972) 'Preface', in *Studies in European Realism. A Sociological Survey of the Writings of Balzac, Stendhal, Zola. Tolstoy, Gorki and others.* London: Merlin Press, 1-19.

Macherey, Pierre (1966) *Pour une théorie de la production littéraire.* Paris: Maspéro. Trans. Wall, Geoffrey (1978) *A Theory of Literary Production.* London: Routledge & Kegan Paul.

Makward, Christiane (1978) 'Structures du silence/du delire: Marguerite Duras, Hélène Cixous', *Poétique,* 35, septembre, 314-24.

——(1984) 'To be or not to be. ... a feminist speaker', in Eisenstein, Hester and Jardine, Alice (eds), *The Future of Difference.* Boston, Mass.:G. K. Hall, 95-105.

Marcus, jane (1981) 'Thinking back through our mothers', in Marcus, Jane (ed.), *New Feminist Essays on Virginia Woolf.* London: Macmillan, 1-30.

Marcuse, Herbert (1968) 'A critique of Norman O. Brown', in *Negations: Essays in Critical Theory.* With translations from the German by Jeremy J. Shapiro, London, Alien Lane, 227-47.

Marder, Herbert (1968) *Feminism and Art. A Study of Virginia Woolf.* Chicago: The University of Chicago Press.

Marini, Marcelle (1977) *Territoires du féminin avec Marguerite Duras.*

Paris: Minuit.

Marks, Elaine and Courtivron, Isabelle de (eds) (1980) *New French Feminisms.* Brighton: Harvester.

Martin, Wendy (1970) 'The feminine mystique in American fiction', in Howe, Florence (ed.) *Female Studies II.* Pittsburgh: KNOW.

Marxist-Feminist Literature Collective (1978) 'Women's writing: *Jane Eyre. Shirley, Villette, Aurora Leigh*', *ideology and Consciousness*, 1, 3, Spring, 27-48.

Meisel, Perry (1980) *The Absent Father. Virginia Woolf and Walter Pater.* New Haven: Yale University Press.

Millett, Kate (1969) *Sexual Politics.* London: Virago, 1977.

Mitchell, Juliet (1971) *Woman's Estate.* Harmondsworth: Penguin.

———(1974) *Psychoanalysis and Feminism.* Harmondsworth: Penguin.

———(1984) *Women; The Longest Revolution. Essays in Feminism, Literature and Psychoanalysis.* London: Virago.

——— and Jacqueline Rose (eds) (1982) *Feminine Sexuality. Jacques Lacan and the École Freudienne.* London: Macmillan.

Moers, Ellen (1976) *Literary Women: The Great Writers.* New York: Doubleday. Reprinted (1977) London: The Women's Press.

Moi, Toril (1981) 'Representation of patriarchy: sexuality and epistemology in Freud's "Dora" ', *Feminist Review*, 9, Autumn, 60-74.

———(1994) *Simone de Beauvoir: The Making of an Intellectual Woman.* Oxford: Blackwell.

———(1999) *What Is a Woman? And Other Essays.* Oxford: Oxford University Press.

———(2002) 'A woman's desire to be known: Expressivity and silence in *Corinne*', in McDayter, Ghislaine (ed.) *Untrodden Regions of the Mind: Romanticism and Psychoanalysis, Bucknell Review* 45.2: 143-75.

Montrelay, Michéle (1977) *L'Ombre et le nom. Sur la féminité.* Paris: Minuit.

Morgan, Robin (ed.) (1970) *Sisterhood is Powerful: an anthology of writings from the women's liberation movement.* New York: Vintage Books.

Neususs, Arnhelm (1968) "Schwierigkeiten einer Soziologie des utopischen Denkens', in Neusüss, Arnhelm (Hrsg) *Utopie. Begriff und Phänomen des Utopischen.* Neuwied: Luchterhand, 13-112.

Newton, Judith Lowder (1981) *Women, Power, and Subversion. Social Strategies in British Fiction* 1778-1860. Athens, Georgia: University of Georgia Press.

Norris, Christopher (1982) *Deconstruction. Theory and Practice.* London: Methuen.

Olsen, Tillie (1980) *Silences.* London: Virago.

Ortner, Sherry B. (1974) 'Is female to male as nature is to culture?', in Rosaldo, Michelle Zimbalist and Lamphere, Louise (eds) *Woman, Culture and Society.* Stanford: Stanford University Press, 67-87.

Pajaczkowska, Claire (1981) 'Introduction to Kristeva', *m/f*, 5 and 6, 149-57.

Plaza, Monique (1978) ' "Phallomorphic power" and the psychology of "woman" ', *Ideology and Consciousness*, 4, Autumn, 4-36.

Prokop, Ulrike (1976) *Weiblichen Lebenzusammenhang. Von der Bescränktheit der Strategien und den Unangemessenheit der Wunsche.* Frankfurt: Suhrkamp.

Questions féministes (collective) (1980) 'Variations on common themes', in Marks, Elaine and Courtivron, Isabelle de (eds), *New French Feminisms.* Brighton: Harvester, 212-30.

Ramonet, Ignacio (1998) 'Politics of hunger', translated by Barry Smerin, *Le monde diplomatique* November: 1. (Supplement to Manchester Guardian Weekly, 22 November, 1998.)

Register, Cheri (1975) 'American feminist literary criticism: a bibliographical introduction', in Donovan, Josephine (ed.), *Feminist Literary Criticism. Explorations in Theory.* Lexington: The University Press of Kentucky, 1-28.

Rich, Adrienne (1979) *On Lies, Secrets and Silence. Selected Prose 7966-1978.* Reprinted (1980) London: Virago.

——(1980) 'Compulsory heterosexuality and lesbian existence', S/gns, 5,4. Reprinted as a separate pamphlet (1981), London: Onlywomen Press.

Rigney, Barbara Hill (1978) *Madness and Sexual Politics in the Feminist Novel. Studies in Brontë, Woolf, Lessing and Atwood.* Madison: The University of Wisconsin Press.

Robinson, Lillian S. (1978) 'Dwelling in decencies', in Brown, Cheryl L. and Olson, Karen (eds), *Feminist Criticism: Essays on Theory, Poetry and Prose.* Metuchen: Scarecrow Press, 21-36. First published (1971) in *College English*, 32, May, 879-89.

——(1978) *Sex, Class and Culture.* Bloomington: Indiana University Press.

—— and Vogel, Lise (1972) 'Modernism and history', in Cornillon, Susan Koppelman (ed.), *Images of Women in Fiction: Feminist Perspectives.*

Bowling Green, Ohio: Bowling Green University Popular Press, 278-307.

Rochefort, Christiane (1972) *Archaos ou le jardin étincelant*. Paris: Grasset.

Rogers, Katharine M. (1966) *The Troublesome Helpmate. A History of Misogyny in Literature*. Seattle: University of Washington Press.

Roudiez, Léon S. (1980) 'Introduction', in Kristeva, Julia, *Desire in Language: A Semiotic Approach to Literature and Art*. Oxford: Blackwell, 1-20.

Rule, Jane (1975) *Lesbian Images*. Garden City, N.Y.: Doubleday.

Ruthven, K. K. (1984) *Feminist Literary Studies: An Introduction*. Cambridge: Cambridge University Press.

Said, Edward W. (1975) *Beginnings: Intention and Method*. New York: Basic Books.

Schweickart, Patrocinio (1982) 'Comment on Jehlen', *Signs*, 8, i, 170-6.

Showalter, Elaine (1971) "Women and the literary curriculum', *College English*, 32, May.

——(1977) *A Literature of Their Own. British Women Novelists from Brontë to Lessing*. Princeton, N. j.: Princeton University Press.

——(1979) 'Towards a feminist poetics', in Jacobus, Mary (ed.), *Women Writing and Writing About Women*. London: Croom Helm, 22-41.

——(1981) 'Feminist criticism in the wilderness', *Critical Inquiiy*. 8, 1, 179-205. Reprinted in Abel, Elizabeth (ed.) (1982) *Writing and Sexual Difference*. Chicago: University of Chicago Press, 9-36.

——(1982) 'Comment on Jehlen', *Signs*, 8,1, 160-4.

Signs (1981) 7, 1, Autumn.

Smith, Barbara (1980) Towards a Black Feminist Criticism. Pamphlet, 19 pp. New York: Out and Out Books. First published in 1977 in *Conditions: Two*.

Spacks, Patricia Meyer (1976) The Female Imagination. *A Literary and Psychological Investigation of Women's Writing*. London: Alien & Unwin.

Spender, Dale (1980) *Man Made Language*. London: Routledge & Kegan Paul.

——(1982) *Women of Ideas and What Men Have Done to Them*. London: Routledge & Kegan Paul.

Spivak, Gayatri Chakravorty (1981) 'French feminism in an international frame', *Yale French Studies*, 62, 154-84.

Stanton, Donna C. (1980) 'Language and revolution: the Franco-American dis-connection', in Eisenstein, Hester and Jardine, Alice (eds), The *Future of Difference*. Boston, Mass.: G. K. Hall, 73-87.

Stone, Jennifer (1983) 'The horrors of power: a critique of Kristeva', in Barker, Francis *et al.* (eds), *The Politics of Theory. Proceedings of the Essex Conference on the Sociology of Literature, July 7982*. Colchester: University of Essex, 38-48.

Stubbs, Patricia (1979) *Women and Fiction. Feminism and the Novel 1880-1920*. Brighton: Harvester; London: Methuen, 1981.

Taylor, Barbara (1983) *Eve and the New Jerusalem: Socialism and Feminism in the Nineteenth Century*. London: Virago.

Thorne, Barrie and Henley, Nancy (1975) 'Difference and dominance: an overview of language, gender, and society', in Thorne, Barrie and Henley, Nancy (eds), *Language and Sex: Difference and Dominance*. Rowley, Mass.: Newbury House, 5-42.

Vološinov, V. N. (1929) *Marxism and the Philosophy of Language*, Trans. Matejka, Ladislav and Titunik, I. R. (1973). New York: Seminar Press.

Wenzel, Hélène Vivienne (1981) 'Introduction to Luce Irigaray's "And the one doesn't stir without the other"', *Signs*, 7,1, Autumn, 56-9.

White, Allon (1977) '*L'éclatement du sujet': The Theoretical Work of Julia Kristeva*. Birmingham: University of Birmingham Centre for Contemporary Studies. Stencilled Occasional Paper no. 49.

Whitman, Walt (1855) Leaves of Grass, in *The Portable Walt Whitman*. Harmondsworth: Penguin, 1977.

Wittgenstein, Ludwig (1953) *Philosophical Investigations*. Anscombe, G. E. M. (trans.) 3rd edn. New York: Macmillan, 1968.

——(1963) *Philosophical Investigations*, trans. Anscombe, G. E. M., Oxford: Blackwell.

Wolff, Janet (1981) *The Social Production of Art*. London: Macmillan.

Woolf, Virginia (1925) *Mrs Dalloway*. Harmondsworth: Penguin, 1964.

——(1927) *To the Lighthouse*. London: Dent, 1977.

——(1929) *A Room of One's Own*. London: Granada, 1977.

——(1938) *Three Guineas*. Harmondsworth: Penguin, 1977.

Weight, Elizabeth (1984) *Psychoanalytic Criticism: Theory in Practice*. London: Methuen.

Yale French Studies (1981) 62.

Zimmerman, Bonnie (1981) 'What has never been: an overview of lesbian

索引

編按：條目的出處引用的是本書左右邊頁的原文書頁碼。

高雄復文圖書出版社 收
Kaohsiung Fu-Wen Publishing Co.

802
高雄市苓雅區泉州街 5 號

麗文文化事業機構

麗文文化事業(股)公司
高雄復文圖書出版社
巨流圖書有限公司
駱駝出版社

感謝您對巨流圖書有限公司的支持
您的寶貴意見是我們成長進步的最佳動力

姓名：_____先生／小姐　學校系所：_____

電話：_____E-mail：_____

住址：_____

購買書名：_____購買書店：_____

學　　歷：□高中以下（含高中）　□專科　□大學　□研究所　□碩士　□博士

領　　域：□管理　□行銷　□財務　□資訊　□工程　□經濟　□社會人文
　　　　　□會計　□傳播　□物理　□化學　□藝術　□農學　□其他_____

職　　業：□助教　□教師　□研究人員　□其他_____

您對本書的建議：
　內容主題　□滿意　□尚佳　□不滿意　因為_____
　譯／文筆　□滿意　□尚佳　□不滿意　因為_____
　版面編排　□滿意　□尚佳　□不滿意　因為_____
　封面設計　□滿意　□尚佳　□不滿意　因為_____
　其他

您的閱讀興趣：□經營管理　□行銷規劃　□投資理財　□溝通勵志　□社會人文
　　　　　　　□視像美學　□趨勢資訊　□程式語言　□應用軟體　□網路通訊
　　　　　　　□資料庫管理　□其他_____

您從何處得知本書的消息？
□校園書店　□網路　□廣告信函　□目錄　□行銷人員
□他人推薦　□其他_____

您通常以何種方式購書？
□書店　□郵購　□電話訂購　□傳真訂購　□團體訂購　□網路訂購
□目錄訂購　□其他_____

您購買過本公司出版的其他書籍嗎？　書名_____

您對我們的建議：

_____

_____

_____

*如有任何建議，歡迎來函：liwen@mail.liwen.com.tw